프로젝트 S

프로젝트 S 2

초판 1쇄 찍은 날 | 2014년 12월 24일
초판 1쇄 펴낸 날 | 2014년 12월 31일

지은이 | 박수정
펴낸이 | 서경석

편 집 장 | 권태완
편집책임 | 최고은
편   집 | 나정희

펴낸곳 | 도서출판 청어람
등록번호 | 제387-1999-000006호
등록일자 | 1999. 5. 31
어람번호 | 제5-0396호

주소 | 경기도 부천시 원미구 부일로 483번길 40 서경B/D 3F (우) 420-822
전화 | 032-656-4452 팩스 | 032-656-4453
http://www.chungeoram.com
E-mail | chungeorambook@daum.net

ISBN 979-11-04-90023-5 04810
ISBN 979-11-04-90021-1 (SET)

목차

1장
너의 모든 것이 좋아

시청각 교육원 건물을 나올 때 준형은 자연스럽게 승아의 손을 잡고 있었다.

"······."

승아는 도저히 믿을 수가 없었다. 내가 준형 선배의 손을 잡고 캠퍼스를 걷고 있다니!

정신이 얼떨떨했다. 한 걸음 한 걸음 내디딜 때마다 마치 구름 위를 걷고 있는 것 같았다. 지나가는 사람들이 이쪽만 쳐다보는 것 같아서 얼굴이 달아오른다.

"가고 싶은 데 있어?"

갑자기 준형이 물었다.

"네?"

"이따 저녁에는 호텔로 갈 거야. 그전까지 시간이 비니까."

호텔! 승아는 흠칫 놀라서 정신을 차렸다. 그러자 준형이 손가락으로 승아의 이마를 가볍게 튕기는 시늉을 했다.

"무슨 생각을 하는 거야, 음흉하게."

속마음을 들킨 승아는 민망해서 얼굴이 붉어졌다.

"레스토랑에 예약해 놨단 뜻이야. 오늘은 크리스마스 특별 디너가 있어서."

"아, 네……."

난 또 뭐라고. 속으로 안도의 한숨을 내쉬는 승아를 향해, 갑자기 준형이 허리를 굽혔다.

"뭐, 혹시 원한다면 문제가 달라지지만."

귓가에 훅 불어닥치는 따뜻한 숨결에 승아는 그만 화들짝 놀라고 말았다.

"아, 아녜요! 설마요! 그런 거 아녜요!"

펄쩍 뛰는 승아를 바라보는 준형의 눈이 한껏 가늘어졌다. 그 표정에 승아는 한층 더 얼굴이 달아올라 그만 고개를 푹 숙이고 말았다.

뭐야, 평소에는 짐승아, 짐승아, 하면서 맨날 구박했던 주제에 갑자기 그런 눈으로 보는 건 반칙이잖아!

"특별히 가고 싶은 데 없으면 영화라도 보러 갈까?"

"여, 영화요?"

준형의 입에서 나오는 한마디 한마디가 승아에게는 모두 얼떨떨하기만 했다.

그러니까, 준형 선배랑 나랑 둘이서 영화를 본단 말이지. 생각 같아서는 지금 당장 게시판에 대자보라도 써 붙이고 싶은 마음이었다.

이보시오, 학우 여러분! 내가 서준형이랑 영화를 보게 되었소!

"그럼 가자."

준형이 다시금 승아의 손을 잡고 걷기 시작했다.

그러나 몇 걸음도 가지 못했을 때 코트 주머니에 든 승아의 휴대폰이 울렸다.

누군가, 하고 액정을 들여다보니 승아네 바로 옆에서 똑같이 민박을 하고 있는 '토담집' 주인아줌마였다. 달랑 담 하나를 사이에 두고 이웃하고 있다 보니 가끔씩 한쪽이 손님이 넘치면 다른 한쪽을 소개시켜 주기도 하며 가깝게 지내는 사이였다.

승아는 준형에게 눈짓으로 양해를 구하고 전화를 받았다.

"웬일이세요, 아줌마. 저한테 전화를 다 하시고."

[승아, 너 지금 어디 있니?]

아줌마의 목소리가 다급하게 느껴졌다.

"밖에 좀 나와 있어요. 무슨 일이신데 그러세요?"

[얘 좀 봐. 오늘 너희 집 청소 당번 날이잖니?]

"네에?"

승아는 그만 눈이 둥그레지고 말았다.

승아네 민박집이 있는 한옥마을에서는 매일 집집마다 당번을 정해서 돌아가며 마을 청소를 한다. 매일 한다고는 하지만 워낙 오가는 사람이 많기 때문에 녹록한 일은 아니었다. 한 번 할 때마다 반나절은 족히 걸릴 정도여서 보통 당번이 된 집에서는 온 가족이 총출동을 한다. 하지만 승아네는 승아와 엄마 둘뿐이라서, 평일에 순번이 잡히면 휴일로 바꿔달라고 자치회에 부탁하거나 바꾸지 못할 경우에는 승아가 반차라도 내서 함께 청소를 하고 있었다.

하지만 오늘 아침에 나올 때까지도 엄마는 아무 말이 없었던 것이다.

"정말 오늘 저희 집 맞아요? 잘못 보신 거 아니구요?"

[글쎄 순번표에도 그렇게 적혀 있다니까. 아까 혼자 빗자루랑 싹 챙겨 들고 나가던데 뭘.]

"하지만 오늘 아침에도 엄마 그런 말 없었는데요."

[그래? 그럼 네 엄마가 크리스마스이브라고 일부러 말 안 했나 보다, 얘.]

그제야 승아는 깨달았다.

아침부터 그렇게 꽃단장을 하고 난리를 치는 승아를 보고 분명 엄마도 눈치챘을 것이다. 딸이 데이트하러 나간다는 걸. 그래서 말하지 않은 게 틀림없었다.

[저걸 혼자 하려면 하루 종일 걸릴 텐데 큰일이네. 내가 좀 도와주고 싶어도 오늘따라 우리 집도 손님이 꽉 차서 지금 난리도 아니거든.]

아줌마가 곤란한 듯이 말했다.

"걱정 마세요, 아줌마. 제가 지금 바로 집으로 갈 테니까요."

그렇게 말하고 승아는 전화를 끊었다. 어떻게 양해를 구해야 하지, 하고 고민하면서 돌아보자 이미 준형은 들을 자세가 되어 있는 듯한 표정이었다. 코트 주머니에 손을 꽂고, 이쪽을 향해 약간 몸을 기울인 채 걱정스러운 눈으로 승아의 얼굴을 바라보며 그는 물었다.

"무슨 일이야?"

"아, 큰일은 아니에요. 걱정하실 건 없어요."

일단 안심부터 시켜놓고 승아는 사정을 설명했다.

"……그래서 정말 죄송하지만 지금 집으로 돌아가 봐야 할 것 같아요. 저거 엄마 혼자 했다간 분명히 몸살 날 거예요."

다행히도 준형은 섭섭한 기색 없이 곧바로 고개를 끄덕여 주었다.

"가자, 태워다 줄 테니까."

"아녜요, 저 혼자 갈 수 있어요. 학교 앞에서 버스 타면 한 번에 가요."

미안한 나머지 승아는 사양했다.

"급하다며?"

하지만 준형은 한마디로 일축하더니 승아의 손을 잡아끌었다.

"가자."

"고마워요, 선배. 그럼 저 이만 가볼게요."

다급한 손길로 안전벨트를 풀며 승아가 인사를 건넨다. 그러자 준형은 오는 동안에 몇 번이나 했던 질문을 다시 한 번 했다.

"정말 내가 안 도와줘도 되겠어?"

"그럼요, 항상 엄마랑 둘이 했는데요 뭐. 여기까지 데려다준 것만도 감사해요."

승아도 몇 번째로 똑같이 사양의 말을 했다. 준형에게 그런 일을 시킬 수도 없거니와, 아직은 엄마에게 준형을 보이고 싶지도 않았다. 엄마가 봤다간 아마도 영혼이 빠져나갈 때까지 질문 공세를 할 게 틀림없으니까.

차에서 내리기 전에 승아는 조금 머뭇거리다 인사를 건넸다.

"저어, 오늘 즐거웠어요. 꼭……."

하지만 말끝이 저절로 기어들어 갔다.

"꼭?"

준형이 물었지만 차마 그 이상은 말할 수가 없었다.

"조만간 꼭 봐요!"

그렇게 말하고 승아는 도망치듯 얼른 준형의 차에서 내렸다.

"……꼭 꿈꾸는 것 같았어요."

그렇게 입속으로 중얼거리면서 뛰다시피 빠른 걸음으로 걷자 저만치에서 빗자루로 길을 쓸고 있는 엄마의 모습이 보였다.

"엄마!"

승아를 본 엄마가 놀란 듯이 허리를 폈다.

"아니, 넌 왜 벌써 와? 아침에 그 난리를 치고 나가더니!"

갑자기 엄마의 눈이 번뜩였다.

"너 설마, 남자한테 바람맞은 거냐? 크리스마스이브에?"

"아냐, 엄마! 바람이라니?"

승아는 펄쩍 뛰었다.

"토담집 아줌마한테 전화 왔었어. 오늘 우리 집 당번인데 어디 간 거냐고."

"하여튼 그 여편네도 오지랖은!"

엄마가 어이없다는 표정을 했다.

"그래서, 데이트하다 말고 팽개치고 집에 왔다고?"

"그럼 어떡해, 엄마 혼자 이거 청소 어떻게 하려고."

"에라이!"

"아얏!"

갑자기 엄마가 다짜고짜 등짝에 강렬한 스매싱을 날리는 바람에 승아는 아파서 팔짝팔짝 뛰었다.

"누가 너더러 청소 도와달랬어? 이 모자란 것아!"

"아, 왜 그래! 잘 왔다고 칭찬은 못 해줄망정!"

"칭찬은 얼어죽을, 어디 가서 내 딸이라고 하지도 마! 창피해서 그냥."

"엄마아!"

모녀가 옥신각신하고 있는데 옆에서 누군가가 조심스럽게 끼어들었다.

"저어, 잠시만 실례하겠습니다."

무심코 쳐다봤다가 승아는 기절할 뻔했다. 언제 따라왔는지, 준형이 서 있는 것이 아닌가!

"헉!"

갑자기 나타난 준형을 엄마가 의아한 얼굴로 쳐다보았다.

"누구시죠?"

"처음 뵙겠습니다."

준형이 허리를 굽혀 엄마에게 정중하게 인사를 했다.

"서준형이라고 합니다. 승아 대학교 때 같은 과 선배입니다."

"그래요?"

승아는 당황해서 어쩔 줄을 몰라 했다. 대체 여긴 왜 따라온 거야! 엄마도 승아 못지않게 당황한 듯, 승아와 준형을 번갈아 보았다.

"아니, 근데 승아 대학교 때 선배가 여긴 무슨 일로……."

의아한 듯이 말하던 엄마가 갑자기 눈을 번쩍였다.

"잠깐, 설마 오늘 우리 승아랑 데이트 있었던 게 그쪽인가요?"

준형은 성실하게 대답했다.

"네, 어머님."

"세상에나!"

엄마의 눈이 커졌다. 그러더니 갑자기 승아 쪽을 힐끗 보고는 중얼거렸다.

"굼벵이도 구르는 재주가 있다더니."

승아는 발끈했다.

"엄마! 그게 무슨 뜻이야?"

"칭찬을 해줘도 못 알아듣긴."

나지막하게 그렇게 말하고 엄마는 준형을 향해 시선을 돌렸다.

"서준형 씨라고 했나요? 반가워요, 나 승아 엄마예요."

그러더니 새삼 준형을 쳐다보고는 감탄한 표정을 했다.

"어쩜, 이렇게 훤칠하고 잘생긴 총각이 다 있을까?"

나긋나긋하고 상냥하기 그지없는 말투. 평소 승아를 쥐 잡듯이 잡을 때와는 백팔십도 다른 말투에 승아는 갑자기 온몸에 뭔가가 돋는 것을 느꼈다.

준형 역시 빙긋 웃으며 대답했다.

"어머님도 정말 우아하고 젊으셔서 깜짝 놀랐습니다."

"아유, 그래요? 고마워라."

엄마가 손등을 입에 갖다 대고 호호호, 하고 기품있게 웃었다. 지켜보던 승아는 그만 닭이 되어 날아갈 지경이었다.

갑자기 준형이 엄마가 들고 있는 빗자루에 손을 뻗었다.

"빗자루 이리 주세요, 어머님. 이쪽부터 쓸면 될까요?"

그러나 엄마는 물론 빗자루를 냉큼 넘겨주지 않았다.

"아니, 그러면 안 되죠. 우리 승아 귀한 손님인데."

"괜찮습니다. 어차피 도우려고 온 건데요."

"글쎄, 안 된다니까. 댁에서는 귀한 아들일 텐데, 보자마자 청소나 시켜먹을 수는 없죠."

그러더니 엄마는 아예 청소를 집어치웠다.

"청소야 이따 내가 승아랑 둘이 천천히 하면 그만이고. 점심은 먹었어요?"

"네. 승아랑 같이 먹고 오는 길입니다."

"그럼 우리 집에 가서 차나 한잔할래요? 내가 맛있는 생강차 끓여줄 테니."

"정말 그래도 될까요? 저 생강차 정말 좋아하는데."

준형이 기쁜 듯이 말했다.

"어머, 그래요? 그럼 얼른 들어가요, 추울 텐데 여기 서 있지 말고."

훈훈 도는 광경에 승아는 잠시 어안이 벙벙해져 있었다. 그리고 문득 정신을 차렸을 때는 승아의 엄마와 준형은 어느새 모자 사이처럼 다정하게 나란히 돌아서서 집으로 향하고 있었다.

"잠깐만! 같이 가요!"

어느새 저만치 멀어지는 두 사람의 뒤를, 승아는 헐레벌떡 쫓아갔다.

엄마가 부엌에서 차를 준비하는 동안, 승아는 대청마루에 찻상을 펴며 엄마에게 들리지 않게 목소리를 낮춰 항의했다.

"대체 왜 따라온 거예요? 오지 말라고 했잖아요!"

"집에 가봤자 어차피 할 일도 없고, 청소나 도울까 해서."

준형은 아무렇지도 않게 대답했다.

"선배가 잘 몰라서 그러는데요, 우리 엄마 완전 무섭단 말이에요. 괜히 말실수했다간 우리 둘 다 그냥!"

승아가 손가락으로 목을 긋는 시늉을 해 보였으나 준형은 태연했다.

"왜? 저렇게 다정한 어머니신데."

"선배가 등짝을 안 맞아봐서 그렇죠! 하여튼 말조심해야 돼요. 저번에 제가 선배 집에서 잤다든가, 뭐 그런 거요. 절대 말하면 안 돼요, 알았죠?"

"무슨 일이 있었던 것도 아닌데?"

"그걸 엄마가 퍽이나 믿어도 주겠어요!"

그러는 사이에 엄마가 차를 가지고 부엌에서 나왔다. 준형은 마루에 달린 유리로 된 미닫이 너머로 힐끗 마당을 쳐다보고는 감탄한 듯이 말했다.

"집이 정말 예쁘네요, 어머님. 마당도 참 멋있게 꾸며져 있구요. 특히 저 가운데에 있는 나무가 굉장히 멋져요."

"그건 오동나무인데, 돌아간 승아 아빠가 승아 태어날 때 심었던 거예요."

준형의 찻잔에 생강차를 따르며 엄마가 미소를 지었다.

"옛날엔 여자아이가 태어나면 오동나무를 심었대요. 그 아이가 나이가 차서 시집을 가면 그 오동나무를 베어서 혼수로 쓸 가구를 만든다나요. 근데 우리 승아는 오동나무가 저렇게 자라도록 시집은커녕 남자친구도 제대로 못 사귀어서 얼마나 걱정을 했는지 몰라요."

"엄마!"

승아가 펄쩍 뛰었지만 엄마는 들은 체도 하지 않고 계속 말했다.

"겨우 생겼다는 남자는 눈치를 보아하니 우리 승아 속이나 썩이고…… 어머나!"

그제야 엄마는 입을 다물고 준형의 눈치를 보았다.

"이를 어째, 내가 주책없이 말실수를 했나 봐요. 미안해요."

그러나 준형이 빙긋 웃으며 엄마를 안심시켰다.

"괜찮습니다, 어머님. 저도 벌써 알고 있어요."

"아, 그래요? 그럼 다행이네."

될 대로 돼라. 승아는 더 말리기를 포기했다.

"그래, 서준형 씨는 무슨 일을 하고 있나요?"

마주 앉아 차를 마시며 엄마는 본격적으로 준형에게 질문을 던졌다.

"서진호텔에서 일하고 있습니다. 미국에서 경영학 석사 과정을 밟고 오느라 일한 지는 아직 몇 달 안 됐고요."

준형이 성실하게 대답했다.

"어머나, 그래요? 호텔이면 우리 집이랑 같은 숙박업이네!"

엄마는 반가운 얼굴을 했다. 물론 준형이 그 서진호텔 후계자라는 것은 상상조차 하지 못하고 있는 것이 틀림없었다.

"가만있자, 부모님께서는 다 계시고?"

"엄마! 그런 걸 왜 물어?"

승아가 당황해서 말렸지만 준형은 아무렇지도 않게 대답했다.

"두 분 다 계시긴 합니다만, 어머니는 새어머니십니다. 친어머니는 제가 어렸을 때 돌아가셨고요."

"저런!"

승아는 깜짝 놀랐다. 전혀 몰랐던 사실이었기 때문이다.

"괜찮습니다. 사실 전 너무 어릴 때라 어머니 얼굴도 기억이 잘 안 나는걸요."

준형이 웃어 보였지만 이미 승아의 엄마는 눈가가 촉촉해져 있었다.

"알겠지만 우리 승아도 어릴 때 아빠가 돌아가셨어요. 준형 군도 비슷한 처지였구나."

"제 아버님은 얼마 안 가서 재혼하셨습니다. 그런데 어머님께
선 혼자 몸으로 이렇게 승아 씩씩하고 밝게 잘 키워주셨잖아요.
정말 대단하고 존경스럽습니다."

준형의 다정한 말에 엄마는 그만 감동을 먹은 것 같았다. 한참
물기 어린 눈자로 준형을 쳐다보던 엄마가 문득 물었다.

"그래, 준형 군이랑 우리 승아랑은 정확히 어떤 사이인가요?"

준형은 얼굴 하나 붉히지 않고 대답했다.

"제가 승아를 좋아합니다."

오히려 얼굴이 빨개진 것은 승아였다.

"우리 승아 어디가 그렇게 좋은가요? 내 딸이지만 단점이 말도
못 하게 많은 아인데."

준형은 손가락을 꼽아가며 대답했다.

"예쁜 건지 안 예쁜 건지 가끔 헷갈리게 만드는 얼굴도 좋고, 누
구한테 기댈 줄이라곤 모르는 꽉 막힌 구석도 좋습니다. 궂은일에
발 벗고 나서는 바보 같은 점도, 가끔씩 사람 속 터지게 만드는 둔
한 성격도 좋습니다."

그 뒤에 이어진 마지막 말을 들을 때까지 이게 칭찬인가, 욕인
가 승아는 속으로 헷갈렸다.

"한마디로 저는 승아의 모든 게 다 좋습니다."

확신에 찬 어조로 그렇게 말하고 준형은 자세를 고쳐 바르게 앉
았다.

"어머님께서 허락해 주신다면 승아와 정식으로 진지하게 만나

고 싶습니다."

준형과 함께 집을 나섰을 때는 이미 해가 다 져서 한밤중이 되어 있었다.

"표정이 왜 그래? 꼭 화난 사람처럼."

승아의 곁에서 걷고 있던 준형이 물었다.

"이렇게 막무가내로 집까지 쳐들어오는 게 어딨어요?"

승아가 부루퉁하게 대꾸했다.

사실 승아는 지금 뾰로통해져 있는 상태였다.

"어머님께서 허락해 주신다면 승아와 정식으로 진지하게 만나고 싶습니다."

준형의 말에 엄마는 마치 기다렸다는 듯이 흔쾌히 승낙했다. 그러고 나서는 마치 사윗감이라도 온 것처럼 상다리가 휘어져라 음식을 차려서 내오기까지 했다.

승아가 계속해서 눈치를 주었으나 준형은 끄떡도 않고 특유의 그 사람 홀리는 상냥한 태도와 부드러운 미소로 승아 엄마의 마음을 홀라당 빼앗아 버리고 만 것이었다.

덕분에 저녁상을 물린 후 준형이 이만 가봐야겠다고 일어설 때, 엄마는 아쉬워하다 못해 승아의 등까지 떠다밀었다.

"뭐 하고 섰어? 따라가서 배웅해 주고 오지 않고!"

가만히 생각해 보자니 억울한 승아였다.

좋아한다고 고백을 받은 것까진 참 좋았다. 그런데 그다음 순서가 틀려먹지 않았는가. 나한테 사귀자고 해야지, 왜 다짜고짜 우리 엄마한테로 넘어가느냐고!

"일에는 순서라는 게 있잖아요."

"무슨 순서?"

"난 아직 선배랑 사귀겠다고 말한 적 없다고요!"

승아가 걸음을 멈추고 톡 쏘아붙이자 준형이 따라서 걸음을 멈췄다. 그러더니 마침 저만치에 보이는 성당의 십자가를 턱으로 가리키면서 엉뚱한 말을 했다.

"천주교에서 기도할 때 왜 굳이 '마리아님, 우리 죄인을 위해 빌어주소서' 하는지 알아? 직접 빌면 될 걸 가지고."

"왜 그러는데요?"

"예수님도 엄마 말은 잘 들을 거거든."

준형은 아무렇지도 않게 말하고 다시 걸음을 옮겼다. 잠시 황당해하던 승아는 금세 정신을 차리고 황급히 그의 뒤를 따랐다.

"그러니까 제가 엄마 말은 잘 들을 거다, 뭐 이런 뜻이에요?"

"조승아가 제일 무서워하는 게 엄마 아닌가?"

"그거야 그렇지만……."

나한테 직접 말했어도 오케이했을 텐데 왜 굳이 엄마한테?

하지만 그렇게 물으려고 한 순간 저만치 주차되어 있는 준형의 차가 눈에 들어왔다. 주머니에서 키를 꺼내 차 문을 연 준형이, 승아를 향해 몸을 돌렸다.

"어쨌든 어머니께서 허락하셨으니 무조건 오늘부터 사귀기로 한 거야."

마치 승아의 반론을 원천적으로 차단하겠다는 듯이, 준형은 딱 잘라 말했다. 그리고 조금 누그러진 목소리로 덧붙였다.

"그 녀석 따윈 금세 잊게 해줄 테니까."

그제야 승아는 준형의 말뜻을 알았다. 그는 승아가 아직도 상윤을 잊지 못하고 있다고 생각하고 있었던 것이다.

물론 터무니없는 오해였다.

"저어……."

승아는 머뭇거리며 말하려 했다. 그렇지 않다고, 벌써 그 인간 따위는 잊어버린 지 오래라고.

하지만 이마에 준형의 따뜻한 입술이 먼저 와 닿는 바람에 승아는 흠칫 얼어붙고 말았다.

"반드시 다시 한 번 네가 날 좋아하게 만들 거야."

이마에 가볍게 입을 맞추고, 준형은 승아의 귓가에 속삭였다. 그리고 그녀의 눈을 들여다보며 빙긋 웃었다.

"사실은 오늘 그냥 이대로 납치해 버리고 싶은데, 어머님 뵈니까 차마 그럴 수가 없네."

"……."

"어머니랑 즐거운 저녁 보내."

마지막으로 '메리 크리스마스', 하고 중얼거리고는 준형은 아쉬운 듯이 차에 올랐다.

준형이 탄 차가 저만치 멀어져 갔다. 그 뒷모습을 오래오래 서서 쳐다보던 승아는, 이윽고 어깨를 으쓱하며 중얼거렸다.

"그럼 뭐, 당분간 서준형 씨가 날 짝사랑하는 걸로 해둘까?"

돌아서는 승아의 입가에 어느새 미소가 번졌다.

2장
여행을 떠나요

"2차 공모 역시 고객들이 직접 선택하는 형식으로 진행됩니다."

유경의 말에 2차 공모에 올라간 다섯 개 회사 담당자들의 표정이 일제히 진지해졌다.

"욕실에 기본 어메니티 세트가 비치되고, 그 옆에 각 회사에서 제출한 물품들이 따로 놓일 겁니다. 고객들에게는 그중에 한 가지만 사용할 수 있게 하고, 어떤 물품이 가장 많이 선택되었는지 통계를 내서 그걸로 3차 진출을 결정하게 됩니다."

경합 방식이 발표되자 승아는 속으로 쾌재를 불렀다. 됐다!

다섯 회사에서 제출한 추가 물품은 다음과 같았다.

대서양화장품은 짐작했던 대로 입욕제. NJ와 마이스킨은 각각

자사 브랜드의 영양크림과 비비크림. 그리고 오로라는 부드러운 소재로 만들어진 때밀이 타월. 때밀이 타월이라는 독특한 아이템을 제외하면 나머지는 모두 로열화장품에서도 한 번쯤 고려했던 아이템들이었다.

이 중에서 딱 하나만 쓸 수 있게 한다면 당연히 로열화장품의 페이셜 클렌저일 수밖에 없다고 승아는 다시 한 번 생각했다. 여자라면 생각하기도 전에 이미 자연스럽게 그쪽으로 손이 가고 있을 것이다. 입욕제도 좋고 비비크림도 좋지만, 일단 당장 급한 건 세수니까.

아니나 다를까, 로열화장품의 페이셜 클렌저를 본 다른 회사 담당자들은 하나같이 아차, 하는 표정을 지었다. 허를 찔렸다는 기색이 역력했다. 하기야 다들 뭔가 특별한 것을 생각해 내려고만 했을 테니까. 로열화장품이 처음에 그랬던 것처럼.

어쨌든 이건 우리 쪽의 승리다. 승아는 그렇게 확신했다. 그래서 미팅이 끝난 후, 지난번에 자신에게 죽도록 술을 먹였던 대서양과 NJ 담당자에게도 생글생글 웃으며 인사를 건넬 수 있었다.

"그럼 다음에 또 뵙겠습니다."

"아, 그래요."

"또 보지."

마지못해 인사를 받는 두 남자의 표정은 영 떨떠름했다.

"가만있자……."

엘리베이터를 타고 내려온 승아는 잠시 1층 로비에 멈춰 서서 고개를 갸웃거렸다. 준형에게 왔다고 연락을 할까 말까 망설여졌던 것이다.

'여기까지 왔는데 왔다고 얘기는 해야 하는 거 아닐까?'

하지만 승아는 곧 생각을 고쳐먹었다. 괜히 일하는 사람을 방해하고 싶지는 않았던 것이다. 공은 공이고 사는 사인데.

그렇게 생각한 승아는 어깨를 으쓱하고 다시 걸음을 옮겼다. 그러나 로비를 가로질러 입구로 가는 도중에 뒤에서 누가 승아의 이름을 불렀다.

"승아?"

깜짝 놀라 돌아보니 웬걸. 몇 걸음 떨어진 곳에 거짓말처럼 준형이 서 있는 것이 아닌가!

"준형 선……!"

반가운 나머지 이름을 부르려던 승아는 준형의 바로 뒤에서 이쪽을 향해 오고 있는 대서양과 NJ 담당자들을 보고 황급히 입을 다물었다.

"……서준형 실장님."

얼른 정중하게 고개를 숙여 인사하자 준형이 순간적으로 의아한 표정을 했다.

"음?"

승아는 속으로 애가 탔다. 지금 알은척하면 안 되는데!

그러나 다행히도 준형은 그렇게 눈치 없는 종류의 인간이 아니었다. 금세 눈치를 챈 듯, 포커페이스로 돌아가서는 아무렇지도 않은 듯 대답하는 것이었다.

"아, 조승아 씨. 오늘 우리 호텔에서 미팅이라도 있었나 봅니다?"

대서양과 NJ가 몇 걸음 떨어진 곳에서 준형과 승아를 발견하고 걸음을 멈추는 것이 시야에 들어왔다. 승아는 그쪽은 본 체도 하지 않고 일부러 큰 소리로 대답했다.

"네, 실장님. 내일부터 2차 공모 시작이어서요."

준형은 예의 부드러운 미소를 띠고 고개를 끄덕였다.

"그렇군요. 그럼 난 좀 서둘러 해야 할 일이 있어서 이만. 아무쪼록 건투를 빕니다."

"감사합니다, 실장님!"

승아는 허리를 굽혀 인사를 하고 돌아섰다. 가슴이 쿵쿵 뛰었다.

'하마터면 큰일 날 뻔했네!'

다행히도 경쟁사 인간들은 전혀 이상한 낌새를 채지 못한 모양이었다. 승아가 일부러 가방에서 뭔가를 찾는 척하며 잠시 걸음을 늦추자 저희끼리 뭐라고 속닥거리더니 먼저 승아를 앞질러서 나가 버렸다.

"휴우!"

승아는 그제야 안도의 한숨을 쉬었다. 얼른 주위를 둘러보자 어느새 저만치서 엘리베이터에 올라타는 준형의 뒷모습이 눈에 들어왔다. 승아는 헐레벌떡 그쪽으로 뛰어갔다.

"준형 선배!"

문이 완전히 닫히기 직전에 준형이 도로 문을 열어주어서 승아는 겨우 엘리베이터에 올라탔다.

이제야 단둘이 되었다. 승아는 가쁜 숨을 내쉬며 웃었다.

"아깐 고마웠어요. 저 사람들이 눈치챘으면 완전 큰일 날 뻔했는데."

"뭐, 그쯤이야 당연한 일이지."

준형이 고개를 끄덕였다.

"넌 이제 퇴근하는 거야?"

"아뇨, 다시 회사 들어가 봐야 돼요. 오늘 미팅 결과 보고해야죠."

"어때, 잘될 것 같아?"

"네. 완전 희망적이에요!"

"그거 다행이군."

거기까지 말했을 때, 엘리베이터가 멈췄다.

"그럼 난 이만 들어가 볼게. 조심해서 돌아가."

준형이 그렇게 말하고 먼저 휙 내리는 바람에 승아는 대단히 당황했다. 잠깐, 이대로 그냥 헤어지는 거야?

"저, 저기요!"

황급히 엘리베이터에서 따라 내려서 부르자 준형이 뒤를 돌아보았다.

"왜, 뭐 할 말 있어?"

"저, 진짜 그냥 가요?"

"그럼?"

준형이 되묻는 바람에 승아는 더욱더 당황해서 허둥거렸다.

"아니, 뭐, 커피라도 한잔하자든가, 아니면 잠깐 얘기라도……."

"아까 말했잖아, 서둘러 할 일이 있다고."

그거야 그냥 보는 눈이 있으니까 하는 말인 줄 알았다. 근데 정말로 그냥 돌려보낼 생각이었던 거라니. 승아는 충격을 받았다.

여자친구가 여기까지 왔는데, 이렇게 그냥 가라고?

"그리고 난 지금 근무 중이라서."

준형의 말은 전혀 틀린 데가 없었다. 논리적으로 완벽하다. 하지만 마음이라는 것은 논리와는 또 다른 문제였다. 아무리 저쪽이 옳아도 섭섭한 건 어쩔 수 없다는 뜻이다.

게다가 어디까지나 지금 준형은 자신을 '짝사랑하는' 중이었다. 그런데 이건 뭔가가 거꾸로 되지 않았는가.

'여기까지 와서 나한테 연락도 안 하고 그냥 가려고 했던 거야?'

'선배 바쁘실까 봐 그랬죠.'

'아무리 바빠도 여자친구 얼굴 볼 시간은 있어. 다음에 또 이러면 화낼 거야.'

뭐, 이런 대화가 되어야 옳지 않겠는가 말이다!

얼굴이 붉으락푸르락하고 있는 승아에게, 준형은 손목에 찬 시계를 힐끗 보더니 말했다.

"미안. 더 지체할 시간이 없어. 차 준비시키라고 할 테니까, 내려가서 타고 가."

"아뇨, 괜찮아요."

승아는 억지로 아무렇지도 않은 표정을 하려고 애쓰며 말했다.

"그냥 버스 타고 가면 돼요. 올 때도 버스 타고 왔는걸요."

"날씨 많이 추워. 말 들어."

"정말 괜찮다니까요."

승아가 사양하자 준형도 더는 권하지 않았다.

"그럼 편한 대로 해. 나중에 연락할게."

이윽고 준형은 등을 돌려 잰걸음으로 사무실로 사라져 버렸다.

'저기요, 저 좋아하는 거 맞긴 하죠?'

준형의 뒷모습에 대고 그렇게 묻고 싶은 것을, 승아는 꾹 참았다.

그날 저녁, 오랜만에 영업부 사람들끼리 모여서 회식을 했다. 그동안 2차 공모 준비를 하느라 정신없이 바빴던 터라, 승아의 희망적인 보고에 모두들 일단 한숨 돌리는 분위기였다.

"근데 승아 씬 무슨 일 있어? 오늘따라 되게 잘 마시네."

승아의 빈 잔에 소주를 몇 번째로 채워주던 김 대리가 희한하다는 듯이 물었다.

사실 평소 승아는 별로 술을 마시지 않았다. 대학 시절부터 선미 뒤치다꺼리하느라 정작 자신은 술을 자제하는 게 버릇이 되어 있었기 때문이다.

하지만 오늘은 달랐다. 낮에 그렇게 승아를 섭섭하게 만들었던 준형은, 저녁때가 훌쩍 지났는데도 아직 연락이 없었다. 벌써 퇴근을 했어도 한참 전에 했을 텐데도.

덕분에 승아는 오랜만에 달리고 있는 중이었다. 에라, 마시자!

"일은요, 아무 일도 없어요."

승아는 시무룩하게 대꾸하고는 다시금 소주를 원 샷 해버렸다.

"어, 이거 조승아 씨 진짜 무슨 일 있나 보네."

김 대리가 큰 소리로 말하는 바람에 사람들의 관심이 순간적으로 승아에게로 쏠렸다.

"그러게, 표정이 왜 그래? 우리 2차 공모는 완전 잘될 것 같다며."

"혹시 남친이랑 싸웠어?"

"잠깐. 승아 씨 남친이면, 그 서진호텔 서준형 실장?"

금세 주위가 떠들썩해졌다. 특히 준형에 대한 여자들의 관심이란 엄청난 것이어서, 온 여직원들이 다 승아의 곁으로 모여들었다.

"왜 그래, 우리한테 말해봐. 설마 싸운 거야?"

"싸우긴요."

"그러지 말고 솔직하게 말해보라니까."

결국 추궁에 못 이겨 승아는 입을 열고 말았다.

"사실은 오늘 낮에 호텔에 갔다가 만났는데요……."

처음에는 하도 캐물어서 울며 겨자 먹기로 시작한 얘기가, 나중에는 진짜 하소연이 되어갔다.

"네, 알아요. 근무 중인 거 안다고요. 누가 모르나? 아무리 그래도 여자친구 얼굴 보자마자 대놓고 바쁘다면서 가라고 하는 건 좀 그렇잖아요."

자초지종을 들은 여자들이 고개를 끄덕였다.

"그렇지."

"승아 씨가 섭섭할 만하네."

주위에서 제 편을 들어주는 바람에 승아는 그만 왈칵 눈물이 났다.

"에이, 그래도 그때 멋있게 홍 대리한테 한 소리 하는 거 보니까 승아 씨 많이 좋아하는 것 같던데 뭘."

이연주 과장이 달래듯이 말했다.

"정말 바쁜 일이 있었나 보지. 그 자리가 어디 보통 자린가? 승아 씨가 이해해."

"이해야 하죠. 근데 좀 좋게 말하면 되잖아요. 꼭 사람 쫓아내듯이 완전 차갑게 말하구."

"아까 말했잖아, 서둘러 할 일이 있다고."

낮에 들었던 준형의 목소리가 떠올라서 승아는 코를 훌쩍거렸다.

"진짜 절 좋아하는 건지도 모르겠어요."

그러자 갑자기 김 대리가 손가락을 딱 튕겼다.

"승아 씨, 그럼 우리 한번 시험해 볼까?"

"……뭘요?"

"서준형 실장이 승아 씨를 진짜로 좋아하나 안 좋아하나 시험해 보잔 말이야. 완전 확실하게 알 수 있는 방법이 있는데."

김 대리의 말에 모두들 호기심에 눈을 반짝였다. 승아도 솔직히 궁금하지 않은 바는 아니었지만, 애써 고개를 저었다.

"아녜요, 안 할래요. 어린애도 아니구."

"왜, 한번 해보지."

"그래. 재밌을 것 같은데?"

남의 일은 크게 벌일수록 재미있는 법이다. 사람들이 신이 나서 부추겼지만 승아는 끝내 고개를 젓고는 도망치듯 자리에서 일어났다.

"저 잠깐 화장실 좀 다녀올게요."

휴대폰을 테이블에 그냥 놔두고 일어난 것이 실수였다는 것을, 그때는 미처 몰랐다.

간간이 그릇에 부딪치는 젓가락 소리만 조용히 울리던 방에, 먼저 침묵을 깬 것은 아버지인 서 회장이었다.

"짧은 시간에 업무 파악을 꽤나 잘했더구나. 얼마 안 된 것치고는 성과도 제법 있고."

아버지에게서 드물게 듣는 칭찬에도 불구하고 준형은 조용히 미소만 지어 보였다.

"아직 멀었습니다."

바로 어제 퇴근 시간이 다 됐을 때쯤 아버지의 비서에게서 갑자기 연락이 왔다. 준형이 이 호텔에 온 이후로 한 일과, 앞으로 할 일에 대해서 보고를 하라는 것이었다. 그것도 바로 다음 날인 오늘 당장.

그래서 준형은 어제 밤을 꼬박 새다시피 해서 준비를 했다. 오늘도 오후까지 내내 준비에 매달리느라 기껏 호텔까지 온 승아와도 차 한 잔 못 하고 그냥 돌려보내야 했다.

덕분에 오후 늦게 회장실로 불려갔을 때 완벽하게 보고를 마치고, 저녁 식사까지 함께하게 됐지만 준형은 여전히 긴장을 풀고 있지 않았다. 아버지 앞에서는 늘 그래 왔듯이.

현재 회장과 총지배인에 이은 호텔 3인자는 자신이다. 그러나 이게 진짜 준형이 후계자가 되었다는 뜻이라고는 할 수 없었다. 아직, 아니, 단 한 번도 서 회장은 준형을 후계자로 삼겠다고 입 밖에 내서 말한 적이 없었다. 새어머니인 민 여사도 전혀 포기한 눈치가 아니다.

게다가 미국에 유학을 가 있는, 배다른 동생인 준수가 돌아오면 총지배인이 은퇴하고 그 자리에 준수가 앉을 거라는 소문까지 있었다.

그래서 준형은 극도로 행동을 조심하면서 자신의 입지를 확고히 해가고 있는 것이었다. 물론 아버지를 대할 때도 한 치의 소홀함도 없어야 했다.

"듣자 하니."

서 회장은 칭찬 끝에 지나가는 말처럼 툭 말을 흘렸다.

"벌써 회사 내에 네 사람을 많이도 만들어놨다더구나."

준형의 가슴이 두방망이질치기 시작했다.

이 말은 대체 무슨 뜻일까. 눈치채고 있으니 그쯤 해두라는 경계의 의미일까, 아니면 잘하고 있다는 격려의 뜻일까. 그 어느 쪽으로도 해석할 수 있는 말투였다.

"열심히는 하고 있습니다."

애매하게 대답하며 아버지의 표정을 살폈지만 서 회장은 언제나 그렇듯이 무슨 생각을 하고 있는지 알 수 없는 표정으로 조용히 수저만 놀릴 뿐이었다.

준형의 주머니에 든 휴대폰이 소리를 낸 것은 그때였다. 분명히 진동으로 해둔 상태였지만, 워낙 방 안이 조용한 탓에 진동 소리가 유난히 크게 들렸다.

"죄송합니다, 아버지. 꺼둔다는 게 그만."

사과를 하고 얼른 휴대폰을 꺼내서 끄려던 준형은 흠칫 손을 멈췄다. 액정에 뜬 문자가 눈에 들어왔던 것이다.

─지금 집에 가는 길이에요. 골목길인데 뒤에서 누가 계속 따라오는 것 같아요!

승아에게서 온 문자였다.

"……!"

굳어진 준형의 표정을 보고, 서 회장이 젓가락을 멈추고 괴이쩍다는 듯이 물었다.

"무슨 일이냐?"

대답하기도 전에 몸이 먼저 자리를 박차고 일어나고 있었다.

"죄송합니다, 아버지. 다음에 말씀드리겠습니다."

계속 마셨더라면 아마 오늘이야말로 완전히 맛이 갈 정도로 취하고 말았을 것이다. 하지만 중간에 갑자기 여직원들이 일치단결해서 승아를 쫓아내는 게 아닌가.

"맞다, 승아 씨, 늦었는데 이제 들어가 봐야지!"
"승아 씨네 어머니가 그렇게 엄하다고 하지 않았어?"

그래서 영문도 모르고 쫓겨나다시피 귀갓길에 오르게 됐지만, 덕분에 집으로 돌아가는 길에 승아는 딱 좋을 정도로 술기운이 올라 있었다. 비틀거리는 추태를 보이지 않을 정도로, 하지만 완전히 센티멘털해질 정도로.

"바보."

집으로 이어진 한적한 골목길을 천천히 걸으며 승아는 입속으로 중얼거렸다.

"조금만 다정하게 대해주면 어디가 어때서."

"그냥 너만이라도, 웃지 않는 나도 괜찮다고 해줄 수 없을까?"

알고 있다. 알고 있지만…….

어깨를 움츠리는 승아의 입에서 새하얀 한숨이 흘러나왔다.

"조승아!"

어디선가 자신의 이름을 부르는 준형의 목소리가 들려오는 것 같았다.

'술이 좋긴 좋네, 헛것도 다 들리고.'

승아는 피식 웃고는 계속 걸었다. 하지만 금세 또다시, 이번에는 아까보다 훨씬 더 가까운 곳에서 목소리가 들려오는 게 아닌가.

"조승아!"

승아는 그제야 깜짝 놀라 걸음을 멈췄다. 뒤를 돌아보니 저만치에서 누군가가 달려오고 있었다. 키가 크고 늘씬한 실루엣이, 밤눈에 봐도 틀림없는 준형이었다.

"준형 선배? 여긴 어떻게……"

놀라서 묻는 승아를, 한달음에 달려온 준형이 다짜고짜 꽉 끌어안았다.

"……!"

귓가에 닿는 숨결이 턱에 닿을 것같이 거칠었다. 준형이 한참을 뛰었다는 것을 승아는 알았다.

"무사해서 다행이야. 아무 일 없어서 정말 다행이야."

준형은 승아를 으스러져라 품에 끌어안고 몇 번이나 중얼거렸다.

"많이 놀랐지? 이제 무서워하지 않아도 괜찮아."

어떻게 된 일인지 영문도 모르면서 승아는 그만 눈물이 핑 돌았다. 그가 자신을 얼마나 걱정해 줬는지, 얼마나 소중하게 여기고 있는지가 절실히 전해져 와서 기뻤다.

"나 괜찮아요, 선배. 여기 있잖아요."

한참 후에야 준형은 겨우 승아를 놓아주었다.

"다친 덴 없지?"

새삼스레 준형은 승아를 위아래로 살펴보았다. 그리고 별 이상이 없다는 것을 확인하고는 그제야 긴 한숨을 토해냈다.

"그 자식은? 지금 경찰이 이 근처를 찾고 있어."

"그 자식이요?"

"네 뒤를 계속 따라왔다던 그놈 말이야."

"저어, 누구 말씀하시는 건지……."

승아가 의아한 얼굴을 하자 그제야 준형도 뭔가 이상한 낌새를 챈 모양이었다. 그는 주머니에서 자신의 휴대폰을 꺼내서 승아의 눈앞에 내밀었다.

"이 문자, 아까 네가 보냈잖아."

―지금 집에 가는 길이에요. 골목길인데 뒤에서 누가 계속 따라오는 것 같아요!

문자 내용을 보고 승아는 펄쩍 뛰었다.

"아닌데요? 저 이런 거 보낸 적 없어요!"

문자 위에 틀림없는 제 이름이 쓰여 있는 것이 더욱더 기막혔다.

"정말이에요, 맹세코 제가 보낸 거 아니에요!"

준형이 황당한 얼굴을 했다.

"그럼 누가 보냈다는 거야?"

"그거야 저도…… 헉!"

승아는 깜짝 놀라 갑자기 말을 멈췄다. 떠오르는 것이 있었기 때문이다.

"서준형 실장이 승아 씨를 진짜로 좋아하나 안 좋아하나 시험해 보잔 말이야."

틀림없었다. 승아가 화장실에 간 사이에 승아의 휴대폰에서 준형의 전화번호를 찾아서 몰래 문자를 보냈겠지. 그래 놓고 승아더러는 빨리 집에 가라고 등을 떠밀었던 거다.

"저어, 그게……."

승아가 안절부절못하자 준형의 얼굴이 점점 험악해져 갔다.

"설마, 장난친 건 아니겠지?"

"아니, 그러니까 장난이라기보다……."

갑자기 준형이 벼락같이 소리를 쳤다.

"조승아!"

지금껏 단 한 번도 준형이 이렇게 소리치는 걸 들은 적이 없는 승아는 깜짝 놀라서 어깨를 움츠렸다.

"대체 너 정신이 있는 거야? 어떻게 그런 장난을 칠 수가 있어!"

해명하려 해도 이미 준형은 말리기 힘들 만큼이나 화가 나 있다.

"내가 얼마나 놀랐는지 알아? 경찰은 또 어떻고! 어린애도 아니고 어떻게 그런 장난을 쳐!"

듣고 있자니 승아도 슬슬 아까의 감동이 가시고 화가 나기 시작했다.

"왜 내 얘기는 듣지도 않고 화부터 내요? 전 몰랐어요, 제 회사 동료들이 저 몰래 한 거라고요!"

"말이 되는 소리를 해! 동료들이 왜 그런 장난을 하겠어?"

"그건……!"

승아는 잠시 말문이 막혔다. 하지만 그것보다 서러움이 앞섰다.

"선배가 절 좋아하는지 모르겠다고 했더니, 동료들이 선배 마음을 알아봐 준다면서……!"

왈칵 눈물이 나는 바람에 승아는 당황해서 입을 다물었다.

승아의 눈물을 보고 준형도 조금 움찔하는 눈치였다.

"왜 그런 바보 같은 소리를 해? 좋아한다고 말했잖아."

그는 답답하다는 듯이 말했다.

"나한텐 너밖에 없어. 아주 예전부터 너뿐이었단 말이야. 모르겠어?"

"네, 잘 모르겠는데요?"

승아는 훌쩍이며 말했다.

"알아요, 선배가 저한테만은 가식 떨고 싶어 하지 않는다는 거. 그렇게 퉁명스럽고 무뚝뚝한 게 원래 선배 모습이라는 것도요. 하지만 조금 신경은 써줄 수도 있잖아요."

"미안하지만 무슨 소린지 모르겠어."

승아는 이참에 쌓였던 울분을 다 토해내기로 했다. 술기운도 약간 빌어서.

"예를 들면 크리스마스이브 때요. 전 정말 선배랑 데이트라고 신경 써서 차려입고 나갔는데, 그때 저보고 뭐라고 하셨어요?"

"글쎄, 뭐라고 했었지?"

"결혼식 갔다 왔냐고 하셨잖아요!"

준형이 흠칫하는 것이 눈에 보였다. 그는 조금 머뭇거리며 말했다.

"……예쁘다는 뜻이었어."

"그럼 예쁘다고 말했어야죠!"

아차, 하는 표정을 하는 준형을 향해 승아는 계속해서 말했다.

"오늘도 그래요. 낮에 호텔에서 마주쳤을 때, 꼭 그런 식으로 돌려보냈어야 했어요?"

"정말 중요한 일이 있었어. 회장님께 직접 보고를 올려야 했다고. 내 아버지지만 정말 철저하신 분이라서, 조금이라도 실수가 있었다간……."

"그럼 그렇게 말을 하란 말이에요!"

승아가 목소리를 높였다.

"지금 한 말을 그때 했어야죠. 회장님한테 직접 보고할 일이 있다, 아주 중요한 일이라서 지금 눈코 뜰 새 없다, 그냥 보내게 돼서 미안하다! 처음부터 그렇게 설명해 줬으면 제가 섭섭해할 일도 없잖아요."

"바쁘다고 얘기했잖아."

"선배가 한 말은 지금 바빠서 이러고 있을 시간 없다, 라는 말뿐이었어요. 그게 어떻게 같은 말이에요?"

그제야 준형은 할 말이 없어진 모양이었다. 승아는 한숨을 쉬고 말했다.

"알아요. 제가 이러는 거, 선배한테는 어린애같이 보이겠죠. 일하느라 바빠 죽겠는 사람 붙잡고 말 예쁘게 안 했다고 철없이 투정부리는 것처럼 보일 수 있다는 거, 저도 머리로는 안다고요. 저도 회사원이고, 사회생활하는 사람인데 왜 모르겠어요?"

"……."

"하지만 연애라는 게 원래 그런 거잖아요. 머리로는 다 알면서도 가슴으로는 섭섭한 거요. 좋아하는데 유치해지는 건 당연한 거 아니에요? 만약에 제가 선배를 좋아하지 않았더라면 이렇게 섭섭하지도 않았을……."

말하다 말고 승아는 황급히 입을 다물었다. 그러나 이미 쏟아진 물을 주워 담을 수는 없는 노릇이었다.

준형이 그때까지 주머니에 넣고 있던 손을 뺐다.

"……지금, 날 좋아한다고 했어?"

놀란 얼굴로 그는 한 걸음 다가서서 물었다.

아차, 그만 고백해 버렸구나. 승아는 도리질을 치며 한 걸음 물러섰다.

"아, 아녜요. 그런 말을 하려던 게 아닌데!"

"넌 그 헤어진 녀석을 좋아했잖아. 아니었어?"

"그게……."

차마 상윤과 헤어지기도 전부터 준형을 좋아했다고 말할 수는 없어서 승아는 우물쭈물 거렸다.

그러나 준형은 과장 조금 보태서 지금 당장 말하지 않으면 죽일 기세였다.

"대체 언제부터?"

양어깨를 꽉 붙들고 묻는 바람에 더 피할 수도 없게 됐다.

"몰라요, 나도!"

승아는 눈을 질끈 감고 말했다.

"……정신 차리고 보니까 언제부턴가 그렇게 돼 있었단 말이에요."

술기운에 가득이나 달아올라 있는 뺨이 터질 것처럼 화끈거렸다. 승아는 속으로 절실하게 생각했다. 지금쯤 얼굴이 불타는 고구마가 되어 있겠지. 어디 숨을 데라도 있었으면 좋겠다!

놀랍게도 그렇게 생각하자마자 숨을 곳이 절묘하게 나타났다.

준형이 승아를 끌어당겨 품에 안은 것이었다.

"노력할게."

다시금 승아를 꼭 끌어안은 준형이 진지한 목소리로 말했다.

"섭섭하게 만들어서 미안해. 내가 무조건 잘못했어."

"아니, 뭐, 잘못했다고 할 것까지는……."

"그러니까 계속 날 좋아하고 있어줘. 싫어하지 말고."

준형은 힘주어 말했다.

"내가 정말 잘할 테니까."

그토록 서운했던 마음이 봄눈 녹듯이 스르르 녹아내렸다. 얼음장도 녹여 버릴 것같이 따뜻한 준형의 품에 안겨, 승아는 조그맣게 대답했다.

"네."

이윽고 준형이 승아를 품에서 조금 떼어냈다. 고개를 조금 들자 역시나 준형의 입술이 다가오고 있었다.

승아는 떨리는 가슴으로 살며시 눈을 감았다.

그러나 입술이 마주 닿기 직전에, 어디선가 고함 소리가 들려왔다.

"거기, 잠깐!"

준형과 승아는 소스라치게 놀라 한 걸음씩 떨어졌다.

저만치서 경찰이 헐레벌떡 달려오고 있었다.

"거 아실 만한 분들이 허위 신고를 해서 쓰겠습니까?"

경찰서에 불려간 둘은 경찰 아저씨에게 호되게 야단을 맞았다.

"아가씨가 남자친구한테 장난친 거 맞죠? 거 어린애도 아니고!"

"아닙니다. 이 친구는 그런 뜻이 아니었는데 제가 그만 착각을 해서 섣불리 신고한 겁니다. 정말 죄송하게 됐습니다."

준형은 끝까지 승아를 감쌌다.

결국 경찰서를 나왔을 때는 꽤나 늦은 시각이 되어 있었다.

"……고마워요."

준형의 손을 꼭 잡고 경찰서를 나오며 승아는 조그맣게 말했다. 준형이 조금 미소를 지었다.

"됐어. 따지고 보면 내 잘못인데."

"그래도요."

"너도 동료들이 그런 장난을 쳤는지 몰랐다면서."

"네. 이 인간들을, 내일 출근해서 확 그냥!"

승아가 주먹을 불끈 쥐어 보이자 준형이 웃었다.

"참. 그러고 보니까 내일만 출근하면 연휴네요."

손을 잡고 집을 향해 걸으며 승아는 신이 나서 재잘거렸다.

"1월 1일이 금요일이니까 주말까지 합쳐서 3일이나 쉬잖아요. 선배는 뭐 할 거예요?"

"글쎄, 별 계획은 없는데."

"그럼 우리 만나서 데이트해요!"

준형이 고개를 끄덕이고는 물었다.

"뭐 하고 싶은데?"

"음, 글쎄요……."

잠시 생각해 보았지만 딱히 하고 싶은 것이 떠오르지 않았다. 그냥 이렇게 손을 잡고 함께 걷는 것만으로도 좋은데.

"잘 모르겠어요."

어깨를 으쓱하며 웃는 승아를, 준형이 지그시 바라보았다. 그리고 잠시 후 그의 입에서 나온 말에 승아는 깜짝 놀라서 걸음을 멈추고 말았다.

"우리, 여행 갈까?"

"저어…… 있잖아."

힘들게 말을 꺼냈는데 귤을 까던 선미는 승아 쪽을 쳐다보지도 않고 말했다.

"나 돈 없다. 못 빌려줘. 배 째."

승아는 발끈했다.

"돈 빌려달라는 거 아니거든?"

"아니야? 웬일로 니가 군고구마니 귤이니 사갖고 왔길래 난 또 돈 빌려달라는 건 줄 알았지."

선미가 의외라는 듯이 말했다.

"그럼 대체 무슨 얘기길래 그렇게 뜸을 들이는데?"

"그게, 저어……."

승아가 또다시 우물쭈물 거리자 인내심 짧은 선미가 까던 귤을 집어 던지며 벌컥 성질을 냈다.

"아, 대체 뭔데 그래!"

결국 승아는 선미에게 솔직하게 털어놓았다.

"있잖아, 나 사실은 얼마 전에 준형 선배한테 고백받았어. 그래서 지금 사귀는 중이야."

'너 개꿈 꿨냐?'

분명 이런 반응이 나오리라고 승아는 생각했다.

그러나 놀랍게도 선미는 전혀 놀라는 기색도, 그렇다고 의심하는 기색도 없었다.

"그래? 결국 그렇게 됐구만."

고개를 끄덕이더니 뭔가 감개무량하다는 표정으로 말하는 것이 아닌가.

예상외의 반응에 오히려 승아가 더 당황했다.

"안 놀라? 글쎄, 나랑 준형 선배랑 사귄다니까?"

"김연아가 은메달도 따는 마당에 그게 뭐 놀랄 일이라고."

그렇게 중얼거리더니 선미는 뭔가를 말하려는 듯이 입을 열었다.

"사실은……."

그러나 무슨 생각을 했는지 갑자기 도로 입을 다무는 것이었다.

"사실은 뭐?"

"아무것도 아니야."

"너, 지금 뭐라고 말하려고 했잖아!"

승아가 다그쳤으나 선미는 고개를 저었다.

"지금 할 말은 아니고, 나중에 네가 선배랑 싸움이라도 하면 그때 말해줄게."

"우리 싸울 일 없거든?"

승아의 반박에 선미가 코웃음을 쳤다.

"연애 초보 티 내고 있네. 원래 연애는 싸움의 연속인 거야. 전쟁 같은 사랑이 아니라 사랑 같은 전쟁이라구. 나중에 싸우고 나한테 와서 술 마시자고 울고불고하지나 마. 피곤하니까."

"아, 몰라. 하여튼 뭔데?"

"노코멘트."

그러더니 선미는 입을 딱 닫아버렸다.

한번 말하지 않겠다면 목에 칼이 들어와도 말하지 않는 것이 선미다. 그 점이 선미의 몇 개 안 되는 장점 중의 하나였다. 승아는 더 캐물어봤자 소용없다는 것을 알았다.

"하여튼 그래서, 준형 선배랑 사귄다고 보고하러 온 거야?"

"그것도 있는데."

승아는 조금 망설이다 말했다.

"……준형 선배가 연휴에 여행 가재."

"여행?"

사귄다는 말을 들어도 심드렁했던 선미가, 갑자기 바짝 다가앉으며 눈을 번쩍였다.

"설마 당일치기 여행을 말하는 건 아니겠지? 김 팍 새게."

"눈치가 그건 아닌 것 같아."

"하긴, 당일치기 여행이면 굳이 연휴에 가자고 할 필요가 없지."

고개를 끄덕이며 혼잣말처럼 그렇게 말한 선미가 갑자기 의미심장한 미소를 지었다.

"이제 보니까 준형 선배도 은근히 성질 급하네. 사귄 지 며칠이나 됐다고 여행을 가재?"

승아는 침을 꿀꺽 삼키고 물었다.

"저, 정말 그런 뜻일까?"

"당연히 그런 뜻이지 그럼! 생각을 해봐라, 준형 선배 나이가 있는데 얼마나 급하겠냐?"

"급하긴 뭐가 급해!"

그만 얼굴이 빨개진 승아에게, 선미가 진지하게 물었다.

"그래서, 네 생각은 어떤데?"

"응?"

"선배랑 여행 가고 싶느냐 말이야."

예전에 상윤이 여행 가자고 했다는 얘기를 했을 때도 선미는 비슷한 질문을 했었다. 하지만 질문은 같아도 승아의 마음은 그때와는 전혀 달랐다. 망설이고는 있지만, 그때와는 달리 좋아하는 마음에 확신이 없어서가 아니었다.

"가고 싶긴 한데 좀 긴장되기도 하고, 무섭기도 하고…… 근데 안 가자니깐 섭섭하구……."

말끝을 흐리며 횡설수설하자 선미가 한숨을 푹 쉬었다.

"하여튼 얘는 꼭 단도직입적으로 말을 해줘야 알아요."

그렇게 혼잣말처럼 중얼거리고 나서, 선미는 말 그대로 돌직구를 던졌다.

"너 선배랑 자고 싶어, 안 자고 싶어?"

승아는 상상해 보았다, 준형의 품에 안기는 자신의 모습을.

방에 불이 꺼지고, 준형이 손을 뻗는다. 그리고 자신이 입은 블라우스의 단추를 하나씩…….

"꺅!"

겨우 거기까지 상상해 놓고 얼굴이 새빨개지는 바람에 더 이상 진행할 수가 없었다.

달아오른 뺨에 손을 대어 식히는 승아를 보고 선미가 혀를 찼다.

"아주 쇼를 해라, 쇼를. 그래서 자고 싶냐고, 안 자고 싶냐고?"

비록 부끄러운 나머지 상상은 얼마 못 했지만 답은 알았다.

예전에 상윤과 여행 갈 뻔했을 때도 비슷한 상상을 해봤었다. 그때는 뭐랄까, 그냥 상상하는 자체가 싫었다. 부끄러운 게 아니라, 상상만 해봐도 그저 도망치고 싶어지는 상황이었다.

하지만 상대가 준형이 되니까 달랐다. 차마 부끄러워서 디테일한 상상까지는 할 수 없었지만, 싫지는 않았다. 오히려 그 상상의 뒤가 어떻게 될지, 실제로는 어떨지 궁금하기까지 했다.

그러니까, 즉.

"……자, 자고 싶은 것 같아."

승아는 기어들어 가는 소리로 겨우 대답했다.

"그래? 그럼 여행 가라."

선미는 시원스럽게 말했다.

"근데 무섭단 말이야."

"무섭긴 뭐가 무서워, 준형 선배가 잡아먹냐? 다 서로 좋자고 하는 일인데."

"그래도……."

"그래도는 무슨, 그럼 평생 처녀로 늙어 죽을래? 선배가 다 알아서 잘해줄 테니까 긴장할 거 없어. 그냥 닥치고 가."

무 자르듯이 그렇게 말한 선미가 갑자기 음흉한 미소를 지었다.

"갔다 와서 나한테 꼭 전화하고. 물어볼 거 있으니까."

"뭘?"

"……크냐?"

새빨개진 승아가 고함을 빽 질렀다.

"야!"

여행을 가겠다고 결심은 했는데, 문제는 엄마였다.

시원스럽게 교제를 허락해 준 걸 보면 엄마는 준형이 퍽 마음에 드는 모양이긴 했다. 하지만 사귄 지 얼마나 됐다고 단둘이 여행을 가겠다고 하면 과연 허락을 해줄까? 그야 물론 아니올시다, 였다.

연휴는 당장 내일부터. 어쩔 수 없이 승아는 눈 딱 감고 이번

한 번만 거짓말을 하기로 했다.

선미네 집에서 돌아오자마자 승아는 엄마가 손님들 잠자리 봐 주는 것을 자청해서 도우며 조심스럽게 말을 꺼냈다.

"어, 엄마, 저기 있잖아."

"왜?"

"나 내일부터 연휴잖아. 선미랑 여행 좀 갔다 와도 되나 해서."

"선미?"

따끈한 방바닥 위에 이불을 잘 펴서 곱게 매만지던 엄마가 손을 멈췄다.

"응, 선미. 걔가 좀 고민이 있다고, 어디 콧바람 쐬러 갔다 오고 싶대서. 괜찮지?"

그 순간, 엄마가 놀라운 말을 했다.

"그럼 준형 군이랑 여행 가는 건 어쩌고?"

"어?"

승아는 소스라치게 놀라서 들고 있던 베개를 이불 위에 떨어뜨렸다.

"너 내일 준형 군이랑 여행 가기로 했잖아."

"어, 엄마가 그걸 어떻게……?"

"차라리 귀신을 속여! 요놈의 계집애가 엄마한테 거짓말이나 살 살 하고."

놀라서 입을 딱 벌리고 있는 승아를 한 번 흘겨보고, 엄마는 말 했다.

"아까 점심때쯤 준형 군한테 전화 왔더라."

"뭐, 뭐라고?"

"너 데리고 여행 가도 되냐고."

승아는 그야말로 기겁을 하고 말았다.

준형이 워낙 직설적인 성격인 거야 알고 있었다. 하지만 아무리 그래도 세상에, 여자친구 엄마한테 전화해서 여행 가도 되냐고 묻다니!

하지만 놀랄 일은 그게 끝이 아니었다.

"그래서? 그래서 뭐라고 했는데?"

"뭐라고 하긴 뭐라고 해, 그러라고 했지."

승아는 제 귀를 의심했다.

"허락했다고? 엄마가?"

엄마는 쿨하게 말했다.

"그래. 좋아하는 사람들끼리 여행 갈 수도 있지, 그까짓 거."

마치 귀신에 홀린 것 같은 기분이었다.

다음 날, 준형은 아침 일찍 승아를 데리러 왔다. 간편한 아웃도어 차림에 짐이 들어 있는 배낭을 메고.

모든 준비를 마치고 미리 마루에 나와 있던 승아는 마당으로 들어서는 그를 보고 잠시 옛날 생각에 빠져들었다. 대학 시절에 함께 산에 다니던 게 생각나서였다.

"준비 다 됐어?"

준형이 웃으며 물었다.

"네. 이제 출발하면 돼요. 근데 어디로 가는 거예요?"

"가보면 알아."

준형은 그렇게 말하고는 안쪽을 두리번거리며 불렀다.

"어머님! 저 왔습니다."

인사를 하려는 모양이라고 생각했던 승아는 방에서 나오는 엄마를 보고는 깜짝 놀랐다. 엄마가 외출복을 차려입고 있는 것이 아닌가. 그것도 화장까지 하고.

평소 손님들이 나간 낮 시간을 이용해서 가끔 이웃집에 다녀오거나 장을 보는 것 외에는 거의 외출하는 일이 없는 엄마였다. 그런 엄마가 말쑥하게 차려입은 모습이 낯설었다.

"엄마, 어디 가?"

승아는 놀라서 물었다. 준형도 눈을 가늘게 뜨고는 칭찬했다.

"어머님, 오늘 정말 예쁘십니다. 다른 분이 나오시는 줄 알고 순간 깜짝 놀랐어요."

"그래요?"

엄마는 쑥스러운 듯이 웃었다.

"차는 막히지 않았고? 데리러 오느라 수고했어요."

"별말씀을요. 준비 다 되셨으면 이만 가시죠."

그제야 승아는 눈치를 챘다.

"그럼 설마 엄마도 같이……?"

준형이 빙긋 웃고는 고개를 끄덕였다.

"응. 셋이 같이 가는 거야. 어머님이 미리 말씀 안 하셨어?"

"안 했는데요, 그런 말!"

승아는 도저히 믿을 수가 없었다.

"엄마, 손님들은 어쩌고?"

엄마가 생글거리며 대답했다.

"어차피 두 팀밖에 없잖니. 그분들 오늘 하루만 서진호텔로 옮겨서 주무시기로 했어. 준형 군이 그렇게 해줬지 뭐야, 나 여행 가라고. 민박 대신 특급호텔로 옮겨 드린다니까 손님들도 좋아하시더라."

그렇게 말하고 마루 밑으로 사뿐히 내려서는 엄마에게, 준형이 정중하게 손을 내밀었다.

"가시죠, 어머님."

마치 귀부인을 에스코트하는 신사처럼.

모자처럼 다정하게 마당을 가로질러 나가는 두 사람의 뒤를, 뒤늦게 정신을 차린 승아가 헐레벌떡 쫓아갔다.

"잠깐만! 같이 가요!"

고속도로를 달리던 도중에 휴게소에 들렀다. 엄마가 화장실에 간다고 차에서 내리고 나자 승아와 준형이 뒤에 남겨졌다.

"어쩐지 쿨하게 허락한다 했지. 우리 엄마가 그럴 사람이 아닌데."

뒷자리에 앉은 승아가 중얼거리자 준형이 룸미러를 통해 뒤를 보며 웃었다.

"화났어?"

"미리 말을 해줬어야죠! 난 그것도 모르고……."

아침에 새벽같이 일어나서 간밤에 했던 샤워를 또 하고, 속옷도

가진 것 중에 제일 예쁜 걸로 골라서 세트로 입은 게 억울하기 그지없었다.

"착각한 사람이 잘못이지. 내가 여행 가자고 했지, 언제 단둘이 가자고 했나?"

"선배!"

승아가 눈을 부라리자 그제야 준형이 웃으며 사과했다.

"미안, 농담이야."

준형은 입이 댓 발이나 튀어나온 승아를 달래듯이 말했다.

"우린 언제든 놀러 갈 수 있잖아. 그런데 어머님은 평소에 손님들 때문에 외출도 전혀 못 하신다면서. 크리스마스이브에도 집에만 계시는 거 보고 내가 마음이 안 좋았어."

"……."

"그래서 새해가 된 기념으로 바깥바람이라도 좀 쐬어드리고 싶었던 거야."

그렇게 말하니 더 화내기도 힘들다. 한풀 꺾인 승아가 입속으로 우물거렸다.

"그럼 그렇다고 미리 말을 하면 누가 싫다고 하나?"

"미안해. 대신 다음엔, 진짜 우리 둘이 가자. 정말 좋은 곳으로."

준형이 내미는 손을 승아는 마지못한 척 잡았다. 준형이 고개를 뒤로 돌려 가만히 승아의 턱을 잡았다. 그리고 입술이 마주 닿으려는 순간,

"얘들아, 우리 간식 먹자!"

갑자기 차 문이 벌컥 열리는 바람에 둘은 화들짝 놀라 얼른 손을 놓고 번개같이 떨어졌다.

"뭐부터 먹을까? 감자? 호두과자? 아니면 오징어?"

신이 나서 돌아온 엄마가, 어색한 표정으로 각자 반대쪽 창밖을 쳐다보고 있는 두 사람을 번갈아 보고는 수상하다는 얼굴을 했다.

"근데 너희들 뭐 했니?"

물론 대답할 수 있을 리가 없었다.

준형이 운전하는 차를 타고 향한 곳은 강원도 평창이었다.

"세상에, 어쩜 이렇게 맛있는 고기가 다 있을까? 평소에 한우 못 먹고 사는 것도 아니지만 여기 고기는 진짜 입에서 살살 녹네!"

점심으로 한우를 먹으면서 엄마는 찬사를 아끼지 않았다. 승아도 동감이긴 했다. 엄마가 고기를 구워서 준형의 앞에만 놓아주는 게 좀 서러운 걸 빼면.

"저녁에는 주문진 쪽으로 넘어가시죠. 요즘 대게가 한창이랍니다."

준형이 말하자 엄마는 소녀처럼 눈을 빛냈다.

"어머나, 대게?"

그 후로도 엄마는 하루 종일 들떠 있었다. 승아의 눈에는 그저 평범해 보이는 것들 하나하나에 일일이 감탄하면서 기뻐했다.

"여기가 그 방아다리 약수구나! 톡 쏘는 게 물맛이 참 독특하네. 꼭 녹물 같기도 하고."

"세상에, 저 엄청 커다란 건 뭐지? 풍차인가?"

"근데 이 근처는 메밀 음식 하는 곳이 유난히 많이 보이네."

그런 엄마에게 준형은 일일이 다정하게 말상대가 되어주었다.

"철분이 많아서 그렇답니다. 탄산도 들어 있구요. 건강에 그렇게 좋다고 하네요."

"예, 풍력발전소예요."

"근처에 '메밀꽃 필 무렵'의 이효석 생가가 있어서 그럴 겁니다. 들러보시겠어요?"

곁에서 보고 있던 승아는 가슴이 뭉클해졌다. 엄마가 이토록 즐거워하는 것을 본 적이 언제일까. 준형에게 고마운 마음이 들었다.

갈수록 승아도 점점 여행이 즐거워지고 있었다. 생각해 보면 승아에게 있어서도 엄마와 함께하는 여행은 생전 처음이 아닌가.

"엄마, 우리 저기서 간식으로 감자전 먹을까?"

"거기 서봐, 내가 준형 선배랑 같이 사진 찍어줄게!"

어느새 승아도 엄마 못지않게 들떠 있었다.

"우리 여기서 다 같이 사진 찍을까?"

저녁에 주문진으로 넘어가기 전에 마지막으로 들른 이효석 생가 앞에서, 세 사람은 다정하게 머리를 맞대고 셀카를 찍었다.

"하나, 둘, 셋!"

환하게 웃는 세 사람의 얼굴이 사진 속에 남았다.

주문진항에 있는 수산시장에서 직접 골라 산 대게를 근처 가게에 가서 쪄 먹었다.

"맛있어, 엄마?"

승아가 묻자 엄마는 한마디로 대답했다.

"점심때 먹은 한우보다 더 맛있네!"

맛있는 대게에 곁들여 건배도 했다.

"자, 우리 모두 새해 복 많이 받자!"

술까지 기분 좋게 한잔하고 나자 저녁때가 훌쩍 지나 있었다.

준형이 준비한 숙소는 바닷가에 있는 예쁜 펜션이었다. 방에 들어가자 벽 한 면을 다 채우고 있는 커다란 창문을 통해 달빛에 비친 바다가 은은하게 모습을 드러냈다.

"어쩜, 이렇게!"

창밖을 내다보며 내내 좋아하던 엄마는, 승아가 씻고 나오자 어느새 침대에 누워 잠들어 있었다. 하루 종일 돌아다니느라 지친 모양이었다.

잠든 엄마에게 이불을 덮어주고 승아는 살짝 방을 빠져나왔다.

옆방으로 가서 노크를 하자 편한 옷차림으로 갈아입은 준형이 문을 열어주었다. 그도 샤워를 했는지 머리가 젖어 있었다.

"어머님은?"

"주무세요. 되게 피곤했나 봐요."

준형이 웃었다.

"아까 소주를 좀 많이 드시더니, 주량이 약한 편이신가 봐."

"평소에 엄마가 언제 술 마실 일이 있어야죠."

그렇게 말하고 승아는 조금 망설이다 물었다.

"선배, 많이 피곤해요?"

준형이 고개를 젓고는 승아의 마음을 들여다본 것처럼 말했다.

"아니, 괜찮아. 아직 안 잘 거면 우리 바다 보러 나갈까?"

"네!"

혹시 엄마가 깨면 놀랄까 봐, 잠깐 바다 좀 보고 오겠다고 쪽지를 써놓고 밖으로 나왔다.

달빛이 비치는 바닷가에는 사람들이 여럿 나와 있었다. 저만치서 불꽃놀이를 하는 사람들도 보였다.

"참 예쁘네요."

"그래."

바닷바람은 매서웠지만 곁에서 어깨를 꼭 안아주는 준형이 있어서, 승아는 조금도 춥지 않았다.

잠시 나란히 걷다가 모래사장에 앉았다.

"고마워요."

승아는 낮부터 몇 번이나 하고 싶었던 말을 꺼냈다.

"우리 엄마, 이렇게 여행 나와 본 거 아빠 돌아가시고 나서 처음이거든요. 딸이랑 같이 여행하는 것도요. 엄마가 그렇게 즐거워하는 거, 태어나서 처음 본 것 같아요."

그러자 준형이 조금 미소를 지었다.

"내가 즐거워하는 건 안 보였어?"

"네?"

"나도 어머니랑 같이 여행하는 게 처음이거든."

승아는 입을 다물고 준형을 바라보았다. 달빛에 비친 준형의 미소는 어딘가 쓸쓸해 보였다.

"승아는 여섯 살 때 아버지가 돌아가셨다고 했지? 난 더 어릴 때야. 그래서 어머니 얼굴도 기억이 안 나. 새어머니가 있긴 하지만……."

말끝은 헛바람같이 텅 빈 웃음으로 채워졌다.

"그러니까 꼭 승아 어머니를 위해서 여행 온 건 아냐. 나도 한 번쯤 엄마 손 잡고 여기저기 다니면서 맛있는 것도 먹고, 그래 보고 싶었거든."

승아의 마음이 찌르르하게 아파왔다.

"그래서 나도 오늘 즐거웠어. 꼭 엄마랑 여행 다니는 것 같아서."

그렇게 중얼거리더니 준형은 갑자기 아, 하고 웃었다.

"멋대로 엄마라고 해서 미안."

"아녜요! 얼마든지 빌려 드릴게요. 우리 엄마라도 괜찮다면요."

승아는 진심으로 말했다.

"음, 꼭 빌려줘야 해?"

준형의 말에 승아는 조금 움찔했다.

"네?"

"그냥 승아 엄마가 나한테도 쭉 엄마였으면 참 좋겠는데."

승아가 그 말의 뜻을 깨달은 것은 몇 초가 지난 후였다.

"……."

그만 새빨개져 고개를 푹 숙인 승아의 손을 잡고, 준형은 달을 올려다보았다.

"사랑해, 짐승아."

마치 달에게 하듯이 중얼거린 말이, 달빛에 실려 고스란히 승아의 귓가에 전해져 왔다.

나도 그래요, 하고 대답하기가 부끄러워서, 대신에 승아는 준형의 팔을 잡아당겼다.

"음?"

흠칫 놀라는 준형의 입술에 처음으로 승아가 먼저 입 맞추었다. 이윽고 준형의 팔이 따스하게 승아를 감싸 안았다.

"……."

승아는 태어나서 처음으로 생각했다. 이대로 시간이 멈췄으면 참 좋겠다고.

다음 날, 세 사람은 아침 일찍 일어나자마자 서울로 향하는 길에 올랐다. 점심때쯤 오기로 예약되어 있는 손님이 있다며 엄마가 서둘렀기 때문이다.

준형은 돌아오는 길에도 집까지 승아와 엄마를 태워다 주었다.

"수고 많았어요, 준형 군. 얼마나 즐거웠는지 몰라."

"저도 즐거웠습니다, 어머님."

승아도 인사를 건넸다.

"고마웠어요, 선배. 그럼 또 연락할게요."

"그래. 푹 쉬어."

준형의 차가 시야에서 사라질 때까지 배웅하고 나서야 승아와 엄마는 돌아섰다.

"준형 군이랑 어디까지 생각하는 거니?"

돌아서서 채 한 걸음도 옮기기 전에 엄마는 물었다.

"응?"

"준형 군은 너하고 진지하게 교제하고 싶다고 했었잖아. 그러면 결혼까지 생각하고 만난다는 뜻 아니야?"

결혼이라는 말에 얼굴을 붉히면서도 승아는 솔직하게 말했다.

"아마 선배는 그런 것 같아."

"그럼 넌?"

"나는 아직 거기까진……."

승아는 말끝을 흐렸다. 준형과의 결혼이 문제가 아니라 아예 결혼 자체를 상상해 본 적이 별로 없었던 것이다.

승아는 해가 바뀌어서 이제 겨우 스물일곱 살이 되었다. 대학 동기들 중에는 몇몇 결혼한 친구도 있다고 들었지만, 친한 친구들 중에는 아무도 없었다. 선미와 수다를 떨 때도 주제는 늘 결혼이 아니라 연애였다. 즉, 결혼이란 아직 먼 나라 이야기란 뜻이다.

"왜, 싫어?"

"아냐. 싫은 게 아니라 그냥, 아직 생각해 본 적이 없다는 거야."

"그럼 잘 생각해 봐. 좋은 사람 만났을 때 일찌감치 가는 것도 나쁘지 않아."

엄마의 목소리가 진지했다.

'만약에 내가 시집가면 엄만 어쩌고?'

그 말이 목구멍까지 올라왔지만 승아는 꿀꺽 삼켰다. 얼마 전에도 그 말을 했다가 엄마한테 쓸데없는 소리 한다고 면박을 당했었으니까.

승아가 대답이 없자 엄마는 다시 한 번 재촉했다.

"잘 생각해 보라니까 왜 대답이 없어?"

"……알았어."

승아는 마지못해 고개를 끄덕였다.

3장
탈락의 위기

즐거운 연휴가 지나가자 다시 평소와 다름없는 일상이 시작되었다. 그리고 난데없는 폭탄이 터진 것은 새해 첫 출근을 한 지 단 두 시간도 안 되어서의 일이었다.

연휴가 끝난 후유증에 기운 없이 축 늘어져 있던 영업부 직원들은, 갑자기 사무실에 나타난 사람의 얼굴을 보고 다 같이 정신이 번쩍 드는 느낌을 받았다.

"서진호텔 서준형 실장님?"

준형에게 쏠렸던 눈길이, 다시 한꺼번에 승아에게로 쏟아졌다.

"어머. 자기 애인이 자기 보러 왔나 보다!"

얼마 전 문자 장난 건으로 승아에게 한바탕 원망을 들었던 김 대리가 승아의 옆구리를 쿡 찌르며 목소리를 낮춰 소곤거렸다.

그러나 준형은 승아를 잠시 힐끗 쳐다보았을 뿐, 금세 시선을 돌려 가까이 다가간 이연주 과장에게 정중하게 고개를 숙이며 말했다.

"윤송화 부장님 좀 뵈러 왔습니다. 미리 약속하지 못하고 불쑥 찾아와서 죄송합니다."

더없이 딱딱한 말투에서 승아는 이상한 낌새를 챘다. 뭔가 불안하다.

"이쪽으로 오시지요."

아니나 다를까, 이연주 과장의 안내를 받아 준형이 부장실로 들어간 지 얼마 안 돼서 호출이 떨어졌다.

"조승아 씨, 좀 들어와요."

대체 무슨 일일까. 승아가 조바심을 내며 들어가자 이미 준형은 부장과 마주 앉아 있었다. 두 사람의 표정이 다 심각한 것을 보고 승아의 심장이 불안하게 뛰었다.

"조승아 씨가 서진호텔 어메니티 건 담당이니까 같이 들어야 할 것 같아서 들어오라고 했어요. 이리 앉아요."

승아가 자리에 앉자 윤송화 부장이 준형에게 부탁했다.

"그럼 실장님, 죄송하지만 좀 더 자세하게 말씀해 주시겠습니까?"

"네."

준형이 고개를 끄덕이고는 탁자 위에 펼쳐져 있는 자료를 가리켰다.

"한마디로 말해서, 현재까지 로열화장품이 4등입니다."

승아는 뒤통수를 뭔가로 세게 얻어맞은 것 같은 충격에 빠졌다.

마지막 3차 공모에 올라가게 되는 것은 총 세 개 회사다. 즉, 다섯 회사 중에 4등이라는 것은 그냥 탈락이라는 의미였다.

준형이 쐐기를 박았다.

"연휴가 끼어 있는 바람에 저도 오늘 아침에야 보고를 받았습니다. 3등과의 격차는 그리 크지 않습니다만, 내일쯤이면 준비했던 물품이 다 소진될 겁니다. 그러니 결과가 뒤집히기는 아무래도 힘들어 보입니다."

"그럴 리가 없어요!"

승아는 황급히 자료를 들여다보았다. 하지만 아무리 눈을 씻고 다시 보아도 로열화장품은 틀림없는 4등이었다.

눈으로 보고도 도저히 믿을 수가 없었다. 승아는 윤송화 부장에게 매달리듯 말했다.

"이건 분명히 뭔가가 잘못된 거예요. 최소한 서진호텔을 찾는 여성 고객의 반만 우리 제품을 선택했더라도 이럴 수는 없어요. 그 많은 사람들이 다 집에서 페이셜 클렌징을 챙겨왔을 리는 없다고요. 당장 비누로 화장을 지워야 할 판인데, 눈앞에 페이셜 클렌징이 있는데도 그걸 마다하고 비비크림 따위를 선택한다고요? 말도 안 되는 얘기죠. 부장님도 화장품 오래 하셨으니까 잘 아시잖아요, 네?"

거의 숨도 안 쉬고 필사적으로 말하자 윤송화 부장이 고개를 끄덕였다.

"물론 나도 그렇게 생각해요. 하지만 결과가 이렇게 나온 건

대체……."

승아는 이번에는 준형에게 매달렸다.

"선배, 아니, 실장님. 혹시 집계 과정에서 뭔가가 잘못된 건 아닐까요?"

하지만 준형은 어두운 표정으로 고개를 저었다.

"혹시나 싶어서 나도 알아봤어. 설문조사 카드도 몽땅 가져오라고 해서 다 확인했다고. 분명히 우리 호텔에 묵은 손님들이 각자 기입한 거야."

"그럴 수가……!"

분명히 눈을 뜨고 있는데 눈앞이 캄캄했다. 이대로 2차에서 떨어지게 된다니!

하얗게 질린 승아를 한 번 쳐다보고 나서, 윤송화 부장이 자료를 챙겨 들고 일어났다.

"갑시다, 서진호텔로."

온화하면서도 단호한 말투에 승아는 그제야 정신을 차렸다.

"네? 무슨 방법이라도……."

"나도 조승아 씨 생각과 같아요. 우리 제품이 4등을 했을 리 없습니다."

부장의 목소리는 확신에 차 있었다.

"정말로 손님들이 타사가 제출한 물품들을 골랐다면, 반드시 이유가 있을 거예요. 결과는 어쩔 수 없더라도, 그 이유라도 알아야겠지요. 대체 우리 생각에 무슨 착오가 있었는지."

"네, 부장님!"

승아가 일어나자 준형도 따라서 일어섰다.

"저희 호텔 체크아웃 시각은 열두 십니다. 지금 출발하면 체크 아웃하고 나가는 손님들과 마주칠 수 있을 겁니다. 단지 호텔 안에서는……."

윤송화 부장이 고개를 끄덕였다.

"물론입니다. 저희에게 이 정보를 주신 것만도 감사한데 더 폐를 끼칠 수는 없지요. 뭘 하든지 간에 호텔 밖에서, 절대 실장님께 누가 되지 않게 진행할 테니 걱정하지 않으셔도 됩니다."

그 길로 서진호텔에 도착한 윤송화 부장과 승아는 호텔 정문에서 조금 떨어진 곳에서 대기했다. 나오는 손님들을 붙잡고 질문을 하기 위해서였다.

그러나 생각에 착오가 있었다는 것을 곧 알게 되었다. 애초에 지하주차장에 차를 세워놨다가 바로 차를 타고 나가는 손님들이나, 아니면 발렛 서비스를 이용해서 정문 앞에서 바로 차를 넘겨받는 손님들이 대부분이었다. 걸어서 밖으로 나오는 손님은 정말 손에 꼽을 정도로밖에 없었던 것이다.

그렇다고 호텔 안에서 붙잡고 물을 수도 없는 노릇이었다. 만약에 준형이 로열화장품이 뒤지고 있다는 정보를 제공했다는 게 알려지면, 로열화장품은 둘째 치고 준형의 입장까지 곤란해지기 때문이다.

어쩔 수 없이 두 사람은 인내심을 갖고 기다렸다.

"잠깐 실례합니다. 혹시 어제 서진호텔에 숙박하셨나요?"

겨우 몇 사람을 붙들고 물었지만 날씨가 추워서인가, 하나같이 귀찮은 표정으로 고개를 젓고는 그냥 가버릴 뿐이었다.

"그냥 잠깐 사람 만나러 온 겁니다만."

"바빠서요."

결국 체크아웃 시각이 한참 지나도록 한 사람도 제대로 나타나지 않았다.

"이제 틀린 것 같아요. 열두 시가 체크아웃 시각이니까, 어제 숙박했던 손님은 다들 집에 가고도 남았을 시각이잖아요."

승아가 시무룩하게 말했지만 윤송화 부장은 고개를 저었다.

"아니, 그건 모르지. 체크아웃 후에 호텔 커피숍에서 천천히 차를 한잔하고 나올 수도 있는 거고, 아니면 점심식사를 하고 나오는 사람이 있을 수도 있는 거고."

부장이 얼어버린 얼굴에 애써 미소를 지었다.

"어쨌든 끝까지 해봐야 하지 않겠어요?"

그 말에 승아는 정신이 번쩍 들었다. 부장님도 저렇게 말씀하시는데, 나는 신입 주제에 벌써 포기하려고 했단 말이지!

"제가 잘못 생각한 것 같아요, 부장님."

승아는 주먹을 꽉 쥐고 말했다.

"끝까지, 아니, 끝의 또 끝까지 한번 해보겠습니다!"

"그래. 어디 한번 누가 이기나 끝까지 해봅시다."

윤송화 부장이 힘주어 말했다.

새롭게 마음을 고쳐먹은 승아는 더욱더 열심히 나오는 사람들을 붙들고 묻기 시작했다. 그다지 성과가 없기는 마찬가지였지만.

그리고 그로부터 한 시간 반쯤 더 지났을 때, 저만치서 20대 초반의 대학생으로 보이는 젊은 남자가 걸어오는 것이 보였다. 그리고 그가 가까이까지 다가왔을 때, 승아는 깜짝 놀랐다. 상대가 입고 있는 점퍼에 수놓인 로고가 눈에 익었기 때문이다.

—HANKOOK UNIV. Business Administration

바로 승아가 졸업한 한국대학교 경영학과의 과 점퍼가 아닌가!

반가운 마음에 승아는 얼른 다가가서 물었다.

"저어, 죄송하지만 혹시 한국대학교 경영학과 다니시나요?"

"그런데요?"

상대가 경계하는 듯한 눈으로 승아를 쳐다보았다.

"저도 한국대학교 경영학과 졸업했거든요. 07학번 조승아라고 해요."

"아, 네……."

승아가 자신을 소개했지만 남학생은 여전히 서먹하게 굴었다. 같은 과 후배라고 해도 얼굴 한 번 본 적 없으니 당연한 일인지도 몰랐다. 승아는 급한 마음에 선미를 팔았다.

"혹시 교직원으로 일하는 진선미라고 알아요? 선미랑 저랑 친군데."

그제야 남학생이 아, 하고 조금 경계를 푸는 것 같았다.

"진선미 선배님이오? 잘 알죠. 선배님이 저 복학 신청 기간 놓쳐서 큰일 날 뻔했을 때 과 후배라고 특별히 도와주셨거든요."

"그랬구나. 혹시 학회는 뭐 해요?"

"학회는 아니고 소모임 하고 있어요. 산행하는 소모임인데……."

"어머, 산타?"

승아는 손뼉을 딱 쳤다.

"나 산타 5기예요! 완전 내 직속 후배네!"

"어, 정말이세요?"

그제야 남학생도 반색을 했다.

"안녕하세요, 선배님! 저 12학번 박정현이라고 합니다. 인사가 늦어서 죄송합니다!"

"아냐, 괜찮아. 지금 산타 회장 누구니?"

"김순철 선배님이오."

"어머. 순철이가 벌써 커서 회장을 해? 세상에나!"

잠시 선후배 간의 반가운 대화가 이어졌다.

"근데 어제 서진호텔에서 숙박한 거야?"

"네. 선배님도요?"

숙박 손님! 승아의 가슴이 두방망이질 치기 시작했다.

"저, 있잖아. 너 혹시 어젯밤에 욕실에 놓여 있던 비품 세트 말고, 그 옆에 물품 다섯 가지 놓여 있는 거 봤지?"

어메니티 얘기가 나온 순간, 갑자기 정현의 표정이 긴장한 듯이 굳어졌다. 승아도, 곁에서 보고 있던 윤송화 부장도 그 표정을 놓치지 않았다.

"네, 봤어요. 근데 그게 왜요?"

"혹시 그중에서 뭘 골랐나 해서."

"글쎄, 뭐였더라…… 아, 입욕제였던 것 같아요."

정현은 분명 아무렇지도 않은 표정을 하려고 애쓰고 있었다. 승아는 직감했다, 분명 뭔가 속사정이 있다는 것을.

"근데 서진호텔엔 왜 숙박한 거니? 보니까 여자친구랑 같이 온 것도 아닌 것 같은데."

"아, 네. 좀 그럴 일이 있어서요."

"혹시 무슨 일인지 물어도 될까?"

상식적으로 생각해 봐도 이상한 일이었다. 20대 초반의 남자 대학생이, 혼자서 특급호텔에 묵을 일이 뭐가 있겠는가.

그러나 정현은 쉽게 대답하려 하지 않았다.

"그게……."

잠시 우물쭈물 거리던 그는, 갑자기 황급히 작별 인사를 건넸다.

"제가 오늘 과외가 있어서 빨리 가봐야 할 것 같아요. 죄송합니다, 선배님!"

도망치다시피 등을 돌리는 정현의 앞을 승아가 잽싸게 막아섰다.

"정현아, 너 지금 뭐 숨기는 거 있지?"

"숨기다뇨?"

"뭔가 있잖아, 말 안 하고 있는 게. 그게 뭔지 좀 말해줄 수 없을까?"

"안 돼요. 말하면 고소…… 헉!"

정현이 말하다 말고 얼른 입을 다물었지만 이미 늦은 일이었다. 윤송화 부장이 나섰다.

"학생, 말하면 그쪽이 고소한다고 했나요?"

"아, 아니에요!"

"아마 내 생각에는 누군가가 돈을 주고 학생한테 아르바이트를 시켜서 특정 제품을 고르도록 한 것 같은데. 내 말이 맞아요?"

대답은 돌아오지 않았다. 하지만 점점 난처해지는 정현의 표정에서 두 사람은 답을 읽을 수 있었다.

승아는 이를 악물었다. 이 비열한 인간들!

"절대 정현 학생한테는 피해 가지 않게, 철저하게 비밀 지켜줄게요. 만에 하나 피해가 갈 일이 생기더라도 우리가 다 책임질 테니까, 이 일의 증인이 돼줘요. 응?"

윤송화 부장에 이어 승아도 간절하게 말했다.

"우리한테는 정말 중요한 일이야. 이게 옳지 않은 일이란 거, 너도 알잖아. 제발 도와줘, 부탁이야!"

잠시 정현의 얼굴에 고뇌가 스쳤다.

"……"

승아는 혹시나, 하는 희망을 품고 조마조마하게 기다렸다. 하지만 결국 정현의 입에서 나온 말은 거절이었다.

"죄송합니다, 선배님. 전 아무 말도 할 수 없어요."

그 말만 남기고 정현은 전속력으로 달려 도망가 버렸다.

"잠깐만!"

놀란 두 사람이 헐레벌떡 뒤를 쫓았지만 젊은 청년의 속도를 따라잡을 수는 없었다.

결국 정현은 시야에서 사라지고, 승아는 온몸에 힘이 빠져 그만 그 자리에 털썩 주저앉고 말았다.

이름과 소속까지 알았으니 주소와 전화번호를 알아내는 것은 어렵지 않았다. 승아에게는 선미가 있었으니까.

"하여튼 난 언젠가 너 때문에 개인정보 유출한 죄로 기어이 수갑을 차고 말 거야."

투덜거리면서도 선미는 정현의 주소와 전화번호가 적힌 쪽지를 건네주었다.

"후문 쪽에서 자취하는 애네. 여기서 한 백 번쯤 엎어지면 진짜로 코 닿겠다."

"고마워, 선미야. 나중에 꼭 갚을게."

"퍽이나."

서둘러 돌아서려는 승아의 뒷덜미를 선미가 잡아챘다.

"아, 왜, 나 지금 바빠."

"아무리 바빠도 얘기할 건 하고 가야지."

"뭐?"

"……크냐?"

승아는 한숨을 푹 쉬고는 대꾸했다.

"그 여행, 엄마랑 같이 갔다."

"너네 엄마랑? 그럼 셋이 갔단 말이야?"

선미의 눈이 커졌다.

"그래. 그러니까 큰지 작은지 긴지 짧은지 난 몰라. 됐지? 그럼 나 간다!"

총총걸음으로 쏜살같이 사라지는 승아의 뒷모습을 보며, 선미는 혼자 중얼거렸다.

"준형 선배가 다른 의미로 급했나 보네?"

정현은 학교 근처에 있는 다세대 주택의 한 방에 세 들어 살고 있었다. 승아도 학교 다닐 때 이 근처에서 자취하는 친구들 집에 몇 번 놀러 갔던 적이 있어서 금세 집을 찾을 수 있었다.

"안에 있어? 잠깐만 얘기 좀 해, 정현아!"

문을 몇 번이나 두들겼지만 정현은 안에 없는 것 같았다.

전화를 할 수도 있었지만 자칫하면 아예 겁을 먹고 집에 안 돌아올 수도 있다. 그렇게 생각한 승아는 무작정 집 앞에서 기다리기 시작했다. 정현이 돌아올 때까지.

당장 내일이면 2차 공모는 끝나고 만다. 심증은 있지만, 증인이 없으면 결과에 이의를 제기하기도 힘들어진다.

"괜찮겠어, 같이 안 가도?"

"네. 제 후배잖아요. 제가 어떻게든 설득할 테니 부장님은 걱정 마시고 이만 들어가세요. 댁에서 자제분들이 기다리고 있을 거 아니에요?"

그렇게 큰소리를 쳐놨으니 어떻게든 설득해 내야 한다. 승아는 주먹을 불끈 쥐었다.

"힘내자, 조승아!"

마침 골목 한 귀퉁이에 쌓여 있는 버려진 목재 더미가 있어서 그 위에 걸터앉아 기다렸다.

짧은 겨울 해는 금세 뉘엿뉘엿 지기 시작하더니 얼마 안 가 주위가 어둠에 휩싸였다. 좁은 골목에는 가로등이 켜지고, 가끔씩 지나다니던 사람들이 승아를 힐끔거리며 쳐다보았다.

창피한 건 둘째 치고 추워 죽겠다. 아니, 추운 것도 참는다 치고, 인적 드문 골목길에 혼자 있자니 은근히 겁이 나기 시작했다.

시간상으로는 아직 일곱 시, 초저녁이긴 하지만 이미 주위는 한밤중이다. 치한이라도 나타나지 말라는 법이 없었다.

어떻게 할까. 잠시 망설이다 승아는 준형에게 전화를 했다.

"저어, 선배. 혹시 퇴근했어요? 저 지금 학교 근처인데……."

다행히 준형은 전화를 받자마자 금세 달려와 주었다.

"얼마나 기다린 거야?"

"세 시간 정도요."

승아를 보자마자 준형은 그것부터 물었다. 그리고 얼음장 같은 승아의 손을 잡아보더니, 한숨을 짓고는 자기 옷을 벗어서 어깨에 걸쳐 주었다.

"이거 입어."

사양해도 어차피 듣지 않을 거라는 걸 알기에 승아는 그저 가만히 있었다.

"같이 기다리자, 그 녀석 올 때까지."

승아의 곁에 걸터앉으며 준형이 말했다. 그 말에 순간 떠오르는 게 있어서 승아는 씁쓸하게 웃었다.

예전에도 비슷한 일이 있었다. 승아가 서진호텔 카펫을 옮겼던 날, 그때 승아는 혼자서 그 많은 카펫을 옮기다 옮기다 너무 힘든 나머지 상윤에게 전화를 했었다. 그때 상윤은 제삿날이라 와줄 수가 없다고 했었지. 그게 새빨간 거짓말이라는 걸, 그저 말로만 한없이 다정한 인간이라는 걸 왜 그때는 미처 깨닫지 못했을까.

"왜 웃어?"

옛날 남자친구 생각이 났다고 말하기 민망해서 승아는 웃으며 말했다.

"그냥, 선배가 좋아서요."

생각해 보면 그때도 준형은 이게 무슨 멍청한 짓이냐고 화를 내면서도 결국은 팔을 걷어붙이고 카펫을 함께 날라줬었다.

이 사람이 좋다. 말은 퉁명스럽지만 행동은 더없이 다정한 이 사람이. 내가 힘들 때, 두말없이 달려와서 곁에 있어주는 이 사람이.

"뭐야, 싱겁게."

준형이 승아를 마주 보며 피식 웃었다.

"근데 언제까지 기다릴 생각이야?"

"올 때까지요."

승아의 말투는 단호했다.

"당장 내일이면 결과가 나오고, 오후에는 발표가 있을 거예요. 그리고 결과가 발표된 후엔 이미 늦는다고요. 어떻게든 오늘 설득해 내서, 내일 발표할 때 데려가야 해요."

"그렇게 해주겠어? 고소를 두려워하는 눈치였다면서."

"무릎 꿇고 애원이라도 해야죠."

준형이 작게 한숨을 쉬었다.

"그렇게까지 회사에 충성하는 이유가 있나?"

"음…… 딱히 충성하려고 하는 건 아닌데요."

"그럼?"

"물론 회사에 고맙기도 하죠. 여기저기 이력서 수십 개 넣어도 줄줄이 떨어지던 절 받아준 게 로열화장품이거든요. 처음에 합격하고 나선 진짜 꿈만 같았어요. 로열화장품이면 아주 이름 없는 회사도 아니잖아요. 그런데 다녀보니까 여기저기서 중소기업이라고 설움 많이 당하더라고요. 그런 걸 몇 번 당하다 보니까 뭐랄까, 오기가 났다고 해야 되나……."

지난 일들이 떠올라서 승아는 저도 모르게 한숨을 지었다.

"그리고 뭐랄까, 이 어메니티 세트 제품은 꼭 제 자식 같은 느낌이 들어요."

"어째서?"

"기획 단계에서부터 정말 고생 많이 했어요. 밤도 엄청 샜고요. 게다가 저한텐 이게 입사한 후로 맡은 첫 프로젝트거든요. 이게 좌절되면 정말…… 슬플 것 같아요."

"그렇구나."

고개를 끄덕이는 준형에게, 승아는 어깨를 으쓱하며 생긋 웃었다.

"결론적으로 말해서, 전 회사랑 오래오래 함께 크고 싶다, 뭐 이런 얘기예요."

준형은 그런 승아를 잠시 말없이 지그시 바라보다가는 불쑥 말했다.

"조승아, 멋있다."

"아, 좀 멋있었어요? 헤헤."

승아는 멋쩍게 머리를 긁적이며 웃고는 말했다.

"그러는 선배도 일 되게 열심히 하잖아요. 야근도 밥 먹듯이 하고."

그러나 준형은 쓴웃음을 지었다.

"난 너처럼 건전한 이유로 열심히 하는 게 아니야."

"⋯⋯그럼요?"

"쉽게 말하자면 야심이지. 서진호텔을 내 걸로 만들겠다는."

승아는 고개를 갸웃거렸다.

"음, 가만히 있어도 나중엔 어차피 선배 거 되지 않나요? 후계자잖아요."

"후계자?"

순간 준형의 잘생긴 얼굴에 조소가 떠오르는 바람에 승아는 조금 당황했다.

"아버지는 지금까지 단 한 번도 나를 당신의 후계자라고 말한 적이 없어. 언제나 하는 말은 '이따위로 해서 호텔을 물려받을 수 있겠느냐', '그렇게 해서 호텔 경영이 가당키나 하다고 생각하느냐' 이런 소리였지."

차분한 말투에 깃들어 있는 깊은 분노를 승아는 느낄 수 있었다.

"지금 내가 경영지원실장 자리에 앉아 있긴 하지만 후계자가 누가 될지는 모르는 일이야. 물론 나일 수도 있지만, 내 동생일 수도 있어."

승아는 깜짝 놀랐다. 대학 시절 내내 준형을 보아왔지만, 한 번도 그에게 동생이 있다는 얘기는 들은 적이 없었기 때문이다.

"선배, 동생도 있었어요?"

"그래."

준형이 고개를 끄덕였다.

"새어머니가 낳은 배다른 남동생이야. 지금은 유학 가서 MBA 과정을 밟고 있지. ……나랑 똑같이."

"그랬구나. 저어, 동생이랑 사이는 어때요?"

"글쎄……."

준형은 생각을 정리하듯 잠시 말이 없었다.

"왠지 미워지지가 않는 녀석이라고 해야 하나."

동생을 떠올렸는지, 잠시 준형의 입가에 어렴풋이 미소가 떠올랐다가 사라졌다.

"새어머니는 아버지한테 나를 나쁘게 보이게 하려고 20년 넘게 애를 써왔어. 지금도 현재진행형이고. 이유는 모두 그 녀석, 준수 때문이지. 자기가 낳은 아들을 후계자로 만들고 싶은 욕심."

"세상에!"

"그뿐만이 아니야. 아버지도 준수한테는 훨씬 관대했지. 나한테는 성적이 조금만 떨어져도 소리를 지르고 야단을 치면서, 준수는 시험에서 반타작을 해와도 허허 웃어넘기곤 했어."

준형은 담담하게 말했지만 승아의 눈에는 어느덧 눈물이 고이기 시작했다. 새어머니도 모자라서 아버지까지 그랬다니!

"당연한 일이지만, 난 준수가 지독하게 미웠어. 어릴 때만 해도 가끔씩 새어머니가 안 보는 데서 괜히 한 대씩 쥐어박고 그랬었지. 그런데 준수는 한 번도 그걸 부모님한테 이른 적이 없었어. 나한테 맞고 엉엉 울다가도, 금세 또 장난감을 가져와서는 조르곤 했어. '형아, 같이 놀자!' 하고 말이야."

준형이 미소를 지었다.

"그러니 미워할 수가 없었지. 새어머니는 미워도 준수는 밉지 않았어. 가끔씩 준수가 제 엄마 몰래 밤중에 내 방에 놀러 오면 둘이 한 침대에서 자기도 하고 그랬던 기억이 나."

"다행이네요."

그나마 가족 중에 준형에게 잘 대해준 사람이 한 명이라도 있어서 다행이라고, 승아는 마음속 깊이 생각했다.

"그래서, 지금은 어떻게 지내요?"

"글쎄, 녀석은 나와는 달리 대학부터 미국에서 다녀서 못 본 지꽤 됐어. 가끔 한국에 나오긴 했지만 그때마다 내가 피했거든."

"왜 그랬어요?"

"얼굴을 보면 마음이 약해질까 봐."

준형의 얼굴이 어두워졌다.

"차라리 나와 다른 꿈을 꾸고 있었으면 좋겠는데, 녀석의 꿈 역시 호텔리어거든. 그야 어릴 때부터 제 엄마를 따라서 나보다 더 자주 호텔에 들락거렸으니까."

"……."

"하지만 상대가 준수라고 해도 서진호텔은 절대 양보할 수 없어."

준형이 갑자기 질문을 던졌다.

"서진호텔 창업자가 혹시 누군지 알아?"

"음, 선배 할아버지 아니에요? 학교 다닐 때 소문으론 그랬는데……."

"정확히 말하면 외할아버지야. 즉, 사위에게 호텔을 물려준 거지. 어머니는 외동딸이셨거든."

준형이 한숨을 지었다.

"어머니는 외할아버지가 세운 호텔을 더없이 사랑하셨던 모양이야. 지금도 호텔 앞에 있는 나무들 중에는 어머니가 직접 심으신 것들이 많이 있어. 만약에 새어머니가 수십 년간 계획해 온 대로 결국 호텔이 준수에게 넘어간다면, 외할아버지와 어머니가 하늘에서 땅을 치시겠지."

그제야 승아는 호텔에 대한 준형의 집착을 이해할 수 있었다.

"그래서 난 어린 나이에 결심했었어, 반드시 서진호텔은 내가 지키겠다고. 그리고 지금껏 그 목표 하나만 바라보고 살아왔다고 해도 과언이 아니야."

준형의 목소리가 떨리고 있었다.

"오로지 그것 하나만을 위해서 평생을 이를 악물고 참고 또 참아왔어. 언제 어디서든 늘 완벽해야 했으니까. 뭐든지 목숨 걸고 해야 했고, 싫어도 억지로 웃어야 했어. 마치 가면을 쓴 것처럼……."

끝내 이를 악문 채 말끝을 흐리는 준형의 손을, 승아가 살며시 손을 뻗어 마주 잡았다.

"많이 힘들었죠?"

차가운 준형의 손을 제 손에 꼭 쥐고 어루만지며 승아는 위로하 듯 말했다.

"다 잘될 거예요. 꼭 그렇게 될 거예요. 제가 곁에서 힘껏 도울 게요."

승아는 진심을 담아 열심히 말했다.

"물론 제가 도움될 일이 있을지 모르겠지만요. 그래도 제가 할 수 있는 거라면 뭐든지 할게요, 선배를 위해서."

잠시 물끄러미 승아의 눈을 들여다보던 준형이, 이윽고 팔을 벌 려 승아를 끌어안았다.

"곁에 있어줘."

그는 딱 한 마디, 그렇게만 말했다. 그 말이 더없이 절실하게 들 려서,

"네."

승아는 힘주어 대답했다.

"내가 항상 곁에 있어줄게요."

그렇게 얼마나 끌어안고 있었을까. 문득 준형의 어깨 너머로 저 만치서 오는 사람을 발견한 순간, 승아는 화들짝 놀라 몸을 일으

켰다.

"저기, 저 사람!"

가로등 불빛에 비친 과 점퍼를 멀리서도 알아볼 수 있었다. 정현이 틀림없었다.

"뭐?"

놀란 준형이 따라서 벌떡 일어났다.

저만치서 오던 정현이 주춤하며 이쪽을 보았다. 망했다, 하고 승아가 생각하는 순간, 정현은 등을 돌려 전속력으로 도망가기 시작했다.

"잠깐만! 정현아, 얘기 좀 해!"

승아는 헐레벌떡 정현의 뒤를 쫓기 시작했다. 그런 승아의 뒤를 준형이 따랐다.

준형은 놀라울 정도로 달리기가 빨랐다. 결국 정현을 붙잡은 것도 승아가 아니라 준형이었다.

양쪽에서 팔짱을 끼고 반강제로 끌고 들어간 커피숍에서, 승아는 애절하게 자초지종을 이야기했다.

"……그러니까 제발 부탁이야. 우리한텐 이게 마지막 기회야. 발표가 당장 내일이라고!"

그러나 다 듣고 나서도 정현은 역시나 고개를 저었다.

"죄송하지만 저는 끼고 싶지 않아요."

"정현아!"

"몇 번이나 말씀드려야 돼요? 외부에 발설할 경우에 발생하는 손해에 대해 모든 걸 책임지겠다는 서류에 도장까지 다 찍고 한 일이라고요!"

정현이 목소리를 높였다.

"만약에 제가 가서 증언을 하게 되면 그 회사는 탈락하겠죠. 그럼 대체 그 회사는 얼마나 큰돈을 손해 볼까요? 그걸 제가 다 뒤집 어쓰게 되면 제 인생은요? 아마 제가 죽을 때까지 벌어 갚아도 다 못 갚을 금액일 텐데요!"

격앙된 목소리로 말한 정현이 이윽고 목소리를 누그러뜨렸다.

"선배 말씀대로 하는 게 옳다는 건 알겠어요. 하지만 전 지금 옳고 그른 거 따지고 있을 때가 아니에요. 시골에 계신 아버지는 오십이 넘도록 여태 막노동을 하시는데 그나마도 작년에 허리를 다쳐서 계속 누워 계시고, 어머닌 제 등록금이라도 버시겠다고 하루에 열네 시간씩 식당에서 선 채로 설거지를 하세요. 이 마당에 제가 지금 무슨……."

갑자기 정현이 벌떡 일어나더니 커피숍 바닥에 무릎을 꿇는 바람에 승아는 당황했다.

"정현아!"

"부탁드립니다, 선배님. 저야말로 제 인생이 걸린 일이에요."

정현은 무릎을 꿇은 채 빌다시피 말했다.

"저는 정말 그게 무슨 일인지도 모르고 했어요. 그냥 호텔에서 하룻밤 자면 되는 일이라기에, 월세라도 좀 보태볼까 해서 했을 뿐이라고요."

"정현아, 이러지 말고……!"

정현이 땅바닥에 닿도록 이마를 숙였다.

"그러니까 제발, 그냥 가주세요. 제발 부탁드려요."

승아는 더 이상 뭐라고 말할 수가 없었다.

다섯 회사의 관계자들이 모인 회의실의 분위기는 1차 때와는 사뭇 달랐다. 긴장감이라는 것이 거의 느껴지지 않았던 것이다. 특히 대서양, NJ, 마이스킨 관계자는 한가롭게 웃으며 농담 따먹기까지 하고 있었다. 중요한 발표를 앞두고 있는 사람들로는 도저히 보이지 않았다.

'틀림없어. 저 세 회사가 다 작당해서 벌인 짓이야!'

치미는 분노에 승아는 입술을 깨물었다.

이렇게 심증이 확실한데, 문제는 증거가 없다는 것이었다.

정현은 결국 끝까지 증언을 거절했다. 그러니 증거도 없이 여기서 이의를 제기해 봤자 아무 소용이 없었다.

"어때요, 로열은 잘될 것 같은가?"

서진호텔 측 담당자가 오기를 기다리는 도중, 옆에 앉은 오로라 화장품 담당자가 승아에게 말을 건넸다.

"글쎄요."

이미 글렀다고는 말할 수 없어서 그저 승아는 애매하게 웃어 보였다.

"아마 내 생각엔 로열이랑 우리 둘 중 하나가 1등이고, 못 해도 3등 안에는 들 테니 걱정 말아요. 입욕제야 그렇다 치고, 비비크림이랑 영양크림은 좀 너무했잖아? 욕실 세트에."

건너편에 앉아 있는 다른 회사 담당자들에게 들리지 않게, 오로라가 목소리를 낮췄다.

지난번에 대서양과 NJ 담당자가 작정하고 승아에게 술을 먹였던 날, 그나마 은근히 감싸줬던 게 오로라였다. 그래서 승아는 아무것도 모르고 희망에 차 있는 오로라가 안타까웠다. 자기네가 5등인 줄도 모르고.

승아가 무슨 생각을 하는지 까맣게 모르는 오로라는 자랑하듯 말했다.

"우리 때밀이타월 말인데, 괜찮지 않았어?"

"……아이디어가 굉장히 기발했던 것 같아요."

"그렇지? 그 아이템 선정하느라 얼마나 고생했는지. 명동 거리 나가서 외국인 관광객 천 명은 족히 붙들고 조사한 것 같아."

"관광객이요?"

"그랜드 서진호텔이 국내 특급호텔 중에서도 외국인 관광객 비율이 제일 높은 곳이잖아. 그러니까 외국인 관광객만 제대로 공략해도 충분히 1등은 문제없다 싶었지. 우리도 입욕제랑 이것저것 가지고 나가봤는데, 생각 외로 이 때밀이타월이 엄청나게 반응이 좋은 거야. 우리나라에밖에 없는 거잖아? 신기해서 기념품으로 집에 가져가고 싶다는 사람도 많고."

이미 2차 통과를 확신하고 마음을 놓았는지, 오로라는 신이 나서 말했다.

"단지 이게 뭔지, 어떻게 쓰는지 모르는 사람이 대부분이라서 이번 공모에 낼 때는 하나하나 비닐 팩에 넣고 영문·중문·일문으로 사용설명서까지 첨부했거든. 아마 외국인 관광객들은 호기심에라도 죄다 우리 걸 골랐을 거야. 그러니까 분명히 못 해도 3등 안에는……."

그때, 세련되게 차려입은 유경이 서류봉투를 안고 회의실 안으로 들어왔다. 오로라가 얼른 입을 다물었다.

"그럼 2차 공모 결과를 발표하겠습니다."

간단하게 인사를 마친 유경이 서류를 꺼내서 발표를 시작했다.

"이번에는 먼저 1위부터 말씀드리겠습니다. 1위는 대서양화장품의 입욕제. 축하드립니다."

"어이쿠, 감사합니다."

대서양의 염 과장이 함박웃음을 지었다.

"다음 2위는 NJ코스메틱의 영양크림입니다. 역시 축하드립니다."

"고맙습니다."

NJ의 장 과장이 역시 씨익 웃으며 주위에 인사를 건넸다.

"그리고 마지막으로 3위는……."

유경이 잠시 말을 멈추고 힐끗 승아 쪽을 쳐다보았다. 안됐다는 듯한 눈빛에 승아는 혹시나 했던 실낱같은 희망마저도 산산이 부서져 버리는 것을 느꼈다.

"마이스킨의 비비크림입니다."

유경의 말이 떨어지자 마이스킨 담당자도 일어나서 인사를 했다.

"감사합니다. 열심히 하겠습니다."

턱걸이로 통과한 것치고는 여유가 넘치는 태도였다.

"이상 세 개 사가 마지막 3차 공모에 올라가게 됩니다. 안타깝게 탈락하신 로열화장품과 오로라화장품에는 지금까지 대단히 수고하셨다는 말씀을 전하고 싶습니다."

옆에 앉은 오로라 담당자는 완전히 멘붕에 빠진 눈치였다.

"이럴 리가…… 이럴 리가 없는데?"

몇 번이나 같은 말을 중얼거리는 것이 승아의 귓가에 들려왔다.

"3차 공모 주제가 정해지는 대로 각 회사에 따로 연락을 드릴 겁니다. 그럼, 오늘 미팅은 여기서 마치도록 하겠습니다."

유경의 끝맺는 말을 들으며 승아는 테이블 아래로 주먹을 꽉 쥐었다.

'이렇게 끝나는 거야? 정말, 이렇게 허무하게 끝내야 한다는 거야?'

생각 같아서는 당장에라도 벌떡 일어나 외치고 싶었다. 이 사기꾼들아!

하지만 오늘 아침에 윤송화 부장이 신신당부한 바가 있어서 그럴 수도 없었다.

"분하겠지만 혹시라도 이의를 제기해선 안 돼요. 아마도 무고를 당했다며 거꾸로 우리 회사에 뒤집어씌워서, 그나마 하고 있는 거래도 끊으려고 들 겁니다. 대서양이나 NJ 둘 다 아직 우리로선 놓치기 힘든 거래처니까요. 서진호텔 건만 성사된다면야 그런 작은 거래처들 정도는 아쉬울 게 없을 테지만……."

부장의 말끝은 한숨으로 채워졌다.

결국 아무 이의도 제기하지 못한 채 그대로 미팅은 끝났다.

"모두들 수고 많으셨습니다."

유경이 들고 있던 서류를 갈무리하자 다른 사람들도 모두 자리에서 일어났다.

"이제 우리 셋이 경쟁이네."

"그러게. 적이 되기 전에 마지막으로 뭉쳐서 낮술 한잔 어때?"

"좋지!"

저희들끼리 낄낄대는 소리가 듣기 싫어서 승아도 자리를 박차고 일어났다. 그대로 뛰쳐나가듯 회의실 문 쪽으로 향하는데, 유경이 다가왔다.

"그동안 수고 많았어요, 승아 씨."

그녀는 더없이 안타까운 표정으로 말을 걸었다.

"페이셜 클렌징, 허를 찌르는 기획이라고 생각했는데…… 결과가 이렇게 돼서 유감이에요."

사실 승아는 위로 따위를 받고 있을 기분이 아니었다. 당장 회사에 돌아가서 사람들의 얼굴을 어떻게 봐야 할까 생각하면 눈앞이 캄캄한데.

"여러모로 감사했습니다, 실장님."

그래도 승아는 억지로 웃어 보이며 작별 인사를 건넸다. 그러자 유경이 주위에 들리지 않게 목소리를 낮춰 속삭이듯 말했다.

"그래도 가끔 연락하고 지내요. 그래도 되죠?"

그러나 승아는 전혀 그럴 생각이 들지 않았다. 결과가 이렇게 된 이상 유경을 마주할 때마다 속상한 생각만 들 텐데.

"실장님, 죄송하지만……."

승아가 거절의 말을 하려던 바로 그때였다.

"……!"

갑자기 눈앞에서 문이 확 열리는 바람에 승아는 소스라치게 놀랐다. 그리고 상대의 얼굴을 확인하고는 제 눈을 의심했다.

문 앞에 준형이 서 있었던 것이다.

"선배?"

준형은 승아를 안심시키듯 엷게 미소 지으며 고개를 끄덕여 보였다. 비서가 그의 뒤를 따랐다.

이윽고 뚜벅뚜벅 발소리를 울리며 회의실에 들어온 준형이 주위를 둘러보며 말했다.

"경영지원실장 서준형이라고 합니다. 죄송하지만 잠시만 다시 자리에 앉아주십시오."

사람들은 영문을 모르겠다는 표정을 하면서도 도로 자리에 앉았다. 물론 승아도.

"오늘 아침에 외부에서 경영지원실로 직접 제보가 들어왔습니다. 길게 설명할 것 없이, 증언을 직접 들어보시지요."

비서가 녹음기를 꺼내서 켰다.

[저는 한국대학교 경영학과에 재학 중인 박정현이라고 합니다.]

녹음기에서 흘러나온 것은 정현의 목소리였다. 승아는 너무 놀라 하마터면 소리를 지를 뻔하고, 황급히 두 손으로 입을 틀어막았다.

[며칠 전 이벤트 대행 회사를 통해 일당 20만 원짜리 아르바이트를 하나 소개받았는데, 내용은 서진호텔에서 하룻밤 묵으면서 욕실에 놓인 특정 제품을 사용하라는 것이었습니다. 사용을 지시받은 물품은 바로……]

1등부터 3등을 차지한 세 회사 담당자들의 얼굴이 한꺼번에 사색이 되었다.

"아, 진짜 통쾌했어요!"

보조석에 앉은 승아는 좀처럼 흥분이 가라앉지 않는 모양이었다. 운전대를 잡은 준형에게 몇 번이나 똑같은 것을 묻는 것이었다.

"봤어요? 비비크림이라는 말 나온 순간, 마이스킨 담당자 표정이요!"

"그래, 봤어. 봤으니까 이제 그만 날뛰어, 짐승아. 운전에 집중안 돼."

준형의 말에도 승아는 들뜬 기분을 어쩌지를 못 하는 것 같았다.

"그 가오리같이 생긴 인간이 저번에 저더러 건방지다고 했단 말이에요. 어디서 어른한테 먼저 따라달라고 술잔을 내미느냐고 그랬던가? 어찌나 어이가 없던지!"

씩씩대는 것이 꽤나 분했던 모양이다. 준형은 웃으며 물었다.

"그래서, 분은 좀 풀렸어?"

"당근이죠!"

승아는 금세 도로 신이 나서 말했다.

정현의 증언 덕에 3등이었던 마이스킨의 3차전 진출은 취소되었다. 대신에 4등인 로열화장품이 그 자리에 들어가서 무사히 3차 진출이 확정된 것이었다.

"분한 게 있다면 대서양이랑 NJ도 똑같은 짓을 했다는 증거를 잡지 못한 거예요. 분명히 세 회사가 작당해서 한 짓 같은 눈치였거든요. 그 회사들, 워낙 평소에도 자주 모여서 담합하고 그러니까 이번에도 틀림없어요."

무슨 생각을 했는지 승아의 얼굴에 조금 그늘이 졌다.

"억울하게 떨어진 오로라가 안됐어요. 때밀이타월, 참신하고 괜찮았는데."

"오로라하고는 원한이 없는 모양이지?"

"네. 오로라 담당자는 사람 괜찮거든요. 그쪽도 되게 야심차게 준비한 물품이었는데 아까워요. 정정당당하게 했으면 분명히 올라갔을 텐데."

승아가 두 주먹을 불끈 쥐었다.

"그래서 결심했어요. 오로라의 원수는 3차에서 우리 로열이 갚아주기로요!"

결의에 찬 목소리로 말하더니, 승아는 갑자기 준형 쪽을 쳐다보았다.

"근데 선배, 대체 정현이를 어떻게 설득하신 거예요? 어젯밤에만 해도 분명히 절대 안 한다고 끝까지 버텨서 그냥 돌아갔었잖아요."

돌아갔었다. 그러나 준형은 일단 승아를 집에 데려다 놓고, 그 밤중에 호텔의 고문변호사를 불러내서 서류를 꾸미게 한 후 대동하고 다시 정현의 집을 찾아갔다.

"해당 회사가 저지른 짓은 분명한 불법입니다. 그러니 사전에 작성하신 서약서도 법정에 가면 무효가 될 가능성이 높습니다. 만에 하나 그렇지 않을 경우에도, 모든 책임은 박정현 씨가 아니라 저희 서진호텔 측에서 지겠다는 내용의 서약서입니다."

변호사의 말에 준형도 거들었다.

"증언만 해주면 널 우리 호텔에서 후원하는 장학생으로 추천해 줄 수 있어. 원한다면 졸업 후 취업까지도 책임지지. 나 역시 너와 같은 과 선배니까 믿어도 좋아. 서진호텔 법무팀을 총동원해서라도 너한테는 아무 피해도 가지 않게 할 테니, 뭐가 옳은 건지 다시 한 번 잘 생각해 봐."

그렇게까지 해서 겨우 정현을 설득해 낼 수 있었던 것이다.
그러나 준형은 시치미를 뚝 뗐다.
"글쎄, 아무래도 양심에 걸렸던 모양이지. 오늘 아침에 그쪽에서 먼저 연락이 왔더군."
"걔가 선배 연락처를 어떻게 알고요?"
"헤어질 때 내 명함 줬잖아."

"······그랬었나?"

혼잣말을 하며 고개를 갸우뚱하는 승아를 곁눈질로 보고, 준형은 웃음을 참았다. 물론 명함 따위를 건네준 적은 없다.

사실대로 얘기하면 승아가 자신에게 빚진 것같이 느낄까 봐 그게 싫었다. 그저 승아가 기뻐하는 모습을 보고 싶었을 뿐이고, 봤으니까 됐다. 준형에게는 그거면 족했다.

"자, 다왔어. 이제 들어가 봐."

승아의 회사 앞에 차를 세우고 준형은 말했다.

"선배는요?"

"난 도로 호텔로 들어가 봐야지. 아직 근무 중이니까. 네가 너무 급해 보여서 특별히 태워다 준 거야. 고맙게 생각해."

"고마워요, 선배. 지금쯤 초상집 분위기일 텐데, 내가 들어가서 얘기하면 다들 좋아서 까무러칠 거예요!"

내리기 전에 승아는 준형의 뺨에 쪽, 하고 입을 맞췄다.

"조심해서 운전해요!"

승아가 떠들썩하게 내리고 난 후 준형은 잠시 미소를 짓고 저만치로 바쁘게 사라지는 승아의 뒷모습을 바라보고 있었다.

비서에게서 연락이 온 것은 그때였다.

[실장님, 지금 어디십니까? 회장님께서 급히 찾으십니다.]

한달음에 호텔로 달려간 준형은 바로 회장실로 향했다.

"부르셨습니까, 아버지."

준형은 아버지인 서 회장을 향해 정중하게 허리를 굽혔다. 그리고 굽혔던 허리를 채 똑바로 펴기도 전에 질문이 날아왔다.

"네게 여자가 있다는 게 사실이냐?"

준형은 심장이 멈출 정도로 놀랐다. 그걸 아버지가 어떻게 알았을까. 하지만 오랜 훈련 덕에 금세 표정을 가다듬고 마음을 진정시키려 노력했다.

어차피 다 알고 묻는 게 틀림없었다. 그렇다면 잡아떼 봤자 역효과다.

"네, 아버지. 대학교 때 저와 같은 과 후배였던 친구와 만나고 있습니다."

준형은 순순히 인정했다.

"그럼 벌써 오래된 사이란 뜻이냐?"

"아뇨, 사귀게 된 건 최근에 와서의 일입니다."

"그렇구나."

서 회장은 승아에 대해서 그 이상 묻지 않았다. 부모는 다 계시냐든가, 뭐 하는 집안 아가씨냐고도. 그렇다는 것은 둘 중의 하나다. 이미 승아에 대해 뒷조사를 다 끝냈다는 뜻이든가, 아니면 이제부터 뒷조사를 할 예정이든가. 준형은 긴장한 나머지 주먹을 꽉 쥐었다.

"그럼 유경이는 어쩔 셈이냐?"

갑자기 서 회장이 질문을 바꿨다.

"한 번도 여동생 이상으로 생각해 본 적 없습니다. 지금은 그저 부하 직원이자 동료일 뿐이고요. 노 실장에게도 그 점은 확실히 해두었습니다."

"그래."

뭔가를 생각하듯 아버지는 혼자 고개를 끄덕였다. 그러더니 새삼스럽게 준형을 빤히 바라보았다. 준형은 마치 두 줄기의 레이저에 가슴을 꿰뚫리는 것 같은 기분을 느꼈다.

"만약에 내가, 지금 만나는 그 여자와 헤어지라고 한다면?"

기습적인 질문에 준형은 당황했다. 그동안 지내온 수없이 많은 나날들이 주마등처럼 빠르게 머릿속을 스쳐 가기 시작했다.

항상 가면을 쓰고 웃어야 했던 나날들. 그 모든 것은 바로 서진호텔을 제 것으로 만들기 위해서였다. 그런데 여기서 아버지에게 반항한다면…….

준형이 잠시 주춤하는 그 순간, 승아의 목소리가 떠올랐다.

"내가 항상 곁에 있어줄게요."

햇살 같은 그 목소리에 지금껏 살아온 모든 아픈 나날들이 눈 녹듯 스러져 간다. 그리고 마지막에 남은 것은 승아의 환한 웃음뿐이었다. 준형은 그것만으로도 가슴이 꽉 차오르는 것을 느꼈다.

"그렇게는 못 할 것 같습니다."

태어나서 처음으로, 준형은 아버지의 말을 정면으로 거부했다.

'뭐야? 이 녀석이!'

당장에 고함이 터져 나오리라고 생각했다. 혹은 앞에 놓인 명패나 서류 뭉치 따위가 날아올 것도 각오했다.

하지만 놀랍게도 서 회장은 그저 담담한 표정으로 고개를 끄덕였을 뿐이다.

"……알았다. 나가 보거라."

그날 하루 종일 유경은 안절부절못했다.

낮에 준형이 갑자기 회의실에 나타났을 때, 유경은 둘 사이의 분위기가 예전과는 어딘가 다르다는 것을 느꼈다. 승아와 처음 눈이 마주친 순간 준형이 그녀를 안심시키듯 떠올렸던 엷은 미소. 마치 둘 사이에 무언의 신호라도 오가고 있는 것 같은 느낌이었다.

아니나 다를까, 준형이 갑자기 나타난 것은 로열화장품을 돕기 위해서였다.

"오늘 아침에 외부에서 경영지원실로 직접 제보가 들어왔습니다."

그 말을 듣는 순간 거짓말이라고 생각했다. 하필 공교롭게도 경영지원실로 제보가 들어왔을 리 없다. 분명 승아를 돕기 위해 준형이 뭔가를 한 것이리라고 유경은 확신했다.

솔직히 예상과는 다른 결과를 보고 유경도 어느 정도 짐작은 했다. 3위 안에 든 회사들 중 어딘가, 아니, 어쩌면 모두가 짜고 뭔가 장난을 친 것 같은 냄새가 났다.

하지만 유경은 알면서도 모르는 척했다. 어쨌든 결과적으로 로열화장품이 떨어지게 된다면 더 바랄 바가 없었으니까. 그렇다고 조승아가 준형에게서 떨어져 나갈 것 같지는 않았지만, 유경은 로열화장품이 새 어메니티로 최종 채택되는 꼴을 보고 싶지는 않았다. 감정의 문제였다.

어쨌든 일은 결국 로열화장품의 최종 진출로 마무리되었다. 그리고 그 후 유경은 승아의 뒤를 살며시 따랐다. 그리고 그녀가 준형의 차에 타는 것, 그리고 준형이 승아의 안전벨트를 매어주고 나서 출발하는 것까지 확인했다.

더 의심할 여지도 없었다. 둘은 이미 사귀는 사이가 틀림없었다.

'대체 언제부터!'

잠시 입술을 깨물고 섰던 유경은 그 길로 회장실로 향했다. 그리고 일단 오늘 어메니티 공모 과정에서 있었던 일을 서 회장에게 보고했다. 물론 진짜 용건은 승아에 대한 말을 흘리기 위해서였다.

그런데 유경이 채 말을 꺼내기도 전에 놀랍게도 서 회장이 먼저 물었다.

"그래, 서준형 실장이랑은 잘 지내고 있느냐?"

동료로서 잘 지내고 있는 거냐고 묻는 건지, 아니면 남녀 사이로서 진전이 있느냐고 묻는 건지 알 수 없었다. 유경이 잠시 대답을 망설이자 서 회장이 너털웃음을 지었다.

"준형이 귀국하면 반드시 데이트하고 말겠다고 큰소리쳤지 않니."

후자였다. 유경은 최대한 감정을 드러내지 않도록 태연한 목소리로 대답했다.

"준형 오빠, 아니, 서준형 실장님께선 요즘에 따로 만나는 여자가 있는 것 같아요."

미리 짐작이라도 하고 있었던 것일까. 서 회장은 그리 놀라는 얼굴이 아니었다.

"그래? 내 한번 알아봐야겠구만. 그만 나가 봐."

반응은 겨우 그 정도였지만 그거면 족했다. 어릴 때부터 서 회장을 보아온 유경은 그가 얼마나 철저한 인물인지 준형만큼이나 잘 알고 있었다. 아들이 별 볼 일 없는 여자와 엮이는 꼴을 가만히 두고 볼 사람이 아니었다.

게다가 회장은 예전부터 은근히 자신을 준형의 짝으로 생각하고 있는 눈치였다. 이제 서 회장이 알았으니 어떻게든 해줄 거라고, 유경은 믿었다.

그렇게 믿을 수밖에 없었다.

3차에 진출하게 되었다는 기쁨을 채 만끽하기도 전에 최종 과제가 도착했다.

"기본 어메니티 세트에다 2차에 제출했던 옵션까지 더해서, 총 6종 세트를 완성해서 제출할 것. 추후 실제로 납품할 제품과 디자인까지 동일해야 함. 브랜드 표기 필수."

승아가 서진호텔에서 온 메일을 프린트한 종이를 들고 읽는 동안 모두가 귀를 기울이고 있었다.

"이번에는 완제품을 내야 해서 그런지 다행히 기간을 길게 주네요. 석 달. 문제는 이번에도 평가는 고객들에게 맡긴다는 거예요. 어느 회사 제품이 제일 많이 선택되었는지로 결정하는 거죠."

말이 끝나자마자 팀원들이 걱정스럽게 말했다.

"그러면 2차 때처럼 또 조작의 위험이 있지 않을까요?"

"그러게. 승아 씨 말로는 아무래도 대서양이랑 NJ도 같은 짓을 한 것 같다며. 걸린 건 마이스킨 하나지만."

승아가 고개를 끄덕였다.

"네. 제 생각에는 아무래도 그런 것 같아요."

듣고 있던 윤송화 부장이 말했다.

"증거가 없으니 이제 와서 지난 일에 이의 제기는 힘들겠지만, 재발 방지에 대해서는 확실하게 짚고 넘어가야 할 것 같아. 물론 우리가 직접 하기는 힘들고…… 서진호텔 측에서 다시 한 번 직접 불러서 못을 박아두면 그 두 회사도 알아듣지 않을까?"

팀원 중 한 사람이 손뼉을 쳤다.

"그러니까 담당자들을 사전에 불러서 경고를 해두면 된다는 말

씀이시죠? 2차 때도 석연찮은 점이 있었다, 혹시라도 3차에는 꿈
도 꾸지 말라는 식으로요."

"그런 식이지. 문제는 그걸 서진호텔 측에서 해줄까 모르겠지
만."

승아가 얼른 말했다.

"아마 서준형 실장님한테 부탁하면 해줄 거예요!"

준형의 이름이 나오자 진지했던 분위기가 삽시간에 코믹으로
전환되었다. 팀원들은 낄낄대면서 승아를 놀려댔다.

"조승아 씨, 냉큼 남친 얘기 하는 것 좀 봐."

"그 핑계로 서진호텔 가서 서준형 실장 얼굴 보고 오려는 거
지?"

승아는 당황해서 팔을 휘저으며 항변했다.

"아니에요, 전 그냥 회사를 위해서 그런 건데!"

그러나 짓궂은 팀원들이 그냥 넘어갈 리 없었다.

"그렇지. 회사도 위하고 남친도 보고."

"님도 보고 뽕도 따고."

윤송화 부장이 미소를 지었다.

"말 난 김에 얼른 연락해 보고, 시간 된다고 하면 다녀오도록 해
요."

"네, 그럼 전화해 보겠습니다."

얼굴이 새빨개진 승아가 도망치듯 회의실을 뛰쳐나갔다. 낄낄
대는 소리가 등 뒤를 따랐다.

"우리 승아 씨, 이제 시집가야 되겠네!"

[지금 바로 호텔로 오면 차 한 잔 정도는 같이 마실 수 있어.]

준형은 그렇게 말했다.

승아는 곧바로 출발해서 30분쯤 후에 도착했다. 그리고 호텔 로비로 들어서는데, 문득 저만치서 이쪽을 향해 오는 남자가 눈에 들어왔다.

상대가 눈에 띈 이유는 두 가지였다. 하나는 화가 잔뜩 난 얼굴로 발을 쿵쿵 울리며 걷고 있었기 때문에. 그리고 또 한 가지는, 어딘가 낯이 익은 얼굴이었기 때문에.

누구였더라. 승아는 잠시 발걸음을 멈추고 생각했지만 금세 떠오르지 않았다.

"……."

고개를 갸웃거리는 사이에 남자는 어느새 승아를 지나쳐 가버렸다.

"썅, 눈깔을 어디다 달고 다니는 거야?"

깜짝 놀라 돌아보니 그새 누군가와 부딪친 남자가 험악하게 욕설을 내뱉고 있었다. 그 목소리를 듣고서야 승아는 그가 누구였는지를 겨우 떠올렸다.

"그러지 말고 얌전히 가자고. 응? 일 귀찮게 만들지 말고."

얼굴보다도 먼저 떠오른 것은 특유의 야비한 말투였다.

'틀림없어, 저 사람이야!'

승아는 온몸에 소름이 끼치는 것을 느꼈다. 분명 예전에 술에 취한 자신을 강제로 방으로 데려가려 했던 그 남자가 틀림없었다.

대낮인데도 불구하고 몸이 벌벌 떨렸다. 승아는 갈팡질팡했다.

'어떻게 해야 하지?'

경찰에 신고? 아니, 출동하려면 시간이 걸릴 터다. 아니면 준형에게 전화를 할까?

그러나 아주 잠깐 고민하는 사이에 남자는 벌써 저만치 멀어져 있었다. 금세 밖으로 나가 버릴 것 같았다.

'이렇게 놓치면 안 돼!'

승아는 억지로 용기를 냈다. 대낮인 데다 주위엔 사람도 많으니 상대도 자신을 어쩌지는 못할 것이다.

"잠깐만요!"

승아가 소리쳐 불러도 남자는 돌아보지도 않고 계속 멀어졌다. 승아는 입술을 깨물고 뛰어서 남자의 뒤를 쫓아갔다.

"저기요, 잠깐 나 좀 봐요."

따라가서 부르자 남자가 짜증스러운 듯이 승아를 쳐다보았다.

"뭐죠?"

승아는 자신이 긴장해 있는 것을 들키지 않으려고 무진 애를 쓰며 말했다.

"나 알죠? 그때 호텔에서 술에 취한 날 그쪽이 강제로 끌고 가려고 했었잖아요!"

그제야 남자의 표정이 확 돌변했다. 승아는 자신이 사람을 잘못

보지 않았음을 확신했다.

"무슨 소리야, 바쁜 사람 붙잡고."

남자는 퉁명스럽게 말했지만 당황한 기색이 역력했다.

"대체 그때 왜 그랬던 거예요? 나 알아요?"

"글쎄 그쪽이 누군지도 모른다니까?"

"모르는데 왜 그런 짓을 해요? 설마 누가 시키기라도 한 거예요?"

집요하게 묻자 남자가 험악한 표정을 했다.

"죽고 싶지 않으면 저리 꺼져!"

그대로 승아를 무시하고 도로 발걸음을 옮기는 남자의 앞을, 승아가 황급히 막아서려 했다.

"어딜 도망…… 악!"

순간 남자가 승아를 있는 힘껏 밀어버리는 바람에 승아는 비명을 지르며 뒤로 나동그라졌다.

"괜찮아요?"

마침 곁을 지나던 누군가가 얼른 승아를 부축해서 일으켜 주었다. 그러나 남자는 이미 저만치 뛰어 달아나고 있었다.

"거기 서!"

승아가 외치자 승아를 부축해 준 사람이 물었다.

"뭔데요? 치한?"

상대의 얼굴을 볼 겨를도 없이 승아는 발을 동동 굴렀다.

"비슷한 거예요. 잡아야 되는데, 놓치면 안 되는데!"

"오케이. 잠깐 여기 있어요."

갑자기 승아를 부축해 준 사람이 남자의 뒤를 쫓아가기 시작했다. 놀랍도록 빠른 속도에 승아는 그 와중에도 놀라서 눈을 휘둥그레 떴다.

'뭐지? 단거리 선수라도 되나?'

어쨌거나 여기 있으랬다고 해서 가만히 있을 수는 없는 노릇이다. 승아가 헐레벌떡 뒤를 쫓아 밖으로 나가자, 이미 괴한은 호텔 앞에서 붙들려 있는 상태였다.

"이거 놔! 글쎄, 저 여자가 사람 잘못 본 거라니까!"

"그건 경찰이 오면 따지시고."

괴한의 팔을 꺾어서 단단히 붙든 남자가 생글거리며 말했다. 호텔 경비원들이 다가가자 그제야 남자는 괴한을 놓아주며 당부했다.

"도망가지 못하게 잘 지켜요, 바로 경찰에 신고할 테니까."

그제야 승아는 안도의 한숨을 쉬었다.

"많이 놀랐죠? 다친 덴 없으신가요? 아까 심하게 넘어지던데."

남자가 먼저 승아의 안부를 물었다. 그제야 상대의 얼굴을 처음으로 자세히 보고 승아는 조금 놀랐다.

승아 또래, 아니면 한두 살 정도 아래로 보이는 남자는 일단 키가 큰 데다가 얼굴도 보기 드문 미남이었다. 이목구비가 뚜렷한 조각미남 스타일이 아니라, 오밀조밀 예쁘게 생긴 얼굴에 산뜻한 미소가 호감이 가는 인상. 마치 베이비 펌을 한 것처럼 살짝 웨이브 진 머리 때문에 한층 더 활기차고 밝은 이미지였다.

준형 외에는 보이지도 않는 상태가 된 승아의 눈에, 이 정도로 미남으로 보이는 남자는 그야말로 오랜만이었다.

"도와주셔서 정말 고맙습니다. 괜히 귀찮게 해드려 죄송해요."

승아가 고개를 숙여 인사를 건네자 남자가 마주 고개를 숙여 보였다.

"아뇨, 오히려 제가 사과드려야죠. 저희 호텔에서 벌어진 일인데요."

"저희 호텔이요……?"

대답 대신에 남자가 주머니에서 휴대폰을 꺼냈다.

"그건 그렇고, 경찰에 신고부터 할까요? 치한이라고 했죠?"

"정확히 말하면 치한은 아니에요. 납치 미수범이랄까……."

"납치요? 호텔 안에서?"

남자의 눈이 커졌다. 더 이상 들을 필요도 없다는 듯이 경찰에 전화를 하려는 남자를, 승아는 놀라서 제지했다.

"저기, 잠깐만요!"

"왜요? 신고 안 해요?"

"신고하기 전에 먼저 얘기할 데가 있어요. 괜히 서진호텔 이미지에 손상 갈까 봐 그래요."

남자가 놀란 듯이 휴대폰 든 손을 내렸다.

"누구랑 얘기하려는 건데요?"

"서진호텔에 아는 사람이 있거든요. 서준형 씨라고, 경영지원실장으로 있어요."

그렇게 말하고 가방에서 휴대폰을 꺼내는 승아에게 남자가 놀란 듯이 물었다.

"우리 형이랑 어떻게 아는 사이세요?"

준형의 사무실.

소파에 앉은 준수가 몸짓까지 섞어가며 실감나게 말했다.

"그 자식이, 갑자기 승아 누나를 뒤로 확! 밀어버리는 거야. 그래서 내가 깜짝 놀라서 얼른 부축해 줬더니 누나가 완전 사색이 돼서는 소리치지 뭐야? '저놈 잡아라!' 하고."

신이 나서 떠드는 준수의 말을, 중간에 승아가 제지했다.

"저기, 저놈이라고까진 안 했는데요."

"말 놓으라니까요, 누나. 우리 형 여친이면 나한테는 친누나나 마찬가진데."

준수가 승아를 향해 생긋 웃어 보였다.

아까 괴한을 잡아준 남자의 정체는 바로 준형의 동생인 준수였다. 어쩐지 얼굴이 심하게 내 취향이더라니 결국 형제였구나, 하고 승아는 속으로 생각했다. 배다른 형제긴 하지만.

"일단 경찰에 넘겼으니 기다려 봐야지. 우리 쪽도 CCTV 영상을 경찰에 제출할 테니까."

승아를 안심시키듯 말하고 나서 준형은 준수를 칭찬했다.

"고맙다, 준수야. 정말 잘했어."

형의 칭찬에 준수는 기쁜 듯이 웃었다.

"당연한 일을 한 건데 뭐, 헤헤."

나이는 승아보다 한 살 아래, 그러니까 올해 스물여섯이라는데 웃는 얼굴은 마치 여섯 살짜리 아이처럼 천진난만해서 승아는 은근히 준수가 귀엽다는 생각이 들었다.

"근데 한국에는 언제 들어온 거야?"

"어제. 원래는 학기 끝나자마자 들어오려고 했는데 이래저래 정리할 게 있어서 좀 늦었어."

"그럼 아주 들어온 거겠네?"

"응."

준수가 서운한 듯이 말했다.

"근데 집에 와보니까 형이 없지 뭐야. 엄마가 그러는데, 독립했다며?"

"나도 서른이 넘었어. 언제까지 부모님 집에 살 순 없잖아."

준형이 타이르듯 말했지만 준수는 여전히 섭섭한 모양이었다.

"가끔 형네 집 놀러 가도 되지?"

"그래."

허락을 받고 나서야 준수의 표정이 도로 밝아졌다.

"참. 근데 승아 누난 회사 안 다니나 봐요? 대낮에 형 만나러 온 걸 보면."

그다지 악의 없는 말 같았지만 승아는 민망해서 얼른 손을 내저었다.

"아니에요! 다녀요, 회사. 오늘은 일 때문에 만나러 온 거예요."

"일 때문에요?"

승아는 준수에게 간단히 어메니티 공모 건에 대해 설명해 주고 나서 준형에게 용건을 말했다.

"그래서 선배가 직접 대서양이랑 NJ를 불러서 말해줬으면 해요."

"좋아. 벌써 2차에서 장난친 걸 대충 눈치채고 있다는 식으로 말하면, 그쪽도 웬만한 강심장이 아닌 이상 두 번은 못 하겠지."

준형은 흔쾌히 승낙했다.

"대신 괜히 특정 회사를 편든다고 할 수 있으니까, 로열화장품까지 셋 다 불러서 얘기하는 걸로 하지."

"네, 그게 낫겠어요."

용건이 끝나자 승아는 자리에서 일어났다. 오늘은 애초에 일 때문에 온 거기도 하고, 곁에 준수가 있어서 그 이상 사적인 대화를 할 엄두가 나지 않았다.

"그럼 이만 가볼게요, 선배. 이따 통화해요."

"데려다줘야 하는데, 미안. 오늘은 일이 좀 많아서."

준형이 사과했다.

"뭐가 미안해요, 근무 시간 중인데 당연한 거지. 신경 쓰지 마요."

그러자 갑자기 준수가 끼어들었다.

"누나, 괜찮으면 내가 데려다줄까요?"

"네? 아뇨, 괜찮아요! 준수 씨도 바쁘실 텐데."

승아는 당황했지만 준수는 벌써 승아를 따라 일어나고 있었다.

"바쁘긴요, 어차피 할 일도 없는데요, 뭐. 그래도 되지, 형?"

"그래 주면 고맙고."

"가요, 누나. 태워다 줄게요."

결국 승아는 준수의 차에 타게 되고 말았다.

"형이 승아 누나를 되게 좋아하나 봐요."

콧노래를 부르며 운전하던 준수가 불쑥 말했다.

"네?"

"우리 형, 되게 다정하고 착한 사람이거든요. 근데 아까 그 자식 경찰에 넘길 때 표정이 진짜 무서웠어요. 꼭 잡아먹을 것처럼."

준수가 서슴없이 준형을 '다정하고 착한 사람'이라고 말하는 것에 승아는 조금 놀랐다. 물론 승아도 같은 생각이긴 하지만.

"그러는 준수 씨는 형이랑 되게 사이가 좋았나 봐요."

"준수 씨 아니고, 준수요."

준수가 싱긋 웃으며 승아를 힐끗 쳐다보았다.

"내가 누나라고 부르는데 누나가 나한테 준수 씨라고 부르면 이상하잖아요?"

"그래도……."

"그러지 말고 그냥 준수라고 불러줘요, 누나. 말도 편하게 하고요. 네?"

'네?' 하면서 날린 눈웃음이 그만 승아의 심장에 직격하고 말았다.

말이 났으니 말이지만, 승아는 준형이 애교가 없는 것이 늘 아쉬웠다. 사귀는 사이니까 가끔씩은 응석도 좀 부리고 눈웃음도 치고 하면 좋을 텐데. 안타깝게도 준형은 성격상 애초에 그런 것과는 거리가 멀었다.

그런데 준수는 준형과 닮은 그 얼굴로 아무렇지도 않게 눈웃음을 치고 있는 게 아닌가! 승아는 하마터면 간이고 쓸개고 다 빼줄 뻔했다.

"알았어."

승아가 고개를 끄덕이자 준수가 기쁜 듯이 웃었다.

"앞으로 형이랑 누나 사이, 내가 많이 응원해 줄게요. 나만 믿어요!"

가슴을 탕탕 치는 시늉을 하며 큰소리를 치는 준수가 귀여워서 승아는 쿡쿡 웃었다.

4장
두 여자

*지*금까지 잘해왔다고 해도, 마지막에서 떨어지면 아무 소용이 없다. 로열화장품 영업부는 전력을 다해 3차 공모 준비에 매달렸다. 물론 승아도 마찬가지였다.

야근에 주말 반납까지 밥 먹듯이 하는 중에도 물론 준형과의 연애는 게을리할 수 없었다. 정 시간이 나지 않으면 밤에 준형이 승아의 회사에 와서, 집에 데려다주는 그사이에라도 얼굴을 봤다.

일하랴, 연애하랴, 그렇게 시간이 정신없이 흘러갔다. 그리고 겨울이 가는지도 미처 모르고 있는 사이에 어느덧 봄은 왔다.

그리고 승아가 마지막 3차 공모를 위한 개별 미팅을 하러 서진 호텔에 들어간 것은, 꽃샘추위도 거의 물러간 3월 중순의 어느 날이었다.

가져간 제품 팸플릿을 내밀며 승아는 조심스럽게 물었다.

"저어, 실장님. 대서양이랑 NJ 하고는 벌써 미팅하셨나요?"

"네."

유경이 팸플릿을 찬찬히 들여다보며 고개를 끄덕였다.

"그쪽 제품들도 되게 좋겠…… 죠?"

물론 유경이 경쟁사의 정보를 말해줄 리 없다. 하지만 궁금한 나머지 이렇게라도 묻지 않을 수가 없었다.

유경은 승아를 힐끔 쳐다보고는 지극히 상투적인 대답을 했다.

"아마 치열한 경쟁이 될 것 같네요. 그러니 열심히 해주세요."

예상한 반응이었지만 승아는 조금 실망했다.

"아, 네, 열심히 하겠습니다."

몇 가지 질문에 답변을 하는 것만으로 짧은 미팅은 끝났다.

"그럼 로열화장품은 마감 날짜에 맞춰서 내는 데 문제가 없는 걸로 알겠습니다."

"네, 실장님. 그럼 또 뵙겠습니다."

승아는 유경에게 꾸벅 인사를 하고 자리에서 일어났다.

"수고하셨습니다!"

오늘 승아는 호텔에 들어온 김에 준수와 함께 점심을 먹기로 미리 약속이 되어 있었다.

준수가 서진호텔에서 일하게 된 지 한 달 남짓이 지났다. 준형이 처음부터 경영지원실장이라는 높은 직책에서 시작한 것과는 달리 준수는 평사원으로 입사해서 일하고 있었다. 신입사원답게 일이 바쁜 모양이라 거의 만나지는 못했지만, 자주 휴대폰 메신저로 이야기를 나누는 동안 승아도 준수와 많이 가까워졌다. 말끝마다 누나, 누나, 하면서 따르는 게 귀엽기도 하고.

"조승아 씨."

나가려는 승아를 유경이 불러 세웠다.

"네?"

"잠시 시간 좀 내줄 수 있어요? 일 얘기 말고 따로 좀 할 얘기가 있는데. 괜찮으면 올라가서 같이 차나 한잔해요."

시계를 보자 아직 준수를 만나기 전까지 30분 정도 시간이 남아 있었다. 승아는 선선히 고개를 끄덕였다.

"네, 실장님."

커피숍에 들어가 햇볕이 잘 드는 창가 쪽에 마주 앉았다.

"서준형 실장님하고 사귀고 있죠?"

유경이 다짜고짜 그렇게 말하는 바람에 승아는 하마터면 커피를 마시다 혀끝을 델 뻔했다. 도둑질을 하다 들킨 사람처럼 가슴이 마구 쿵쿵 뛰었다.

"오해하지 말아주셨으면 좋겠어요."

승아는 당황한 티를 내지 않으려고 애를 쓰며 말했다.

"사귀고 있는 건 사실이지만 저희 회사가 서준형 실장님께 어떤 특혜를 받았다든가 하는 일은 절대 없었습니다. 물론 앞으로도 그럴 생각은 전혀 없고요."

"그걸 내가 모를까 봐요?"

유경이 조금 웃었다.

"서준형 실장님 봐온 지 벌써 10년도 훌쩍 넘었어요. 내가 아는 한 절대 여자친구 회사라고 특혜 주거나 그럴 사람 아니에요. ……그런 사람이라면 애초에 좋아하지도 않았을 거고."

앞의 말에 가슴을 쓸어내리고 있던 승아는, 그 뒤에 이어진 말에 제 귀를 의심했다.

"네? 지금 뭐라고……."

"지난번에 내가 얘기했었잖아요? 오래전부터 좋아해 온 사람이 있다고요."

놀라서 커다래진 승아의 눈을 똑바로 바라보며, 유경은 또박또박 말했다.

"그게 서준형 실장님이에요."

잠시 침묵이 흘렀다. 승아는 놀란 것도 놀란 거지만 도대체 뭐라고 반응을 해야 좋을지 알 수가 없었다.

미안하다고 사과를 해야 하나? 아니면 내 남자 건드리지 말라고 화를 내야 하는 걸까?

그러나 당황한 승아와는 달리 유경은 오히려 느긋해 보였다. 조용히 앞에 놓인 찻잔을 들어 한 모금 마시더니 살며시 미소까지 지어 보이는 것이 아닌가.

"그렇게 안절부절못할 것 없어요. 승아 씨는 내가 좋아하는 게 그 사람이라는 것도 몰랐잖아요? 물론 알았다고 해도 나 때문에 사귀지 못할 이유는 전혀 없고요."

유경이 그렇게 말하니 미안한 쪽으로 마음이 기울었다.

"저어, 미안해요, 이렇게 돼서."

승아는 진심으로 말했다. 그러나 유경은 고개를 저었다.

"아뇨, 미안할 것도 없어요. 둘이 서로 좋아하잖아요. 좋아하는 사람들끼리 사귀는데 제삼자한테 미안할 이유는 없지요."

지난번에 유경이 누군가를 오랫동안 짝사랑해 왔다는 얘기를 털어놓았을 때, 승아는 그녀가 정말 진심으로 그 사람을 많이 좋아하는구나, 하고 생각했었다. 그게 준형이라는 것은 몰랐지만.

그런데 그렇게 좋아하는 남자가 다른 여자와 사귀고 있는데, 심지어 그 여자가 눈앞에 있는데도 이렇게까지 시원스럽게 말할 수 있다니. 자신 같으면 도저히 못 할 것 같았다.

유경은 생긋 웃으며 말했다.

"그러니까 마음 놓고 연애해도 돼요."

이 여자, 참 멋있구나. 승아가 속으로 그렇게 생각한 바로 그 순간이었다.

"단, 연애까지만."

유경의 마지막 말에 승아는 퍼뜩 정신이 들었다. 놀라서 쳐다보자 어느새 유경의 입가에서는 미소가 사라져 있었다.

"연애까지만 해요. 그다음까지 생각하게 되면 둘 다 굉장히 힘들어질 테니까."

"그게…… 무슨 뜻이죠?"

"진부하지만 이렇게 표현할 수밖에 없네요. 결혼은 현실이다."

유경이 어깨를 으쓱했다.

"본인 스펙이 서준형 실장이랑 전혀 어울리지 않는다는 건 내가 굳이 입 아프게 설명하지 않아도 조승아 씨 본인이 더 잘 알고 있을 거예요."

사실이었기 때문에 승아는 조용히 유경의 말을 듣고 있었다.

"그런데 서준형 실장 아버님, 그러니까 우리 서진호텔 회장님께선 절대 그런 며느리를 받아들이실 분이 아니라는 거죠. 드라마 같은 데 보면 자기 아들이랑 헤어지라면서 봉투 내밀죠? 회장님은 봉투는커녕 앞으로 조승아 씨가 먹고살 길조차 막아버리고도 남으실 분이에요. 장담하죠."

승아는 테이블 아래로 주먹을 꽉 쥐었다. 유경의 말이 협박이나 과장이 아니라는 것은 금세 알 수 있었다. 준형이 자신의 아버지에 대해 가끔씩 하는 말과 일치했기 때문에.

"그뿐만이 아니에요."

유경이 승아 쪽으로 조금 다가앉으며 물었다.

"서준형 실장의 꿈이 뭔지, 조승아 씨도 혹시 알아요?"

"알고 있어요."

"동생하고 경쟁 관계라는 것도?"

"네."

"그럼 얘기가 빠르겠네요."

유경이 딱 잘라 말했다.

"만약에 두 사람이 회장님 뜻을 어기고 결혼하려고 든다 치면, 그 꿈은 완전히 산산조각 나게 될 거예요."

입술을 깨무는 승아에게 유경이 조용히 말했다.

"회장님 심기를 거스르는 것도 물론 큰일이죠. 그런데 거기다가, 서준형 실장이 서진호텔을 이어받는 데 큰 힘이 되어줄 사람도 잃어버리게 돼요."

그게 누구냐고 승아가 묻기도 전에 유경이 먼저 말했다.

"서진호텔 총지배인, 바로 우리 아버지예요."

"……!"

"요즘 몸이 좋지 않으셔서 은퇴를 눈앞에 두고 계시긴 하지만, 은퇴하더라도 여전히 대주주세요. 회장 사모님보다도 더 많은 주식을 가지고 있죠. 그만큼 발언권도 크고요. 어릴 때부터 서준형 실장이 제 짝이 될 걸 염두에 두고 계셨는데, 만약에 다른 여자와 결혼한다면 더 이상 밀어줄 이유가 없어지는 거예요. 반대하는 결혼을 고집하다 눈 밖에 난 큰아들보다는 차라리 작은아들 쪽을 밀어주는 게 낫다고 생각하게 되실 수도 있고요."

유경이 말하다 말고 갑자기 한숨을 푹 쉬었다.

"이걸 제일 잘 알고 있는 사람이 바로 서준형 실장이겠죠. 그걸 뻔히 알면서도 왜 조승아 씨랑 사귀고 있는 건지, 도대체 그 속을 알 수가 없어요."

"……."

"결혼이랑 연애는 별개니까, 연애만 하다가 헤어질 셈? 아니면 진짜로 사랑에 완전히 눈이 먼 나머지 꿈이고 호텔이고 다 포기할 셈?"

유경은 고개를 갸웃거리며 혼잣말처럼 읊조렸지만 물론 승아에게도 다 들렸다.

"혹시 후자일 경우엔, 조승아 씨가 그 사람 정신 차리게 해야 돼요."

"……내가요?"

"그래요. 좋아한다면서요? 좋아하는 사람의 오랜 꿈이 자기 때문에 산산이 부서지는 걸 보고 싶어요? 그럴 수 있겠어요?"

승아가 대답하지 못하자 유경이 타이르듯 말했다.

"나도 서준형 실장을 좋아해요. 그러니까 그 사람의 꿈을 내가 꼭 이뤄주고 싶은 거예요. 나한테는 그럴 능력이 있어요. 물론 아버지 능력도 있지만, 나 자신도 평생을 그 사람 옆에 서기 위해 노력해 왔다고요. 내가 괜히 호텔에서 일하고 있겠어요?"

"……."

"승아 씨 마음, 알아요. 하지만 세상일이란 게 좋아하는 마음만으로 다 되는 건 아니잖아요. 그러니까 혹시라도 그 이상 욕심 부리지는 말아줬으면 좋겠어요."

아무 말도 못 하고 있는 승아에게 유경이 고개를 숙였다.

"부탁할게요. 연애하는 것까지는 방해하지 않을 테니까, 그 사람의 꿈을 망치지 말아줘요."

이윽고 고개를 든 유경이 승아를 가만히 응시했다. 대답을 기다리는 것처럼.

"……."

승아는 쉬이 대답할 말을 찾지 못했다.

가끔씩 준형과의 미래에 대해 생각해 본 적이 없는 것은 아니었다. 하지만 떠오를 때마다 일부러 깊이 생각하지 않으려고 했다. 유경의 말마따나 어울리지 않는 조건이라는 것을 자신이 가장 잘 알고 있었기 때문에.

게다가 이따금씩 준형에게서 듣는 서 회장의 이미지는 냉혹하기 그지없는 것이었다. 이래저래 앞일을 생각하면 골치가 아파서 깊이 생각하고 싶지 않았다. 그래서 늘 도망치듯 애써 외면하면서, 눈앞에 있는 달콤한 연애에 집중하려 노력했다. 이제 겨우 사귄 지 몇 개월 되지도 않았는데 벌써부터 너무 앞서 갈 필요는 없다고 스스로를 위로하면서.

하지만 지금 유경은 승아가 애써 외면해 왔던 부분을 정면으로 파고들어 온 것이었다.

"서준형 실장을 위해서, 그래 줄 수 있겠어요?"

입술을 깨물고 있는 승아에게 유경이 대답을 재촉해 왔다.

승아는 힘겹게 입을 떼었다.

"죄송해요. 좀 생각을 정리해 봐야 할 것 같은데……."

갑자기 누군가가 어깨를 꽉 붙드는 바람에 승아는 놀라서 말을 멈췄다.

"준형 선배?"

돌아보자 어느샌가 준형이 굳은 얼굴로 승아를 내려다보고 있었다.

"너 여기서 뭐 하고 있는 거야? 전화는 왜 안 받고!"

"아, 미팅 끝나고 차 한잔하고 있었어요. 실장님도 괜찮으시면 잠깐 앉으시겠어요?"

유경이 당황한 얼굴에 얼른 미소를 띠며 말했다. 그러나 준형은 대꾸도 하지 않고 승아의 팔을 잡아 일으켰다.

"가자. 너 지금 이러고 있을 때 아냐."

"네? 왜요?"

"어머니가 쓰러지셨어."

승아의 심장이 쿵 소리를 내며 내려앉았다.

"엄마가요?"

승아가 준형과 함께 헐레벌떡 달려가 병원에 도착하자 엄마는 팔에 링거를 꽂은 채 침대에 누워 죽은 듯이 잠들어 있었다. 과로인 것 같다며 잘 먹고 푹 쉬어야 한다고 의사는 말했다.

"마침 손님들이 다 나가고 집에 아무도 없었던 모양이야."

준형이 목소리를 낮춰 속삭이듯 말했다.

"마루에 쓰러져 계신 걸 옆집 민박 주인아주머니가 발견하고 어머님 전화로 너한테 전화했는데, 휴대폰은 받질 않아서 회사에 연락했나 보더라고. 회사에서도 네가 휴대폰을 안 받으니까 결국 나한테 연락이 왔고."

지친 얼굴로 잠든 엄마의 손을 꼭 잡고, 승아는 눈물을 글썽였다.

"단순 과로라니까 너무 걱정하지 마."

준형이 위로했지만 승아는 눈물을 멈추지 못했다.

"요즘 벚꽃 시즌이라서 손님이 몰렸거든요. 그런데 제가 계속 야근에다 주말에도 출근하느라 바빠서 엄마 일을 하나도 돕질 못했어요. 그래서 너무 힘들어서 쓰러진 거예요."

"그랬구나."

"시간이 날 때라도 틈틈이 도왔어야 했는데, 데이트한답시고 밖으로만 나돌고⋯⋯."

홀쩍이는 승아의 어깨를 준형이 가만히 토닥였다.

"내 잘못이기도 해. 어머님 생각도 해야 했는데 미처 그러질 못했어."

"아녜요. 울 엄마 딸은 나잖아요. 내가 신경 썼어야 했어요."

그러고 있는데 곁에서 희미한 목소리가 들렸다.

"승아니⋯⋯?"

깜짝 놀라 보니 어느새 엄마가 눈을 가늘게 뜨고 있었다.

"엄마! 정신이 들어? 나야, 나!"

승아는 다급히 침대에 매달리듯 외쳤다.

"아유, 고막 터지겠다. 목소리 좀 낮춰. ⋯⋯근데 여긴 어디냐?"

"병원이야. 엄마 쓰러져서 실려 왔어. 요즘 너무 무리했대."

승아는 엄마의 두 손을 꼭 잡고 새삼스럽게 울음을 터뜨렸다.

"혼자 많이 힘들었지? 미안해, 엄마, 엉엉!"

하지만 엄마는 힘없는 목소리로 심드렁하게 대꾸했다.

"얘가 왜 이렇게 오바를 떨고 난리야, 별것도 아닌 걸 가지고. 근데 준형 군까지 여긴 어쩐 일인가?"

"어머님이 쓰러졌다는 연락을 받고 같이 왔습니다."

"아니, 회사는 어쩌고? 혼나지 않겠어?"

승아의 엄마는 아직 준형의 회사에서의 위치나 집안에 대해서는 까맣게 모르고 있었다. 승아가 한 번도 자세히 설명한 적이 없기 때문이다. 단순히 준형이 호텔에서 일하고 있다고 말한 그대로를 곧이곧대로 믿고 있는 것 같았다.

"괜찮으니까 걱정 마십시오. 당연히 제가 와봐야죠."

순간 엄마가 환자답지 않게 강렬한 등짝 스매싱을 날리는 바람에 승아는 아파서 비명을 질렀다.

"아얏!"

"이놈의 계집애가, 바쁜 사람한테까지 뭐 하러 연락해서 호들갑을 떨어?"

엄마가 눈을 부라렸다.

"내가 오라고 해서 온 거 아니란 말이야! 엄만 알지도 못하면서 그래!"

맞은 등짝이 화끈거려 눈물을 찔끔 흘리면서도, 승아는 속으로는 조금 기뻤다. 우리 엄마, 그래도 아직은 기운이 팔팔하구나.

"엄마, 앞으로도 나 많이많이 때려줘야 돼. 응?"

"얘가 뭐라는 거야?"

엄마는 어이없다는 얼굴을 하면서도 결국 피식 웃고 말았다.

엄마는 링거 한 팩을 채 다 맞기도 전에 당장 퇴원을 하겠다고 나섰다.

"안 돼, 엄마. 의사 선생님 말하는 거 못 들었어? 며칠은 푹 쉬어야 한다잖아!"

승아는 펄쩍 뛰었지만 엄마는 고집을 부렸다.

"그럼 손님들은 어쩌고? 당장 오늘 저녁부터 밥 차려야 하는데, 손님들 굶길 거야?"

"내가 할게, 응? 내가 할 테니까 엄만 영양제 맞고 좀 푹 쉬고 있어!"

"그게 너 혼자 되는 일인 줄 알아? 여드레 삶은 호박에 이도 안
박힐 소릴."

"엄마아!"

막무가내로 침대에서 일어나려는 엄마 때문에 승아는 안타까워
발을 동동 굴렀다.

"제가 승아하고 같이 손님들 뒤치다꺼리하겠습니다, 어머님."

그때 나선 것이 준형이었다.

"준형 군이?"

"네. 저도 호텔에서 일하는 입장이라 접객하는 기본 매너는 잘
알고 있습니다. 무슨 일을 어떻게 해야 하는지는 승아가 잘 알고
있을 테니, 주말 동안에 계속 머물면서 함께 일하면 어떻게든 되
지 않을까요?"

"그건 그렇긴 한데……."

엄마는 잠시 생각하는 듯했으나 역시 고개를 저었다.

"역시 그건 아닌 것 같아. 남의 집 귀한 아드님을 그렇게까지 부
려먹을 순 없지."

"꼭 어머님 때문에 하겠다는 것만은 아닙니다."

"응? 그럼?"

준형이 미소를 지으며 말했다.

"사실은 전부터 며칠쯤 묵으면서 일을 돕고 싶은 마음이 있었
어요. 저희 호텔이 요즘 당면하고 있는 문제가 있는데, 어쩌면 어
머님이 경영하시는 민박에서 그 부분에 대한 힌트를 얻을 수 있을

것 같은 생각이 들어서요. 그래서 언제쯤 부탁드릴까 하고 생각하고 있던 참이었습니다."

"정말인가? 내 마음 불편하지 말라고 일부러 하는 소리 아니고?"

엄마는 반신반의하는 눈으로 준형을 쳐다보았다.

"네. 정말입니다, 어머님. 그러니까 기회를 주세요."

준형이 힘주어 말했다.

결국 엄마는 고개를 끄덕였다.

"그럼 주말 동안만 좀 잘 부탁하네."

다행히 엄마는 언제나 하듯이 이번 주에도 일주일 치 식단을 미리 다 짜두었다. 재료도 다 갖춰져 있는 것을 보고 승아는 가슴을 쓸어내렸다.

"오늘 저녁 메뉴는 고등어자반구이에 김치찌개, 그리고 냉이무침이네요. 밑반찬은 냉장고에 다 들어 있으니까 이 세 가지만 새로 하면 될 것 같아요. 후식으론 딸기 내가구요."

엄마의 수첩을 들여다보며 승아가 설명했다.

"오늘 손님들은 일본분들인데 김치찌개는 너무 맵지 않겠어?"

"그러니까 보통 사전에 어느 정도로 맵게 해드릴지 여쭤봐서 조절을 해드려요. 근데 사실 우리가 먹는 거랑 비슷한 정도로 해도 괜찮아요. 요즘은 외국분들도 매운 거 잘 드시는 분들 많거든요. 특히 일본 사람들은 평소에도 김치 먹는 집이 많대요."

"근데 이런 조촐한 가정식도 손님들이 좋아하나?"

"그럼요, 오히려 떡 벌어지게 한 상 차려 내오는 한정식보다 좋다는 손님들도 많아요. 뭐랄까, 우리나라 특유의 정 같은 게 느껴지나 봐요. 실제로 한국 사람들이 평소에 먹는 거랑 똑같이 먹어 보는 데도 의미가 있구요."

"그렇군."

준형은 뭔가 생각하는 것 같은 표정으로 고개를 끄덕였다.

"김치냉장고에서 묵은지 한 포기만 꺼내다 주세요."

"뒤꼍에 널어놓은 수건들 좀 걷어다 주시겠어요? 해 지기 전에 걷어야 되거든요."

준형은 승아의 지시에 따라 부지런히 움직여 주었다.

비록 엄마가 쓰러지는 바람에 이렇게 되긴 했지만 준형과 함께 일하는 것도 나름대로 즐거운 일이었다. 이런 데이트도 나쁘지는 않구나, 하고 승아는 생각했다.

관광을 마친 손님들이 저녁 식사 시간에 맞춰 돌아오자 준형은 마당까지 나가서 손님들을 맞이했다.

"お帰りなさいませ。お花見は楽しかったですか(어서 오세요. 꽃구경은 즐거우셨습니까)?"

준형이 빙긋 웃으며 일본어로 인사를 건네자 한류 팬인 여자 손님들은 얼굴까지 빨개지며 어쩔 줄을 몰라 했다.

"どうしよう、すごい美形だわ(어떡해, 완전 잘생겼어)!"

"グンちゃんよりかっこよくない(장근석보다 멋있지 않아)?"

승아는 놀라서 준형에게 소곤거렸다.

"선배, 일본어도 할 줄 알았어요?"

"응, 어느 정도는. 호텔리어니까 중국어나 일본어, 영어 정도는 해야지."

준형 덕분에 평소보다 조금은 허전한 저녁상에도 손님들은 그저 즐거워하기만 했다.

"今度韓国来る時も絶対ここにしますからね(다음에 한국 올 때도 꼭 여기서 묵을게요)!"

손님들의 잠자리까지 봐주고 나서야 무사히 하루가 끝났다. 승아는 준형과 함께 뒤뜰로 나갔다.

뒤뜰에는 심은 지 30년이 넘은 커다란 벚나무가 한 그루 있었는데, 마침 벚꽃이 활짝 핀 데다 보름달이 뜨기까지 해서 환상적으로 아름다웠다.

달빛이 만들어내는 꽃그늘 아래 나란히 앉으니 그제야 긴장이 풀리며 절로 안도의 한숨이 새어 나왔다.

"오늘 수고 많았어요, 선배. 많이 힘들었죠?"

"응. 아무래도 아르바이트비 엄청 많이 받아야겠는데."

농담처럼 말하고 준형은 웃었다.

"미안해요, 선배 같은 고급 인력을 겨우 이런 일에 부려먹어서."

"이런 일이라니? 어차피 호텔 일이나 민박 일이나 근본적으로는 같은 건데."

"그래도요. 호텔에선 선배가 직접 손님들 시중들진 않잖아요."

"가끔은 직접 해보는 것도 나쁘지 않아."

"그렇게 생각해 주면 고맙고요."

문득 준형이 물었다.

"그런데 아까 낮에 유경이랑 무슨 얘기를 한 거야? 분위기가 좀 심각한 것처럼 보이던데."

아주 잠깐 고민했다. 사실대로 털어놓을까 말까. 하지만 어디까지나 유경도 준형을 위해서 한 얘기였다. 그걸 곧이곧대로 얘기하는 건 왠지 반칙인 것 같았다. 일러바치는 것 같기도 하고.

"그냥, 일 얘기죠, 뭐."

결국 승아는 일단 준형에게는 말하지 않기로 했다.

"정말이야?"

준형은 좀처럼 믿기지 않는다는 듯이 물었다.

"당연하죠. 그럼 제가 노 실장님이랑 할 얘기가 그거 말고 또 뭐가 있겠어요?"

뒤가 켕겼지만 승아는 끝내 그렇게 잡아뗐다. 다행히 준형은 더 캐묻지는 않고 작게 한숨을 쉬더니 말했다.

"혹시 만에 하나 유경이가 쓸데없는 소리를 하거든 나한테 말해."

"무슨…… 소리요?"

"어차피 언젠가는 알게 될 테니까 있는 그대로 얘기할게. 유경이가 날 좋아해."

승아는 애써 놀란 척을 했다.

"정말요? 노 실장님이 선배를?"

"그래. 어릴 때부터 자주 만나다 보니까 어느새 그렇게 된 것 같아."

"참, 옛날부터 집안끼리 가까웠다고 했었죠."

"그래서 나도 그 애를 동생처럼 생각은 했지만 그게 다야. 진짜 친동생한테도 잘 못 해주는 마당에."

준수를 떠올렸는지 준형의 말투가 씁쓸해졌다.

"나도 서준형 실장을 좋아해요. 그러니까 그 사람의 꿈을 내가 꼭 이뤄주고 싶은 거예요."

유경의 말이 떠올라서 승아는 저도 모르게 한숨을 쉬었다.

"그럼 선배는 노 실장님을 결혼 상대로 생각해 본 적 한 번도 없다는 거예요?"

준형은 조금 망설이는 듯 잠시 틈을 두고 말했다.

"솔직하게 말하면, 있어. 아마도 유경이와 결혼하게 될 거라고 막연하게 생각해 왔었어. 아버지도 은근히 그러길 바라는 눈치셨으니까."

승아는 가슴을 묵직한 망치로 얻어맞은 것 같은 느낌을 받았다.

"하지만 그건 승아 널 만나기 전까지의 얘기야. 지금은 전혀 그렇게 생각하지 않아. 물론 그럴 마음도 전혀 없고."

준형이 달래듯 말했지만 승아는 충격에서 쉬이 벗어나지 못했다. 유경뿐만 아니라 준형 역시 유경을 결혼 상대로 생각하고 있었을 줄은 미처 몰랐다. 이렇게 되면 꼭 두 사람 사이에 자신이 끼어든 꼴 같지 않은가.

"유경이한테도 내 생각을 확실하게 전했어. 유경인 똑똑하기도 하고, 워낙 성격이 딱 부러지는 애니까 그 이상 쓸데없이 미련을 갖지는 않을 거라고 생각해."

준형은 크게 착각을 하고 있었다. 유경은 조금도 그를 포기하고 있지 않은데.

"하여튼 너는 전혀 신경 쓰지 않아도 돼."

이미 신경 쓸 상황이 되어버렸다는 것을 까맣게 모르는 준형은 위로하듯 말했다.

'만약에 노 실장님 도움이 없이는 서진호텔을 얻을 수 없다면요? 그래도 선배는 노 실장님을 버리고 나를 택할 수 있겠어요?'

그런 질문이 목구멍까지 치밀어 올랐다. 계속 이 얘기를 하다가는 도저히 묻지 않고는 견딜 수 없을 것 같아서 승아는 애써 화제를 돌렸다.

"참, 낮에는 정말 고마웠어요."

"뭐가?"

"우리 엄마 퇴원하겠다는 거 말려줘서요. 선배가 우리 민박에서 배울 점이 있다는 식으로, 일부러 그렇게 말해주지 않았으면 울 엄마 기어이 퇴원하고 말았을 거예요. 엄마가 남한테 폐 끼치는 거 제일 싫어하거든요."

"음, 없는 말을 꾸며낸 건 아닌데."

준형이 어깨를 으쓱했다.

"정말로 며칠 여기서 일해보고 싶었어. 바쁘다 보니까 차일피일 미루고 있었다 뿐이지."

승아는 놀랐다.

"그럼 정말이었어요?"

"응. 이래저래 좀 구상할 게 있어서."

"그게 뭔데요?"

준형이 빙긋 웃고는 설명했다.

"우리 호텔은 유난히 외국인 손님 비율이 높아. 알고 있지?"

"네."

물론 준형만큼은 아니겠지만, 어메니티 건을 진행하면서 승아도 서진호텔에 대해서는 어느새 빠삭하게 알게 되었다.

"그런데 최근 몇 년 사이 분위기가 별로 좋지 않아. 일본 쪽 호텔 체인들이 우리나라에 연달아 체인을 내면서 일본 손님들이 그쪽으로 상당수 몰렸고, 카지노가 없다 보니까 중국인 손님 유치에도 한계가 있거든. 한류 덕분에 어느 정도 유지하고 있기는 하지만, 다른 호텔들의 손님 수 증가에 비하면 하락세라고 봐도 좋을 정도야."

"그렇군요."

"그래서 외국인 손님들을 끌어올 방안을 이래저래 생각해 보고 있지만 뾰족한 아이디어가 없어서 고민 중이었어. 그러다가 승아 너희 집을 생각해 낸 거지. 이 집을 서진호텔 별관으로 꾸며서 운영하면 어떨까 하고. 쉽게 말해서 한옥 호텔로 만든다고 할까."

승아는 깜짝 놀랐다.

"저희 집을요?"

"그래. 물론 이 집 하나로는 규모가 너무 작을 테니까 주위의 몇 집과 함께 이야기해 보면 어떨까 해."

전혀 뜻밖의 말에 승아는 얼떨떨했다.

"우리 집을, 서진호텔로 만들겠다는 거예요?"

"어디까지나 생각 단계야. 아직은 이웃들은커녕 승아 어머님한테도 말을 못 해봤으니까. 무엇보다 제일 중요한 사람의 대답부터 들어야 하고."

"제일 중요한 사람이요?"

"그래."

준형이 고개를 끄덕이고는 말했다.

"애초에 내가 이 생각을 왜 해냈는지 알아?"

"잘 모르겠어요."

"나한테 전에 말했던 적 있지? 결혼하고 엄마 혼자 민박 운영하느라 힘들 거 생각하면 마음이 아파서 못 할 것 같다고. 그래서 그 후부터 계속 생각했어. 어떻게 하면 네 마음을 편하게 해줄 수 있을까 하고."

설마. 승아의 심장이 박동 수를 늘리기 시작했다.

"만약에 일이 성사되면 승아 어머님은 종업원들을 지휘하는 위치가 되실 거야. 그러면 크게 힘드시지는 않겠지."

"저어, 그럼……."

가슴이 너무 뛰어서 목소리까지 떨렸다.

"그러니까 나한테 시집오라는 얘기야. 아무 걱정 하지 말고, 마음 푹 놓고."

놀라서 굳어져 버린 승아를 준형이 가만히 끌어당겨 품에 안았다.

"결혼하자, 짐승아."

조금 긴장한 것 같은 준형의 목소리가 승아의 귓가에 꽃잎처럼
사뿐히 내려앉았다.

"그럼, 잘 자."

승아의 방문 앞에서 준형은 밤 인사를 건넸다.

"선배도 잘 자요. 방에 침대가 없어서 좀 불편하겠지만……."

승아는 조금 망설이다 덧붙였다.

"그리고 미안해요, 당장 대답하지 못해서."

"결혼하자, 짐승아."

준형의 말에 승아는 결국 대답하지 못했다. 할 수 있었던 말은
겨우 이런 것이었다.

"조금만 생각할 시간을 주세요."

"그래. 너무 많이 기다리게는 하지 말고."

다행히 준형은 선선히 기다려 주겠다고 말했다. 그게 고맙고도
미안했다.

"최대한 빨리 생각하도록 노력할게요."

준형이 조금 미소를 짓고는 말했다.

"한 가지만 물어보지."

"네?"

"그 생각이란 거, 혹시 네 마음에 대한 건가?"

승아의 눈을 들여다보며 그는 물었다.

"날 좋아하는 마음에 확신이 없어서, 그래서 고민하는 거야?"

"아녜요, 그런 거!"

승아는 세차게 고개를 저었다.

"정말 선배 많이 좋아해요. 선배도 알잖아요, 옛날부터 내가 좋아했던 거. 단지……."

말끝을 흐리자 준형이 천천히 고개를 끄덕였다.

"그래. 그럼 됐어."

갑자기 그가 빙긋 웃었다.

"그럼 열심히 생각해. 자면서도 생각해. 꿈에서도 생각해. 내가 너무 기다리지 않게."

승아의 이마에 가볍게 입을 맞추고 준형은 등을 돌렸다.

"잘 자, 짐승아."

마루를 가로질러 방으로 들어가는 준형의 뒷모습을 바라보며 승아는 그에게 들리지 않게 긴 한숨을 내쉬었다.

"휴우……."

승아의 엄마는 이틀 후에 퇴원했다. 그동안 잘 먹고 푹 쉬었는지 한결 얼굴빛이 좋아져 있어서 승아도 마음이 놓였다.

"그럼 전 이만 가보겠습니다, 어머님."

병원에서 집까지 태워다 주고 나서 준형이 인사를 건넸다.

"괜히 나 때문에 고생 많았네. 미안하고 고마워, 준형 군."

"아닙니다. 덕분에 이래저래 많은 공부가 됐습니다."

"앞으로도 언제든지 편하게 놀러 와요. 내가 맛있는 거 많이 해 줄 테니까."

엄마는 준형의 손을 잡고 놓을 줄을 몰랐다.

"그럼 조만간 한번 찾아뵙겠습니다. 일 관계로 어머님께 상의 드릴 일도 있고 해서요."

"상의? 나한테? ……무슨 일로?"

"그건 그때 가서 말씀드리겠습니다. 그럼 어머님, 푹 쉬세요."

준형이 가고 나서도 엄마는 한참 동안 승아를 붙들고 준형을 입이 마르게 칭찬했다.

"세상에 저런 사람이 또 어딨겠냐? 준형 군이 널 좋아한다는 게 기적이다, 기적."

가뜩이나 머릿속이 복잡한 승아에게 엄마는 갑자기 눈을 부라 렸다.

"너, 혹시 아직도 엄마 혼자 고생할까 봐 차마 시집을 못 가겠느 니 어쨌느니 그런 말도 안 되는 생각 하고 있는 건 아니겠지? 준형 군이 너 좋다고 할 때 후딱 잡아서 시집가, 맘 바뀌기 전에."

승아는 땅이 꺼져라 한숨을 쉬었다.

"엄마, 준형 선배 뭐 하는 사람인지는 알고 나더러 결혼하라고 하는 거야?"

"호텔에 다닌다며. 그게 왜?"

"그냥 단순히 다니는 게 아니니까 그렇지."

"그게 무슨 소리야?"

승아는 조금 망설이다 눈 딱 감고 말했다.

"선배 아버지가 서진호텔 회장이야. 오너라구. 선배는 후계 자…… 랄까, 그 직전 단계 정도 되는 사람이고. 현재는 서진호텔에서 세 번째로 높은 자리에 있어."

"뭐?"

엄마의 눈이 화등잔만 하게 커졌다.

"너 정말이야? 소설 쓰는 거 아니고?"

"진짜야. 의심나면 선미한테 물어보면 되잖아."

"그럼 왜 그 얘기를 이제야 하는 건데!"

"엄마 괜히 걱정할까 봐 그랬지 뭐. ……하여튼 엄마, 그래도 엄만 내가 준형 선배랑 결혼했으면 좋겠어?"

승아는 조심스럽게 물었다.

"사실은 준형 선배가 결혼하자고 했거든. 결혼해도 괜찮을까, 엄마?"

도저히 혼자 고민하는 게 너무 힘들어서 엄마에게 물어본 거였다.

'그게 뭐 어때서? 서로 좋아하면 됐지 그까짓 게 무슨 문제라고 걱정을 사서 하고 자빠졌어?'

엄마가 그렇게 말해줬으면 좋겠다고 생각했다. 엄마 말은 항상 옳았으니까.

하지만 승아의 기대와는 달리 엄마의 얼굴은 점점 어두워졌다.

"승아야."

엄마는 한참 만에야 승아를 불렀다.

"너, 준형 군 많이 좋아하니?"

엄마답지 않게 착 가라앉은 목소리였다. 승아는 불안해졌다.

"그건 왜?"

"많이 좋아하는 거 아니면 일찌감치 정리했으면 좋겠다."

승아는 심하게 충격을 받았다.

엄마는 방금까지도 빨리 준형에게 시집가라고 재촉을 했다. 그런데 그 말을 단 몇 분 만에 이렇게 완전히 뒤집을 정도로 이건 안 된다는 뜻일까. 그렇게까지 말이 안 되는 일일까.

"살아보니까 사람은 어디까지나 비슷한 사람끼리 만나 살아야 하더라. 차이가 나도 어느 정도지, 이건 아니다 싶다."

알고 있다. 하지만 그 사실을 직접 귀로 듣자 갑자기 마구 부정하고 싶어졌다.

"하지만 준형 선배는 정말 나 좋아한단 말이야. 그런데도 안 돼?"

"둘이 좋다고 되는 일이 아니니까 그렇지, 이것아. 그 집 부모님은 뭐라시는데?"

"아직 만난 적은 없는데, 아무래도 반대는 하실 것 같아."

승아가 시무룩하게 말하자 엄마가 혼잣말처럼 중얼거렸다.

"당연하지. 나라도 내 새끼가 얼토당토않은 남자를 데려와서 사윗감이랍시고 들이밀면 억장 무너질 텐데, 그분들 탓할 것도 없지."

그 말에 승아는 화가 치밀었다.

"엄마! 조건을 보지 말고 사람 됨됨이를 봐야 되는 거 아냐? 엄마도 그런 속물이었어?"

"이건 속물이 아니라 인지상정이지. 내 자식이 한국대 나왔으면 상대는 그래도 고구려대 정도 나와줬으면 하는 게 부모 맘이란 말이야. 근데 고구려대는커녕 어디서 초등학교 졸업도 제대로 못한 사람을 데려오면, 됨됨이를 볼 마음이 들겠어?"

냉정하기 그지없는 엄마의 말에 승아는 그만 울고 싶어졌다.

"엄마까지 그러면 어떡해!"

"엄마니까 이러는 거야, 이것아."

엄마가 승아의 손을 끌어다 꼭 잡았다. 거칠기 그지없는 손이었다.

"너도 나한테 귀한 자식이야. 손발이 다 닳도록 일해서 너 여기까지 키웠어."

늘 퉁명스럽기만 했던 엄마의 진심 어린 말에 승아는 그만 눈물이 핑 돌았다.

"내가 널 어떻게 키웠는데, 금쪽같은 내 새끼가 그렇게 어울리지도 않는 집에 가서 천덕꾸러기 취급 받는 거 엄만 못 본다. 그러니까 정리하자, 승아야. 응?"

"엄마⋯⋯!"

결국 울음을 터뜨리고 마는 승아를 엄마가 끌어안았다.

"미안하다, 승아야. 엄마가 미안해."

그렇게 몇 번이나 말하는 엄마의 목소리도 어느새 떨리고 있었다.

"솔직히 너희 엄마 말도 틀리지는 않다 싶다."

선미마저도 걱정스러운 얼굴을 했다.

"네 말 듣고 보니까 진짜 이래저래 힘들기는 하겠네. 선배 아버지도 성격이 보통 아닌 것 같고. 하기야 서진호텔 회장이니까 애초에 보통 사람은 아닌 거지만."

"정말 안 되는 걸까?"

"글쎄, 밀어붙이면 안 될 거야 없겠지. 결혼은 선배 아버지가 아니라 선배가 하는 거니까. 근데 난 좀 다른 쪽으로 걱정이 돼서."

선미가 한숨을 쉬었다.

"준형 선배가 너 되게 많이 좋아하는 건 나도 잘 알아. 그래서 너 모르게 응원도 많이 했어. 그런데 그건 선배가 처한 사정을 몰랐을 때 얘기고, 알고 나니까 솔직히 걱정되긴 하네."

"어떤 사정?"

"선배가 아직 확실한 후계자가 아니라는 거. 그리고 선배 평생의 목표가 서진호텔을 손에 넣는 거라는 거. 근데 너랑 결혼하면 후계자 자리는 아예 물 건너갈 가능성이 크다며."

"응."

승아는 시무룩하게 고개를 끄덕였다.

"이렇게 말하면 좀 그렇긴 한데……."

선미가 조금 망설이며 승아의 눈치를 보더니 에라, 하듯 눈 딱 감고 입을 열었다.

"에드워드 8세 알지? 사랑을 위해 왕위를 버린. 왜 예전에 우리

같이 교양 수업 들었을 때 나왔었잖아."

"아, 윈저 공."

승아가 고개를 끄덕였다.

"그 대단한 로맨스도 사실은 그 후에 그다지 행복하진 못했대. 나중에 윈저 공이 그 여자 때문에 왕위를 버린 걸 굉장히 후회했다는 얘기가 있어."

선미는 그 이상 말하지 않았지만 물론 승아는 무슨 말인지 잘 알아들었다.

"어쩌면 선배도 나중에 후회할 수도 있다는 거지?"

"……그럴 가능성도 완전히 없진 않다는 거지."

자신이 너무 심한 말을 했다고 생각했는지 갑자기 선미는 활기차게 말했다.

"물론 행복하게 잘살 가능성이 훨씬 크다고 생각해! 꼭 호텔 아니더라도 선배 능력 있는 사람이고, 너도 배울 만큼 배웠고, 지금도 일 잘하고 있고. 그러니까 너무 걱정할 건 아닐지도 몰라."

"……."

"네가 어떤 결정을 내리든 난 응원할게. 그러니까 힘내, 조승아. 응?"

하지만 그 응원이 승아의 귀에는 너무나 맥 빠진 것으로 느껴지기만 했다.

유경도 그렇고, 엄마도 그렇고, 선미도 그렇고, 승아 자신조차도 아무리 생각해 봐도 준형과의 미래는 핑크빛은 아닌 것 같았다. 아니, 핑크빛은커녕 잿빛에 가까웠다. 먹구름이 잔뜩 낀 하늘처럼.

그리고 그 먹구름 사이로 의외의 빛이 비친 것은 준형에게서 프러포즈를 받은 지 일주일쯤 되던 때의 일이었다.

—누나! 요즘 많이 바빠요? 전에 식사하기로 해놓고 약속 깼으니까 밥 사줘요.

준수에게서 먼저 메시지가 왔다.

처음에는 머릿속이 복잡해서 거절하려고 했지만, 승아는 생각을 고쳐먹었다. 어쩌면 준수와 얘기하다 보면 의외로 길이 보일지도 모르지 않은가.

준수는 늘 승아에게 호의적이었다. 어쩌면 준수가 힘이 되어줄지도 모른다고 승아는 생각했다. 실낱같은 희망에라도 기대고 싶을 만큼 승아도 준형을 포기하고 싶지 않았다.

—좋아. 그럼 내가 호텔로 갈게. 언제가 좋겠어?

메시지를 보내며 승아는 속으로 다짐했다. 다른 사람들이 모두 아니라고 하더라도, 할 수 있는 건 모두 해보자고.

다음 날, 점심시간에 서진호텔에서 준수를 만나 함께 식사를 하고 나서 차를 마시며 승아는 준형에게 프러포즈 받은 일을 털어놓

았다. 생각해 보겠다고 대답한 후 여태까지 쭉 고민 중이라는 것
도.

"우리 엄마도 회의적이셔. 그쪽에서 반대할 텐데 힘들지 않겠
냐고."

"그랬구나. 그럼 진작 나한테 말했으면 좋았을걸."

심각하게 말했는데 준수가 갑자기 빙긋 웃는 바람에 승아는 깜
짝 놀랐다.

"응?"

준수가 손을 뻗어 시무룩해져 있는 승아의 어깨를 가볍게 두들
겼다.

"걱정 마요, 아버지한텐 내가 잘 말해줄 테니까. 우리 아버지,
내 말이라면 다 들어주시는 분이니까 나만 믿어요."

준수가 너무나 간단하다는 듯이 말하는 바람에 승아는 도저히
믿을 수가 없었다. 밝은 성격이긴 하지만 허풍 떠는 스타일은 아
닌 것 같은데.

"어쩐지 요즘 형이 왠지 좀 저기압이다 했더니 승아 누나 때문
이었네. 걱정 말고 형한테 얼른 오케이해요, 결혼하겠다고. 우리
형 그렇게 느긋한 사람 아닌데 지금쯤 속으로 얼마나 안절부절못
하고 있을까?"

"그게 그렇게 쉬운 일이 아니잖아. 네가 말한다고 허락해 주시
겠어?"

"엄마한테도 도와달라고 하죠, 뭐. 엄마랑 나랑 둘이 공격하면
아버지도 꼼짝 못 해요."

준수는 밝게 웃었다.

"사실 우리 아버지, 그렇게 앞뒤 꽉 막힌 분도 아녜요. 조건만 가지고 무작정 반대하고 그럴 분도 아니구요. 내가 승아 누나 좋은 사람이라고, 형이랑 서로 많이 좋아한다고 얘기하면 분명히 아버지도 긍정적으로 생각해 줄 거예요."

준수가 말하는 아버지와 준형이 말하는 아버지가 전혀 다르다. 분명 같은 사람인데도. 문득 승아는 한 번도 만나보지 못한 서 회장이 어떤 사람인지 궁금해졌다.

"아버지가 준수 널 어릴 때부터 유독 귀여워했다고 들었어."

"형이 그래요?"

준수는 앞에 놓인 레모네이드를 한 모금 마시고는 혼잣말처럼 중얼거렸다.

"뭐, 사실 그렇긴 해요. 형한텐 늘 엄했죠, 나한테는 오냐오냐 하셨고."

본인 입으로 그렇게 말하는데도 얄밉게 느껴지지 않았던 것은, 마치 그 말 뒤에 뭔가 다른 감정이 숨어 있는 것 같은 기분이 들었기 때문이다.

그러나 승아가 뭐라고 묻기 전에 준수는 활짝 웃어 보였다.

"그러니까 아버지가 제 말은 들을 거예요. 아무 걱정 마요, 누나. 난 누나 편이니까."

늦게 들어가면 팀장한테 혼난다며 준수는 점심시간이 끝나기 전에 서둘러 일어났다. 그리고 승아도 호텔에서 나와 버스정류장으로 향했다.

　언덕길을 내려가는데 문득 저만치 앞에서 오던 자동차가 점점 속도를 줄이더니 승아 옆에 멈춰 섰다. 유리창이 내려가고 안에서 나타난 것은 별로 반갑지 않은 얼굴이었다.

　"조승아 씨, 오늘은 웬일이에요? 서준형 실장님 만나러?"

　유경이 쓰고 있던 선글라스를 벗으며 물었다.

　"아, 아뇨. 따로 만날 사람이 있어서요."

　웬만하면 말을 섞고 싶지 않은데 유경은 일부러 차에서 내리기까지 했다.

　"생각은 좀 해봤어요? 전에 내가 얘기했던 거."

　"……아직 생각 중이에요."

　"그렇게까지 어려운 얘기도 아니었던 것 같은데."

　승아 앞에 마주 선 유경이 가볍게 한숨을 쉬었다.

　"우리 둘, 입장은 다르지만 서준형 씨를 좋아하는 마음은 같은 거라고 생각해요. 나 역시 진심으로 서준형 씨를 좋아하니까, 승아 씨랑 연애해도 참고 기다리겠다고 하는 거예요. 그런데 승아 씨는 좋아하는 사람을 위해서 전혀, 아무것도 포기할 마음이 들지 않나요?"

　"꼭 포기해야만 된다는 법은 없잖아요."

　아까 준수의 말에 승아는 조금 용기를 얻었다. 그 용기로 승아는 유경에게 반박했다.

　"물론 노 실장님 말씀대로 준형 선배가 저 때문에 후계자 자리에서 밀려날 수도 있어요. 하지만 안 그럴 수도 있잖아요. 만약에 준형 선배 아버님이 흔쾌히 허락해 주신다면요."

"그게 말이나 된다고 생각해요? 회장님이 어떤 분인지 그때 분명히 말했잖아요!"

유경이 어이없다는 듯이 말했다.

"그렇다고 아무것도 안 해보고 지레 도망치고 싶지는 않아요. 준수 씨도 제 편에서 도와주기로 했어요. 한번 해볼 만한 가치는 있다고 생각해요."

"준수 씨…… 면, 준형 오빠 동생 말이에요?"

"네."

"준수가 도와주겠다고 했다고요? 두 사람 결혼 허락받게?"

"그래요."

갑자기 유경이 끼고 있던 팔짱을 풀었다.

"이제 보니까 조승아 씨, 생각했던 것보다 머리가 나쁘네요."

"뭐라고요?"

승아는 화가 치밀어서 유경을 노려보았다. 지금까지는 그녀가 어메니티 공모 건의 주최 측이기도 하기 때문에 늘 예의를 갖춰 대해왔지만 이쯤 되자 승아도 참을 수가 없었다.

"그야 당연히 준수는 승아 씨 편을 들어주겠죠. 승아 씨가 자기 형이랑 결혼하길 그 누구보다도 바랄 테니까요. 그 이유에 대해서는 생각해 보지 않았나요?"

이유. 그 말에 승아는 황급히 생각해 보았다. 준수가 나를 도와주겠다고 하는 데 다른 이유가 있다는 걸까?

"준수뿐만 아니라 준수 어머니, 그러니까 회장 사모님도 아마 팔을 걷어붙이고 두 사람 잘되게 도와주려고 할 거예요. 아마 당장 결혼시키자고 나설걸요?"

승아는 예전에 준형의 새어머니를 만났던 기억을 떠올렸다. 우아한 사모님인 준형의 새어머니는, 준형이 펄쩍 뛰고 싫어하는데도 불구하고 집안까지 맞아들여 일부러 차까지 대접하면서 친절하게 대해주었다. 다음에 꼭 다시 놀러 오라고 몇 번이나 말하기도 했다.

당시에는 그냥 무척 다정한 분이라고 생각했다. 하지만 그 친절에 이유가 있었다면……?

따뜻한 봄 날씨에도 불구하고 승아는 갑자기 오한을 느꼈다.

"서준형 씨가 내가 아니라 당신과 결혼해서 날개가 꺾이게 되면 대체 누가 이득을 보겠냔 말이에요."

유경이 안타깝다는 듯이 말했다.

"그야 당연히 준수죠."

승아는 휘청거렸다.

"아무 걱정 마요, 누나. 난 누나 편이니까."

활짝 웃던 준수의 얼굴이 떠올라서 현기증이 일었다.

준형에게서 전화가 온 것은 그날 오후 늦게였다.

[오늘 저녁에 시간 돼? 밤늦게라도 괜찮은데.]

말투가 왠지 데이트를 하자는 소리 같지는 않아서 승아는 물었다.

"무슨 일 있어요?"

[같이 좀 가줬으면 하는 데가 있어서.]

엄마가 쓰러졌던 일 이후로 승아는 웬만하면 꼬박꼬박 칼퇴근을 해서 집안일을 돕고 있었다. 그래서 요즘은 준형과의 만남도 많이 줄어든 상태였다. 하지만 오늘은 왠지 거절하면 안 될 것 같은 느낌이 들었다.

"알았어요. 몇 시쯤 만날까요?"

[손님들 저녁상 치우고 나면 여덟 시쯤 되지? 내가 그때 맞춰서 데리러 갈게.]

"그럼 너무 늦지 않겠어요?"

[괜찮아. 그럼 이따가 보지.]

전화를 끊은 승아의 입에서 긴 한숨과 함께 혼잣말이 새어 나왔다.

"선배, 내가 어떻게 해야 되는 거예요……?"

검은 정장을 차려입은 준형은 약속한 시각에 승아를 데리러 왔다. 잠깐 들어와서 승아의 엄마에게 인사를 하겠다고 했지만 승아가 핑계를 대서 말렸다.

"엄마 지금 저녁 설거지 마치고 샤워하러 들어갔어요. 그러니까 그냥 가요."

운전하는 내내 준형은 별로 말이 없었다. 평소에 비해 훨씬 가라앉은 것 같은 분위기에 승아도 별로 말을 건네지 못했다.

그리고 준형이 승아를 데려간 곳은 서울 외곽에 있는 한 납골당이었다.

"오늘이 우리 어머니 기일이거든."

"아……."

그제야 승아는 오늘 준형이 평소와는 분위기가 달랐던 이유를 깨달았다.

준형 어머니의 유골이 안치된 곳 앞에서 둘이 나란히 고개를 숙였다.

"승아 데리고 왔어요, 어머니. 어머니 며느릿감이에요. 마음에 드세요?"

준형이 미소 지으며 승아의 손을 잡고 말했다. 하지만 승아는 차마 마주 인사를 할 기분이 들지 않아 그냥 입속으로 우물거리다시피 말했다.

"……처음 뵙겠습니다."

준형은 미리 과일 몇 가지와 포, 술 따위를 챙겨 가지고 왔다. 조촐한 제사상을 차리는 것을 도우며 승아가 물었다.

"제사는 따로 안 지내나 봐요."

"아니, 아버지 집에서 지내. 아마 지금쯤 지내고 있을 거야."

"그럼 왜 거기 안 가고……?"

"어머니가 그 집으론 절대 안 가실 테니까."

대답하는 준형의 얼굴이 조용한 분노에 물들어 있었다.

"아버지가 이젠 됐다고, 절에다 맡기자고 하는데도 그 여자는 매년 고집을 부려서 내 어머니의 제사상을 차리고 있지. 그것도 손수. 물론 아버지 보라고 차리는 거지 돌아가신 어머니를 위해서가 아냐. 우리 어머니 역시 그 여자 손으로 차린 상을 받아 드시고싶을 리 없고."

"그렇군요."

"그래서 매년 내가 여기서 조촐하게 차리는 거야."

상차림이 끝나자 준형은 준비해 온 꽃을 꽃병에 꽂았다. 개나리였는데, 아마도 어디선가 꺾어온 것 같았다.

"서진호텔 뒤뜰에 핀 개나리야. 어머니가 굉장히 좋아하셨다고해."

피워놓은 향에서 모락모락 피어나는 연기를 바라보며 준형은속삭이듯 말했다.

"아무 걱정 마세요. 어머니가 그렇게 사랑하셨던 호텔, 절대 빼앗기지 않을 테니까요."

등 뒤에 서 있던 승아도 절로 숙연해졌다.

"반드시 제가 물려받아서 어머니처럼 아끼고 잘 키울게요. 그러니까 어머니도 많이 도와주세요."

도와달라는 그 말이 승아에게는 마치 자신에게 하는 것처럼 들렸다.

납골당에서 나와서 잠시 근처 공원을 산책했다.

"춥지 않아?"

준형이 자기 옷을 벗어주려고 했지만 승아는 한 걸음 물러서며사양했다.

"진짜 봄은 봄인가 봐요. 밤인데도 별로 안 춥고 선선하니 딱 좋네요."

나란히 공원 벤치에 앉자 준형이 사과했다.

"미안해, 여기까지 불쑥 데려와서."

"아녜요. 바깥바람도 쐬고 오히려 좋은데요."

조금 웃어 보이고 나서 승아는 조심스럽게 말을 꺼냈다.

"선배한텐 서진호텔이 정말 소중한가 봐요."

이미 알고 있는 일을 굳이 다시 묻는 이유는, 확인사살을 위해서였다. 그렇게 하면 미련을 좀 떨쳐 버릴 수 있을 것 같아서.

"물론."

생각했던 대로 준형은 한 치의 망설임도 없이 고개를 끄덕였다.

"준수가 호텔을 물려받게 되면 결국 새어머니 손아귀에 들어가는 거나 마찬가지지. 그리고 그 여자는 호텔을 완전히 망쳐 버리고 말 거야."

준형의 말은 확신에 가득 차 있었다.

"우리 호텔에 왜 카지노가 없는지 알아?"

"글쎄요. 다른 특급호텔들엔 다 있는데, 특이하다곤 생각했어요."

"호텔 설립자이신 외할아버지의 경영 이념이었어. 서진호텔은 철저히 가족과 연인들이 즐거운 추억을 만드는 공간이어야 한다는 거. 그러니까 사행성 사업 따위는 애초에 유치할 생각도 않으셨던 거지. 아버지도 그 점만은 여태 지키고 계셔. 그런데 그 여자는……."

무슨 생각을 했는지 준형이 이를 악물었다.

"아버지와 결혼한 지 얼마 되지도 않아서 호텔에 나이트클럽 따윌 만들려고 들었어. 다행히 마지막에 아버지가 마음을 돌리는 바람에 없던 일이 되긴 했지만, 하마터면 진짜 그렇게 될 뻔했다고."

준형이 화난 듯이 내뱉었다.

"그 여자는 서진호텔에 애정 따윈 손톱만치도 없어. 그저 한 푼이라도 더 벌고 싶은 욕심뿐이지."

"그랬군요."

"그러니까 절대 준수에게는 양보할 수 없는 거야. 그렇겐 못 해."

굳은 결심에 찬 말투였다. 덕분에 승아는 오히려 좀 더 쉽게 마음의 결정을 내릴 수 있었다.

승아는 심호흡을 하고 말했다.

"선배. 나, 이제 대답할 준비 됐어요."

"음?"

"나하고 결혼하고 싶다고 했었잖아요. 이제 생각 다 했다고요."

준형의 얼굴이 기대감에 차는 것을 차마 볼 수가 없어서, 승아는 틈을 두지 않고 빠르게 말했다.

"저, 선배랑 결혼은 안 될 것 같아요. 정말 미안해요."

준형은 자신이 방금 들은 말을 믿을 수 없다는 듯한 얼굴을 했다.

"……어째서지?"

한참 만에야 그는 물었다. 목소리는 의외로 침착했다. 치밀어 오르는 감정을 이성으로 억누르고 있다는 것을 느낄 수 있었다.

"선배도 알잖아요, 우리 너무 말도 안 되게 차이 난다는 거. 민박집 딸이랑 서진호텔 아들이라니, 솔직히 너무 드라마잖아요, 그것도 아침드라마. 아니, 차라리 드라마라면 끝은 해피엔딩일 테지만 이건 너무 끝이 뻔히 보여요. 감당할 자신 없어요."

"넌 아무것도 감당하지 않아도 돼. 내가 다 감당할 테니까. 넌 그냥 내 곁에 있기만 해줘."

준형답지 않게 매달리는 듯한 말투였다. 그게 가슴이 아파서 승아는 마음을 다잡기 위해 안간힘을 써야 했다.

"부부라는 건 서로 의지하고 도와야 되는 거잖아요. 아무 힘도 못 되고, 그저 우두커니 곁에 있기만 하는 여자가 무슨 소용이 있겠어요? 나는 선배한테 그런 존재가 되고 싶지 않아요. 내가 곁에 있는 게 오히려 선배한테 도움은커녕 독이 된다면 더욱더요."

"독이라니, 어째서 그런 생각을 하는 거야? 누가 그런 소릴 했어? 설마 유경이가?"

준형의 다그침을 승아는 부정하지 않았다.

"노 실장님은 틀린 말 한 것 하나도 없어요. 그냥 상황을 객관적으로 말해준 것뿐이에요."

"무슨 상황!"

"선배가 나랑 결혼한다고 하면 선배 아버지가 어떻게 나올지. 그리고 그게 선배가 서진호텔을 물려받는 데 어떤 영향을 끼치게 될지."

준형의 얼굴에 당황하는 기색이 나타났다. 역시 유경의 말이 틀리지 않았구나 하고 승아는 다시 한 번 확신했다.

"내가 그 정도도 각오하지 않고 너한테 프러포즈했다고 생각하는 거야?"

준형이 승아의 손을 끌어다 잡았다. 그녀의 손을 으스러져라 꽉 쥐며, 그는 어떻게든 설득하려 노력했다.

"거짓말은 하지 않겠어. 너와 결혼한다고 하면 당연히 아버지가 반대하겠지. 내 자리가 위태로워질 수도 있어. 거기까지 생각해 보지 않은 거 아니야."

"……."

"하지만 난 자신이 있어. 어디까지나 내 능력으로, 내가 후계자에 적합한 인물이라는 걸 아버지가 인정할 수밖에 없게 만들 거야. 그러면 너도, 호텔도 둘 다 지킬 수 있어. 그럴 자신이 있으니까 네게 프러포즈한 거야."

"만에 하나 그게 안 된다면요?"

승아는 준형의 얼굴을 똑바로 쳐다보며 물었다.

"극단적으로 말해서 결국 나냐, 아니면 서진호텔이냐 둘 중에 하나를 선택할 수밖에 없는 상황이 온다고 하면 어떻게 할 거예요?"

준형은 이미 그 생각도 끝내놓은 모양이었다. 1초의 망설임도 없이 대답이 나왔으니까.

"당연히 널 선택할 거야."

하지만 승아에게 중요한 것은 그의 대답이 아니었다. 준형이 미리 그 생각을 해두었다는 것은, 그런 상황이 벌어질 가능성이 충분히 있다는 뜻이었다.

그리고 승아는 준형에게 그런 모험을 시키고 싶지 않았다, 절대로.

"만에 하나 호텔을 잃는다 해도 상관없어. 나는 너만 있으면 돼. 그러니까 딴생각하지 마."

절박하게 말하는 준형에게서 승아는 천천히 시선을 돌렸다.

"에드워드 8세라고 알아요? 이혼녀랑 결혼하느라 왕위를 포기했던 그 남자."

"그 얘기가 왜 여기서 나오는 건데!"

"그 사람도 결국은 후회했대요. 내가 그때 왜 그랬을까 하고."

"조승아!"

준형이 더는 못 참겠다는 듯이 승아의 양어깨를 꽉 붙잡고 흔들었다.

"정신 차려. 난 윈저 공이 아니야, 서준형이라고! 내가 널 얼마나……!"

"지금은 진심이겠죠. 내가 좋아죽겠죠. 나 없으면 못 살 것 같겠죠. 나도 알아요."

승아는 준형의 눈을 지그시 들여다보며 말했다.

"근데 살다 보면 내가 항상 좋지만은 않을 거 아녜요. 싸우는 날도 있고, 나 때문에 화가 나는 날도 있고 그렇겠죠. 내 모습도 언제까지나 지금처럼 젊지는 않을 거고요. 그렇게 내가 선배 눈에 예뻐 보이지 않는 순간마다 선배는 문득문득 무슨 생각을 할까요?

후회하지 않는다고 장담할 수 있겠어요?"

"조승아. 난……!"

"난 그걸 감당할 자신이 없어요. 나 때문에 선배한테 그렇게 큰 희생을 감수하게 만들고 싶지도 않고요."

준형에게 잡힌 손을 억지로 잡아 빼고 승아는 말했다.

"미안해요. 난 이미 결정했어요. 그러니까 선배도 선배 길을 갔으면 좋겠어요."

"그렇게는 못 해."

천천히 일어서는 승아의 앞을 준형이 가로막아 섰다.

"너희 어머니한테 가서 다 말할 거야. 네가 말도 안 되는 소릴 하면서 날 찼다고. 그럼 승아 넌 어머니한테 엄청나게 혼날걸. 그러니까 허튼 생각 하지 마."

서준형에게 이렇게 어린애 같은 구석이 있었던가. 승아는 씁쓸하게 웃었다.

"우리 엄마도 반대하세요."

준형이 흠칫 놀라는 것이 눈에 보였다.

"엄만 준형 선배가 뭐 하는 사람인지, 어떤 집안 아들인지 여태껏 몰랐거든요. 알자마자 나한테 한 첫마디가 마음 접자는 거였어요. 그게 옳은 거라고. 도저히 안 될 사이라고."

"……!"

"그뿐인 줄 알아요? 지금까지 계속 선배랑 나랑 잘되게 해주려고 애썼던 선미조차도 회의적이에요. 이 길, 너무 힘든 길이라고. 안 갈 수 있으면 안 갔으면 좋겠대요."

목소리가 자꾸 떨려서 승아는 잠시 입술을 깨물었다.

"내 편 들어주는 사람이라곤 통틀어 딱 하나 있었어요. 자기가 도와줄 테니까 선배랑 결혼하라고 등 팍팍 밀어주는 사람. 그게 누군지 알아요?"

당혹감에 휩싸인 표정인 준형에게 승아는 조용히 말했다.

"준수예요. 선배 동생."

준형이 휘청거렸다.

"그게 무슨 뜻인지는 굳이 설명 안 해도 될 거라고 생각해요. 그러니까 우리, 여기까지만 해요."

"안 돼."

준형이 고집스레 고개를 젓고는 다가왔다. 그러나 그가 한 걸음씩 다가설 때마다 승아도 한 걸음씩 뒤로 물러났다. 거리가 조금도 좁혀지지 않자 준형은 안타깝게 말했다.

"네가 이러는 거, 조금도 날 위한 일이 아냐. 이러지 마."

"선배를 위해서가 아니에요. 날 위해서예요. 내가 자신이 없어서 도망가는 거예요."

몇 걸음 떨어진 거리를 유지하며 승아는 말했다.

"평생 빚진 마음으로 살고 싶지 않아요. 이 사람이 언제쯤 날 선택한 걸 후회하게 될까, 조마조마한 마음으로 눈치 보며 살고 싶지 않다고요."

"후회하지 않을 거야. 맹세할 수 있어."

"맹세를 바라는 게 아녜요. 날 이쯤에서 놔주길 바라는 거예요. 나, 너무 숨이 막혀 죽을 것 같단 말이에요."

승아는 고개를 숙였다.

"그러니까 제발 여기까지만 해요. 이렇게 부탁할게요."

대답은 없었다. 잠시 후 승아가 고개를 들었을 때, 그는 여전히 몇 걸음 떨어진 곳에 그대로 서 있었다. 마치 둘 사이에 보이지 않는 두꺼운 벽이라도 존재하는 것처럼, 더 이상 다가오지는 못하고 그저 안타까운 눈으로 이쪽을 바라보고만 있었다.

준형이 자신의 말을 이해했다는 것을 승아는 알았다. 안도감과 동시에, 그의 수천수만 배는 될 것 같은 슬픔이 한꺼번에 밀려왔다.

자칫하면 울음이 터져 나올 것 같아서, 승아는 턱이 아프도록 이를 악물고 말했다.

"그동안 고마웠어요, 선배."

5장
마지막 기회

그로부터 며칠 동안 승아는 이중생활을 했다. 회사에서는 철저히 평소와 같은 페이스를 유지하며 열심히 일하고, 집에 돌아오면 저녁도 굶고 침대에 쓰러져 펑펑 울다가 잠이 들었다.

그런 승아에게 엄마는 아무것도 묻지 않았다. 말하지 않아도 다 알고 있는 것이 틀림없었다.

준형에게서는 그 후로 전혀 연락이 없었다. 다행이라고 생각하면서도 한편으로는 슬퍼지는 자신이 싫어서, 승아는 아예 휴대폰 번호를 바꿔 버렸다.

울기도 슬슬 지치자 이번에는 미친 듯이 일에 매달리기 시작했다. 일하는 동안에는 그나마 잡생각을 떨쳐 버릴 수가 있었으니까.

승아의 필사적인 태도에 영업부 전체가 감명을 받았다. 그리고 모두가 한층 더 이를 악물고 일에 매달렸다. 그런 보람이 있어서, 로열화장품의 마지막 3차 공모에 제출할 어메니티 세트는 처음에 만들었던 것보다도 훨씬 더 멋지게 완성되었다.

세 회사가 제출한 어메니티 세트가 각각 상자에 담겨 제출되었다.

"모두들 애 많이 쓰셨습니다. 그럼, 행운을 빕니다."

상자 세 개를 차곡차곡 쌓아 올리고 나서 유경이 말했다.

그토록 애를 썼던 일이 이제 완전히 손에서 떠났다. 결과가 어떻게 되든 이제는 하늘에 맡길 수밖에 없다고 생각하자 승아의 입에서 긴 한숨이 새어 나왔다.

"수고하셨습니다."

대서양과 NJ 담당자들에게 건성으로 인사를 건네고 나서 승아는 도망치듯 회의실을 빠져나왔다. 예전에는 없는 일도 만들어서 호텔에 오고 싶었는데, 지금은 혹시라도 준형을 마주칠까 봐 한시라도 빨리 나가고 싶은 마음뿐이었다.

복도를 뛰다시피 잰걸음으로 걷는 승아의 등 뒤에서, 문득 유경의 목소리가 들려왔다.

"얘기 들었어요."

승아는 걸음을 멈췄다.

"쉽지 않은 결정이었을 텐데, 많이 힘들었겠어요."

승아가 돌아보지 않자 유경은 그대로 등 뒤에 선 채로 말했다.

"약속할게요. 그 사람의 꿈, 내가 꼭 이뤄줄 거예요. 승아 씨 결정이 헛되지 않게……."

"이젠 저랑 상관없는 일이에요."

승아는 앞을 향한 채 말했다.

"그러니까 앞으로는 일과 관계된 얘기만 해주셨으면 감사하겠습니다."

딱 잘라 말하고 승아는 다시 걸음을 옮기기 시작했다.

정말이지 유경이 무슨 말을 하든지 더 이상 단 한 마디도 듣고 싶은 기분이 아니었다. 그러나 엘리베이터가 오기를 초조하게 기다리는 동안 뒤에서 발소리가 나더니, 또 말을 걸어오는 것이 아닌가.

"저기, 잠시만……."

승아는 그만 폭발하고 말았다.

"듣고 싶지 않다니까요!"

상대가 유경이 아니라는 것을 안 것은 소리를 빽 지르고 나서였다. 스커트 정장을 단정하게 차려입은 20대 후반 정도의 여자가 놀란 듯이 승아를 쳐다보았다.

"아, 죄송합니다. 그만 다른 사람이랑 착각을 해서……."

승아는 당황해서 사과했다.

"로열화장품 조승아 씨 맞으신가요?"

처음 보는 여자가 이름을 말하는 바람에 승아는 깜짝 놀랐다.

"네. 그런데요……?"

"회장님께서 뵙고 싶다고 하십니다. 괜찮으시면 잠시만 함께 올라가시지요."

"회장님이요?"

"네."

여자가 고개를 끄덕였다.

"저희 서진호텔 회장님께서 조승아 씨를 모셔오라고 지시하셨습니다."

승아는 심장이 멈추는 것 같은 기분을 느꼈다.

비서는 승아를 회장실로 안내했다.

"기다리고 계십니다."

로열화장품 사장실 따위는 비교도 안 될 정도로 크고 육중해 보이는 회장실 문 앞에 서서, 승아는 침을 꿀꺽 삼켰다. 긴장하고 싶지 않았다. 하지만 저절로 긴장이 되는 건 어쩔 수가 없었다.

"회장님, 조승아 씨 모셔왔습니다."

비서가 노크를 하자 안에서 목소리가 들려왔다.

"들여보내."

문이 열리고, 승아는 그 안을 향해 떨리는 발걸음을 옮겼다.

"처음 뵙겠습니다, 로열화장품 영업부 조승아라고 합니다."

나는 죄지은 게 없다. 켕길 것도 없다. 그러니까 당당하자고 생각하며 승아는 정중하게 고개를 숙여 보이고 나서 허리를 폈다.

"……."

서진호텔 회장의 얼굴을 처음으로 본 승아는 내심 깜짝 놀랐다. 생각보다 훨씬 평범한 인상이었던 것이다.

지금까지 승아가 막연하게 상상해 왔던 서 회장의 이미지는 피도 눈물도 없는 냉혈한에 굉장히 독단적이고 엄격한 인간이었다. 준형과 유경에게서 들은 이야기들이 그랬으니까. 그러나 최소한 겉으로 보기에 서 회장은 중후한 매력이 느껴지는 초로의 신사였다.

　"그쪽으로 앉게."

　서 회장이 권하는 대로 승아는 소파에 앉았다. 금세 비서가 차를 날라 왔다.

　"전부터 얘기는 들었는데, 이렇게 직접 만나보게 되니 반갑군. 내가 준형이 애비일세."

　소파에 앉아 찻잔을 들며 서 회장이 말했다. 말투도 생각보다는 훨씬 부드러웠다.

　"내가 왜 불렀는지는 대충 자네도 짐작하리라 생각하는데, 맞나?"

　승아는 고개를 끄덕이고 말했다.

　"네. 하지만 그 문제라면 회장님께 걱정 끼쳐 드릴 일 없을 거라고 생각합니다."

　"무슨 뜻인가?"

　"이미 헤어진 사이라는 뜻입니다."

　서 회장이 고개를 갸우뚱했다.

　"음, 녀석이랑 싸우기라도 했나?"

　생각과는 다른 반응에 승아는 크게 당황했다.

　"아뇨. 그게 아니라……."

"그럼?"

차마 당신 때문에 헤어졌다고 대놓고 말할 수가 없어서 승아는 조금 망설였다. 그러나 그때, 턱을 괸 채 지그시 바라보고 있는 서 회장의 눈과 시선이 마주쳤다.

그 순간 승아는 서 회장이 일반인들과 다른 점을 깨달았다. 마치 사람의 속을 꿰뚫어 보는 듯 매서운 저 눈빛.

거짓말을 해봐야 소용없다고 생각한 승아는 솔직하게 말하기로 했다.

"어차피 이루어질 사이가 아니라고 생각했습니다. 회장님께서 반대하실 게 뻔한데, 아드님께 그런 마음고생을 시키고 싶지 않았어요."

"내가?"

서 회장이 마치 당치도 않다는 듯이 되묻는 바람에 승아는 조금 화가 났다. 그럼 허락했을 거라는 거야, 뭐야?

"외람된 말씀이지만, 회장님께서는 아드님의 짝으로 따로 작정해 두신 분이 있다고 알고 있습니다만."

"노유경 실장 말이로군."

서 회장은 곧바로 알아들었다.

"그럼 내가 왜 노유경 실장을 며느릿감으로 생각했는지도 알고 있나?"

승아는 조금 망설이다 대답했다.

"그분의 아버님께서 서진호텔 총지배인 자리에 계시다고 들었습니다. 어릴 때부터 집안끼리 가깝게 지냈다고도요."

"그런 건 전혀 상관이 없어."

서 회장은 고개를 저었다.

"내가 노 실장을 며느릿감으로 생각했던 이유는 단 한 가지일세. 바로 그 애가 우리 서진호텔에 도움이 될 만한 인재기 때문이야."

그렇게 말하고 나서 서 회장은 승아를 쳐다보았다.

"물론, 우리 호텔에 도움이 될 만한 여자가 세상에 노유경 실장하나는 아니지. 조승아 씨, 자네는 어떤가?"

질문의 의도를 잘 파악할 수 없었다. 혹시 네 주제를 알라는 뜻일까.

설사 그렇다고 해도 기죽을 필요가 없다고 생각한 승아는 담담하게 말했다.

"저희 집안은 외국인 관광객을 상대로 작은 민박집을 하고 있습니다. 아버지도 어릴 때 돌아가셨고요. 도저히 서진호텔에 보탬이 될 만한 사정은 아닙니다."

"뭔가 착각을 하고 있는 것 같은데."

서 회장이 천천히 찻잔을 내려놓았다.

"나는 자네 집안이 아니라 자네의 능력을 얘기하고 있는 거네."

꿰뚫어 보는 듯한 그 눈빛이 다시 한 번 승아를 응시했다.

"준형이 짝이라면 장래 서진호텔의 안주인이 될 수도 있는 위치야. 그 자리를 감당해 낼 만한 자질과 능력이 있는가, 그렇지 않은가, 하는 얘길세."

"……."

"돈 많은 집안의 며느리? 아니면 권력 있는 집안의? 그야 나쁠 건 없지만 돈이라면 이미 차고 넘칠 만큼 많아. 권력, 물론 있으면 좋지만 그걸로 호텔을 경영하는 것도 아닐세. 결국 제일 중요한 것은 본인의 능력이지. 나는 그 능력을 원하는 거야."

서 회장의 눈빛에 압도된 승아는 마치 온몸이 굳어버리는 것 같은 착각을 느꼈다.

"어때. 내게 그 능력을 증명해 보지 않겠나?"

승아는 섣불리 고개를 끄덕이지 못했다. 대체 무슨 생각으로 이런 말을 하는 건지, 원하는 게 뭔지 상대의 속내를 잘 알 수가 없었기 때문이다.

승아가 한참 동안 대답이 없자 서 회장은 허리를 폈다.

"뭐, 이도 저도 다 귀찮고 자존심 상하고, 그냥 이대로 그만두고 싶다면 말리지는 않겠네. 그저 내 아들놈에 대한 마음이 거기까지라는 뜻이겠지."

그 말에 승아는 퍼뜩 정신을 차렸다.

준형에 대한 마음이 어쨌다고?

애초에 준형과 헤어지기로 결심했던 건 마음이 부족해서가 아니다. 오히려 너무 좋아하니까, 그 좋아하는 사람의 꿈을 차마 방해할 수 없어서였다. 그런데 헤어지지 않고도 그의 꿈을 이뤄줄 수 있는 방법이 있다면!

승아도 허리를 펴고 자세를 고쳐 앉았다. 그리고 서 회장의 눈을 똑바로 쳐다보았다.

"제가 어떻게 증명하면 되겠습니까?"

순간 서 회장의 입가에 아주 잠깐 희미한 미소가 어리는 것이 눈에 들어왔다. 그러나 승아가 깜짝 놀라 다시 쳐다보는 순간, 그 미소는 금세 흔적도 없이 사라졌다.

"일단 맡은 일만큼은 제대로 해내는 사람이어야겠지."

설마, 하고 생각한 순간 서 회장이 화제를 돌렸다.

"오늘이 어메니티 최종 제출일이라고 들었는데. 로열화장품도 물론 제출했겠지?"

갑자기 서 회장이 일 얘기를 꺼내는 바람에 승아는 내심 깜짝 놀랐다.

"네. 그래서 오늘 여기 온 겁니다."

"그래, 어느 정도 자신이 있나?"

승아는 잠시 생각해 보았다. 1, 2차 때는 분명 100퍼센트 통과할 자신이 있었다. 그러나 이번에는 최종인 만큼 완전히 자신할 수는 없었다. 경쟁자들도 최선의 노력을 다했을 테니까.

"……70퍼센트 정도인 것 같습니다."

그렇게 대답하는 승아의 말투에는 자신이 없었다.

"70퍼센트라."

그렇게 뇌까리고, 서 회장은 갑자기 비서를 호출했다.

"부르셨습니까."

들어온 비서에게 서 회장이 지시했다.

"가서 노 실장한테 말해서, 오늘 세 회사가 제출한 어메니티를 몽땅 이리 가져오도록 해."

"예, 회장님."

승아는 놀랐다. 대체 어쩔 생각일까.

비서에게 심부름을 보내고 나서, 기다리는 동안 서 회장은 다른 얘기를 꺼냈다.

"그래, 준형이랑은 대학 때부터 알던 사이라고?"

"네. 그땐 그냥 단순히 같은 과 선후배 사이였습니다만."

"그 녀석, 과에서 인기는 좀 있었나?"

서 회장이 궁금하다는 듯이 묻는 바람에 승아는 의외라고 생각했다. 준형은 아버지가 일 외적으로는 전혀 자식에게 관심이 없는 사람이라고 했었는데.

"네. 모두가 다 좋아했어요. 특히 여자 후배들이요."

"자네도?"

"네?"

그만 얼굴을 붉히는 승아를 서 회장은 흥미롭다는 눈으로 쳐다보았다.

"저어, 그게……."

승아가 한참 우물쭈물 거리고 있는데 금세 비서가 상자 세 개를 가지고 돌아왔다. 아까 각 회사들이 제출했던 상자였다.

"자, 어디 자네 손으로 풀어보게."

비서가 물러가자 서 회장이 말했다. 승아는 시키는 대로 했다.

먼저 풀어본 것은 대서양화장품이 제출한 상자였다. 그 안에서 나온 어메니티 세트를 보고 승아는 저도 모르게 헉, 하는 소리를 냈다.

대서양이 최종 제출한 어메니티 세트는, 바로 대서양화장품에서도 가장 비싼 라인인 '더 퀸'의 디자인과 이름을 그대로 채용한 제품이었다.

'더 퀸'은 국내에서 나오는 화장품 중에서 최고가에 속하는 브랜드로, 너무 비싸서 일반 소비자들은 거의 써볼 일조차 없는 물건이었다. 그러나 비싼 만큼 유명세를 탄 덕분에, 여자들에게 있어서는 선망의 대상이 되어 있었다. 화장품계의 에르메스라는 별명이 있을 정도였다.

그런데 그런 최고급 제품의 디자인과 이름을, 호텔 욕실에 들어가는 비품에 채용할 줄이야!

즉, 대서양도 완전히 목숨을 걸었다는 뜻이었다.

"다음 것도 풀어보게."

승아는 떨리는 손으로 다음 상자를 열었다. NJ코스메틱이 제출한 상자였다.

"……!"

NJ가 제출한 세트를 보고 승아는 또다시 충격을 받았다. 하나하나가 욕실 비품이라고는 믿어지지 않을 정도로 세련된 디자인을 하고 있었다. 그리고 그 겉면에는 놀랄 만한 이름이 새겨져 있었다.

—collaboration by 마크 갈리아노

마크 갈리아노는 루이비통, 크리스찬 디올 등에서 활동하다가 현재는 자신의 이름을 딴 명품 브랜드까지 론칭한 유명 디자이너였다. 그가 직접 디자인한 케이스라는 뜻이다.

'대체 언제 이런 것까지 준비했을까.'

승아는 진정하려고 애썼다. 그러나 이미 마음은 절망으로 물들어가고 있었다.

"어때, 승산이 어느 정도 있을 것 같은가?"

서 회장이 물었다.

"자네가 우리 호텔에 묵는 손님이라면, 어느 제품을 선택할 것 같나?"

자신 있게 자사 제품이라고 말해야 하는데, 그럴 수가 없었다.

"……."

승아가 대답이 없자 서 회장은 또다시 비서들을 불렀다. 세 명의 비서가 회장실로 들어왔다.

"자, 이 세 가지 중에 마음에 드는 걸 한 가지씩 골라보게."

비서들이 선택하는 데는 시간이 걸리지 않았다. 여자 비서 두 사람은 보자마자 한 치의 망설임도 없이 마크 갈리아노의 이름이 박힌 NJ의 제품을 선택했다.

"어째서 이 제품을 선택했나?"

대답은 너무나도 간단한 것이었다.

"마크 갈리아노니까요."

남자 비서 한 사람은 대서양의 제품을 골랐다. 역시 이유를 묻자 이런 대답이 나왔다.

"워낙 비싸기로 유명한 제품 아닙니까. 집사람이 평소에 한 번만 써봤으면 소원이 없겠다고 노래를 불렀던 거라서, 비록 욕실 세트나마 기념으로 갖다 주면 좋아할 것 같아서 선택했습니다."

비서들을 물러가게 하고 나서 서 회장은 물었다.

"자, 이제 몇 퍼센트인가?"

승아는 대답하지 못한 채 탁자 위에 놓인 자사 제품만을 멍하니 바라보고 있었다. 그토록 열심히 만든 제품인데. 이토록 초라하게 보이는 순간이 올 줄은 몰랐다.

"처음부터 70퍼센트라는 대답이 나오면 안 됐어."

조용한 서 회장의 말이 마치 천둥소리처럼 울렸다.

"100퍼센트라는 확신이 있을 때 비로소 제출했어야 하는 것 아닌가?"

"……"

입이 열 개라도 할 말이 없다. 지그시 입술을 깨물고 있는 승아에게, 서 회장이 불쑥 물었다.

"에르메스의 어메니티를 본 적이 있나?"

이제 와서 그 얘기는 왜 꺼내는 걸까. 그렇게 생각하면서도 승아는 대답했다.

"네, 본 적 있습니다."

"나도 출장 갈 때 몇 번 본 적이 있지만, 사실 디자인 자체는 정말 볼 것 없지. 솔직히 촌스럽고. 하지만 그 위에 에르메스의 로고가 박히는 순간, 사람들은 그걸 촌스럽다고 인식하지 않아. 클래식하다고 하지. 그 촌스러운 걸 집에까지 가져가서 고이고이 간직한단 말이야."

옳은 말이다. 하지만 절망에 빠진 승아의 귀에는 서 회장의 말이 제대로 들려오지 않았다. 이제 와서 그런 말을 들어봤자…….

"내 말 듣고 있나?"

갑자기 서 회장의 목소리가 커졌다.

"아직 끝나지 않았어. 끝까지 해보기도 전에 지레 포기하려는 셈인가!"

벼락같은 목소리에 승아는 화들짝 놀랐다. 엄한 눈초리로 노려보는 서 회장의 눈빛에 간담이 서늘해지면서 순간적으로 제정신이 돌아왔다.

"로열화장품에서 제출한 제품의 문제가 뭐라고 생각하지?"

승아는 정신을 집중해서 생각하려고 노력했다. 뭐지, 대체 뭐가 문제인 거지.

처음에는 잘 알 수가 없었다. 문제가 있다고 생각했으면 애초부터 제출조차 하지 않았을 것이다. 그러나 타사 제품들과 비교하자 그제야 보이는 것이 있었다.

"……확실한 포인트가 없는 것 같습니다."

서 회장이 고개를 끄덕였다.

"괜찮은 표현이군."

그러면서 서 회장은 로열화장품의 세트를 들어 보였다.

"이 제품도 결코 나쁘지는 않아. 그간 우리 호텔에 투숙한 손님들 상대로 했던 설문조사 결과를 보면 품질 만족도는 최상이더군. 문제는, 품질은 당장 눈에 보이지 않는다는 거지."

"……."

"어차피 가격은 제로니까 결국 남는 건 브랜드 네임과 디자인인데, 브랜드 네임으로는 대서양에 밀리고, 디자인으로는 NJ만 못 해. 정확히 말하면 디자인 자체는 오히려 로열화장품에 한 표를 주고 싶네만, 그 위에 유명한 디자이너의 이름이 새겨지는 순간 저쪽의 승리인 거야."

무슨 말인지 승아는 뼈저리게 이해했다.

"솔직히 이대로 경합을 진행하면 대서양과 NJ 중에 누가 이길지는 나도 잘 모르겠군. 아마도 이 디자이너의 이름을 아는 사람은 NJ 쪽을, 그렇지 않은 사람은 대서양 쪽을 선택할 가능성이 높지만 해보기 전까지는 알 수 없네."

손에 들었던 로열화장품의 세트를 도로 내려놓으며, 서 회장은 선고를 내리듯 말했다.

"다만 한 가지 확실한 건, 절대 로열은 아니라는 거지."

더 이상 참을 수 없어서 승아도 입을 열었다.

"그 부분은 저도 잘 알았습니다. 그런데 굳이 로열은 끝이다, 라고 말씀하시면 될 일을 이렇게까지 길게 말씀하시는 건, 회장님께도 뭔가 다른 생각이 있으셔서겠지요. 아닙니까?"

대들다시피 당돌한 말투였지만 놀랍게도 서 회장은 고개를 끄덕였다.

"제대로 봤네."

"그게 뭔지 말씀해 주세요!"

승아는 주먹을 불끈 쥐었다.

"말씀만 해주시면 뭐든지 하겠습니다. 이렇게 부탁드립니다."

승아는 고개를 깊이 숙였다. 그리고 잠시 후, 머리 위에서 서 회장의 목소리가 들렸다.

"진행을 한 달간 늦춰주겠네."

"네?"

귀가 번쩍 뜨인 승아는 고개를 들었다.

"그러니 다시 만들어서 가지고 오게, 이 두 회사의 제품을 이길 수 있는 제품으로."

승아는 믿을 수가 없었다. 다시 한 번 기회를 주겠다고 말하고 있는 것이 아닌가!

감사합니다, 하고 외치려던 승아는 잠시 주춤했다. 그냥 덥석 삼켜 버리기에는 너무나 맛있어 보이는 과실이었던 것이다. 의심스러울 정도로.

"저희 회사에 왜 이런 특혜를 주시는 건지, 여쭤봐도 되겠습니까?"

이건 아무리 생각해도 특혜다. 이미 로열화장품은 최종 제품을 제출했는데, 경쟁사 제품들까지 보여주고 나서 그보다 나은 제품을 만들어서 다시 제출할 기회를 주겠다니. 만약에 대서양이나 NJ가 이 일을 알았다가는 난리가 날 게 틀림없었다.

"특혜가 아니야. 로열화장품의 품질에 미련이 남는 걸세."

서 회장은 고개를 저었다.

"아까 말했듯이 품질이란 당장 눈에 보이는 가치가 아니야. 하지만 결국은 나중에라도 반드시 손님들이 알게 마련이지. 그 품질에 대한 만족이 우리 호텔 서비스에 대한 만족으로 이어질 거고. ……그리고 또 한 가지."

승아는 그 뒤에 이어질 말을 기다리며 침을 꿀꺽 삼켰다.

"조승아 씨, 자네를 시험하는 걸세."

"저를…… 요?"

"그래. 아까 말하지 않았나? 내게 능력을 증명해 보이겠다고. 난 자네의 그 능력을 확인해 보고 싶은 것뿐이야."

서 회장이 눈짓으로 탁자 위에 놓인 어메니티들을 가리켰다.

"보다시피 다시 한 번 기회를 준다 해도 이것들을 이길 수 있는 제품을 만들어 오기는 힘들 걸세. 아무래도 로열화장품은 규모가 작으니 더 그럴 테고."

사실이다. 애초에 브랜드 네임으로는 저 회사들을 이길 수 없고, 그렇다고 저런 해외 유명 디자이너를 데려올 만한 여유도 없다. 해보나 마나 한 일일지도 모른다.

"그래도 해보겠습니다."

하지만 이대로 포기할 수는 없었다. 마지막 기회가 주어진다면, 어떻게든 목숨 걸고 매달려 보고 싶다. 그래야 나중에 후회가 남지 않을 것 같았다. ……준형과의 사이에서도.

승아는 가슴을 펴고 서 회장을 똑바로 바라보며 물었다.

"만약에 저희 회사가 최종 경합에서 이긴다면, 아드님과 결혼을 허락해 주시는 겁니까?"

서 회장은 고개를 끄덕였다.

"그렇게 하지."

확고한 말투였지만 승아는 다시 한 번 확인하지 않을 수 없었다.

"저와 결혼하는 것 때문에 아드님을 후계자 구도에서 제외시킨 다든가 하는 일도 없을 거라고, 약속해 주실 수 있나요?"

이번에도 대답은 확실했다.

"약속하겠네."

두 사람은 눈빛을 교환했다. 약속은 성립되었다.

이윽고 승아는 자리에서 일어났다.

"감사합니다, 회장님. 그럼 저는 이만 물러가겠습니다."

"아, 잠깐만."

승아가 회장실을 나가기 직전, 서 회장은 잊고 있었다는 듯이 그녀를 불러 세웠다.

"오늘 나와 만났던 것, 그리고 나와 한 약속도 모두 준형이에겐 비밀로 해주게."

물론 승아가 거절할 수 있을 리 없었다.

서진호텔을 나오자 어느새 해가 뉘엿뉘엿 져가고 있었다. 회사에는 일이 늦어져서 곧장 퇴근하겠다고 연락해 놓고, 일부러 집에 들어가지 않고 바깥을 헤맸다. 머릿속이 복잡해서 좀 정리하고 싶어서였다.

날이 어두워져서야 겨우 집으로 돌아온 승아는, 누군가가 담벼락에 기대 우두커니 서 있는 것을 발견하고 걸음을 멈췄다.

준형이었다.

승아는 걸음을 멈추고 준형을 바라보았다. 시선을 느꼈던 것인지, 고개를 숙이고 있던 준형이 서서히 고개를 들어 이쪽을 바라보았다.

"……."

시선이 마주치자 준형이 천천히 승아를 향해 다가왔다. 슈트 차림 그대로인 걸 보니 퇴근하자마자 와서 기다린 것 같았다.

"잘 지냈어?"

그렇게 묻는 그의 얼굴을 보고 승아는 가슴에 날카로운 통증을 느꼈다. 가로등 불빛에 비친 얼굴이 며칠 전에 마지막으로 봤을 때보다 훨씬 초췌해 보였던 것이다.

"그러는 선배는 잘 못 지낸 것 같네요."

"정신없이 바빴어. 이래저래 정리할 게 많이 있어서."

"정리요?"

"그래."

준형이 주머니에서 뭔가를 꺼내서 승아에게 내밀었다. 겉에 뭐라고 쓰여 있는 하얀 봉투였다.

"이게 뭐예요……?"

가로등 불빛에 봉투를 비춰본 승아는 소스라치게 놀랐다. 봉투에는 '사직서'라고 쓰여 있었던 것이다.

"내일 아침에 제출할 거야."

"선배!"

승아는 놀라서 소리쳤다.

"설마, 호텔을 그만두겠다는 거예요?"

"그래."

준형이 고개를 끄덕였다.

"네가 헤어지자고 말하던 그날부터 그만둘 생각이었어. 그날 당장 달려오고 싶었지만, 정리하느라 며칠 걸렸던 거야."

그렇게 말하는 준형의 표정은 더없이 단호했다.

"네가 지금 뭐라고 말하든 난 내일 아침에 이걸 제출할 거야. 이미 결정했어."

"선배!"

"그러니까 내일부터는 실업자 신세지. 조승아가 그런 날 불쌍하게 생각해 준다면 애인 있는 실업자가 될 거고, 그렇지 않다면 애인도 없는 그냥 실업자가 될 거고."

이 심각한 와중에 준형은 농담을 했다. 그러나 금세 다시 진지한 얼굴로 돌아가서 말했다.

"네가 날 안 받아준다고 해도, 난 어차피 호텔을 그만둘 거란 소리야. 어떻게 할래?"

승아는 그만 눈물이 날 것 같았다.

"왜 이런 무모한 짓을 하려고 해요, 내가 대체 선배한테 뭐라고!"

"조승아가 나한테 뭐냐고?"

준형이 대답했다.

"숨 쉴 구멍. 내가 숨 쉴 수 있는 유일한 곳."

준형이 승아의 손을 끌어다 잡았다.

"물론 서진호텔은 내가 어릴 때부터 품어온 꿈이야. 하지만 꿈은 다른 꿈을 꿀 수도 있는 거지만, 사람은 숨 쉬지 못하면 죽어. 나도 많이 생각하고 고민했지만, 결론은 너였어."

"선배."

"그러니까 나 좀 살려줘, 조승아."

준형이 매달리듯 말했다.

"아마 호텔을 그만두면 아버진 나한테 땡전 한 푼 주려고 들지 않을 거야. 그러니 당장은 빈털터리에 가깝겠지. 지금 살고 있는 집도 내 명의가 아니니까. 하지만 난 자신 있어. 어떻게든 널 행복하게 해줄 수 있어. 후회하지 않을 자신도 있어."

승아의 손을 잡고 있는 손아귀에 점점 힘이 들어갔다.

"그러니까 그냥 날 믿고 따라와 주면 안 되겠어?"

잡힌 손으로 진심이 전해진다. 바라보는 눈동자로, 가까이에서 닿는 숨결로. 그가 이 순간 얼마나 절박한 마음인지 승아는 알았다.

"좋아요."

힘주어 준형의 손을 마주 잡으며 말하자 준형의 눈이 커졌다.

"정말이야? 그럼 다시 날 받아주겠다는…….'

성급하게 묻는 준형의 말을, 승아가 가로막았다.

"대신 그전에, 선배도 한 번만 절 믿고 따라와 주면 안 돼요?"

준형은 당혹스러운 표정을 했다.

"무슨 뜻인지 말해줘."

하지만 승아는 말할 수 없었다. 약속이었으니까.

"지금은 말할 수가 없어요."

승아는 준형의 손을 꼭 잡고 호소하듯 말했다.

"하지만 꼭 해야 할 일이 있어요. 그러니까 나 믿고, 조금만 기다리고 있어줘요. 사직서 같은 거 내지 말고요."

"조승아, 너 설마……."

준형은 뭔가 눈치를 챈 모양이었다. 갑자기 그의 얼굴이 굳어졌다.

"아버진가?"

승아가 움찔하는 것을, 준형은 놓치지 않았다.

"아버지가 널 불렀어? 뭐라고 한 거야? 말해봐!"

준형이 다그쳤으나 승아는 고개를 저었다.

"선배가 생각하는 그런 거 아니에요. 이거 먹고 내 아들한테서 떨어지라고 돈 봉투 내밀거나, 그런 게 아니었어요."

"그럼 뭔데!"

"꼭 선배만을 위해서는 아니에요. 우리 회사에도 마지막 기회예요."

승아는 애원하듯 말했다.

"그러니까 더 묻지 말고 나 기다려 줘요, 네?"

"너 혼자 감당하게 놔둘 순 없어, 그게 뭔지 몰라도."

"아뇨, 이건 나 혼자 해야 할 일이에요. 그러니까 믿고 기다려 줘요."

준형의 얼굴에 치열하게 고민하는 듯한 빛이 어렸다. 한참 후에야 그는 말했다.

"정말 괜찮겠어?"

승아는 고개를 크게 끄덕였다.

"네."

아까 서 회장을 만나고 나온 후, 승아는 한참 동안 혼자서 거리를 걸었다. 과연 내가 이걸 해낼 수 있을까, 하는 생각으로 가슴속이 불안함에 가득 차 있었다.

하지만 준형과 함께 있는 지금, 승아는 비로소 깨달았다. 이건 해낼 수 있는가 없는가의 문제가 아니었다. 해내야만 하는 일이었다.

자신을 위해서 평생의 꿈도 포기하겠다고 말해준 남자를 위해서, 반드시 해내야만 했다.

준형의 눈동자를 올려다보며, 승아는 굳게 다짐하듯 말했다.

"꼭 해낼 거예요. 선배를 위해서, 날 위해서, 그리고 우리를 위해서요."

다음 날 아침에 출근하자마자, 승아는 부장에게 영업부 전체 회의를 열었으면 한다고 말했다. 물론 윤송화 부장은 곧바로 회의를 소집했다.

"어떻게 알게 됐느냐는 건 묻지 말아주세요."

미리 그렇게 말해놓고, 승아는 경쟁사들이 제출한 제품에 대해 설명했다. 사진이 없어서 아쉬웠지만, 최대한 본 대로 자세하게 말했다.

"아니, 어메니티에 '더 퀸'을 썼다고?"

"마크 갈리아노라고? 진짜로?"

생각했던 대로 팀원들도 놀라는 분위기였다.

"네. 제 눈으로 똑똑히 봤어요."

승아는 고개를 끄덕였다. 그리고 서 회장이 했던 질문을 그대로 팀원들에게 했다.

"한 번 생각해 보세요. 우리가 서진호텔에 묵는 손님이라면 이 세 가지 중에 뭘 고를까요?"

반응은 어제의 승아와 같았다. 팀원들은 쉽게 대답하지 못했다.

"마크 갈리아노가 디자인한 제품이면 명품 급인데."

"나 같으면 '더 퀸'에 손이 갈 것 같아."

한참 후에야 하나둘씩 기운 빠진 소리가 흘러나왔다.

"저도 그렇게 생각해요. 아무리 생각해도 승산이 없어요. ……지금 제품으로는요."

승아의 마지막 말의 의미를 알아챈 것은 윤송화 부장이었다.

"조승아 씨. 그 말은, 혹시 제품을 개선하거나 다른 걸로 바꿀 기회가 있다는 건가요?"

부장이 성급하게 물었다.

"네. 한 달간, 공모 진행을 늦추기로 약속받았어요. 그 안에 다른 제품을 다시 기획해서 제출하는 조건으로요."

잠시 후 환성이 터졌다.

"아니, 대체 어떻게?"

"조승아 씨, 능력 짱이다!"

"남친 버프 받은 거야? 그런 거야?"

단지 기회가 주어졌다는 것만으로도 팀원들은 구사일생이라는 듯이 기뻐했다. 그런 팀원들을 향해, 승아는 자리에서 일어나서 허리를 90도 가까이 숙였다.

"부장님, 과장님, 대리님. 그리고 선배님들. 부탁이 있습니다."

갑작스러운 승아의 행동에 모두들 놀라 서로 얼굴만 쳐다보았다.

"승아 씨 이러니까 겁난다. 그냥 말해도 들을게, 뭔데?"

분위기를 무마하듯 누군가가 일부러 밝게 말했지만 승아는 허리를 펴지 않았다.

"저, 이번 일 반드시 성사시켜야 합니다. 물론 우리 로열화장품을 위해서지만, 제 개인적으로도 반드시 그래야만 하는 사정이 생겨 버렸어요."

승아는 고개를 숙인 채 말했다.

"모두들 이번 일에 얼마나 열심이셨는지, 저도 잘 압니다. 그런데 이번에는 열심히 하는 정도로는 안 될 것 같아요. 그러니까 목숨 걸고 해주세요. 저도 목숨 걸겠습니다."

어쩌다 준형과의 인연 때문에 이런 큰 프로젝트의 담당이 됐다고는 하지만 자신은 어디까지나 신입사원에다 영업부 막내다. 까마득한 상사와 선배들에게 너무 건방진 말일지도 모른다고 생각하면서도, 말하지 않을 수가 없었다. 그만큼 절박한 심정이었다.

"……."

승아는 입술을 깨물고 대답을 기다렸다.

"좋아. 까짓 거, 한번 걸어보지 뭐."

제일 먼저 말한 것은 이연주 과장이었다. 그러자 기다렸다는 듯이 다른 사람들도 한마디씩 하기 시작했다.

"맞아, 막내가 먼저 목숨 걸고 하겠다는데 선배가 설렁설렁 하면 쓰나?"

"해보자구. 까짓 거, 한 번 죽지 두 번 죽나?"

모두들 점점 목소리가 높아졌다. 의욕에 불타는 동료들의 모습에 승아의 눈에는 어느덧 기쁨의 눈물이 고였다.

할 수 있다, 이 사람들과 함께라면!

"좋아요."

윤송화 부장이 일어나서 테이블을 탁 치며 말했다.

"우리 한번, 목숨 걸어봅시다!"

"디자인만 두고 봤을 때, NJ의 것보다 우리가 뒤진다고 볼 순 없어요. 중요한 건 마크 갈리아노의 이름값이죠. 그러니까 디자인을 개선해 봤자 소용이 없을 거예요."

"그렇다고 우리도 NJ와 같은 전략을 쓰기엔 시간이 너무 촉박하고요."

"시간이 더 있다 해도 그만한 네임밸류를 가진 디자이너를 구하긴 힘들겠죠."

"고급 브랜드 네임 전략도 마찬가지예요. 우리 회사 라인 중에 제일 고급은 '임프레스'인데, '임프레스'를 쓴다 해도 냉정하게 말해서 '더 퀸'을 따라잡을 수는 없으니까요."

열띤 분위기에 비해 회의 내용은 좀처럼 진척되지 않았다. 의욕은 넘치는데 방법이 보이지 않는 것이다.

"다 버리고, 원점으로 돌아가도록 합시다."

마침내 윤송화 부장이 결단을 내렸다.

"저쪽의 장점을 따라 하는 걸로는 승산이 없어요. 그러니까 제품 개선 정도가 아니라, 아예 다 버리고 처음부터 다시 시작한다는 생각으로 해봅시다."

부장은 팀원들을 둘러보며 말했다.

"앞으로 일주일 동안, 각자 아이디어를 생각해 내도록 해요."

영업부 인원들 모두가 아이디어 짜내기에 매달렸다. 물론 승아도 마찬가지였다. 일하는 시간은 물론 밥 먹는 동안에도, 샤워하는 도중에도, 심지어는 꿈에서까지 생각하고 또 생각했다.

하지만 초조해할수록 좋은 생각은 떠오르지 않았다. 하긴 그렇게 쉽게 좋은 아이디어가 떠오를 거였으면, 처음부터 더 좋은 제품을 만들었겠지.

그리고 회사로 의외의 인물이 승아를 찾아온 것은 그 주 금요일, 퇴근 무렵의 일이었다.

"승아 누나!"

선배들 몇몇과 함께 회사 건물을 나서던 승아는 자신의 이름을 부르는 소리에 무심코 뒤를 돌아봤다가 깜짝 놀랐다.

훤칠한 키의 잘생긴 청년이 반가운 듯이 활짝 웃으며 이쪽으로 달려오고 있지 않은가.

놀란 것은 주변에 있던 회사 선배들이었다.

"뭐야, 조승아 씨. 설마 양다리?"

"그것도 연하랑?"

"능력 쩐다, 승아 씨! 서준형 실장도 미남인데, 저 친구도 완전 잘생겼는데?"

옆구리를 양쪽에서 쿡쿡 찌르며 선배들이 말했다.

"그 사람 동생이에요."

그렇게만 말하고 승아는 준수에게로 다가갔다.

"누나, 요즘 왜 이렇게 연락이 안 돼요? 하도 전화를 안 받기에 걱정이 돼서 찾아왔……."

숨넘어가게 말하는 준수의 말을, 승아가 잘랐다.

"여긴 사람들 눈이 있으니까 일단 자리 옮겨서 얘기하자."

승아가 준수의 소매를 잡고 끌고 간 곳은 회사 근처에 있는 공원이었다.

"어디 들어가서 천천히 음료수라도 한잔하면 안 돼요?"

준수가 말했지만 승아는 들은 체도 않았다. 길게 얘기하고 싶지 않았기 때문이다.

공원 구석에 있는 벤치에 준수를 밀치다시피 해서 앉혀놓고, 승아는 그 앞에 서서 팔짱을 끼고 내려다보며 말했다.

"용건만 간단히 얘기해 봐."

물론 승아의 말투는 곱지 못했다.

"누나, 나한테 뭐 화난 거 있어요? 전화도 계속 안 받더니."

준수가 어리둥절한 표정으로 물었다.

"왜요? 내가 누나한테 뭐 잘못했어요?"

하마터면 승아는 꽥 하고 소리를 지를 뻔했지만 꾹 참고 최대한 냉정하게 말했다.

"설마 몰라서 묻는 건 아니겠지."

그러나 준수는 단 1초도 망설이지 않고 즉각 대꾸했다.

"모르겠는데요?"

화가 치밀어 오르는 것을 승아는 다시 한 번 꾹 참았다.

"그럼 용건만 빨리 말해. 대체 여긴 왜 온 거야?"

"말했잖아요, 메시지 보내도 답이 없고, 전화도 계속 안 받길래 걱정돼서 와봤다고."

당연하다. 준수의 번호 자체를 스팸 처리해 버렸으니까.

"아버지는 잘 만났어요?"

준수의 말에 승아는 조금 놀랐다.

"그걸 네가 어떻게 알아?"

준수가 의기양양하게 말했다.

"내가 아버지한테 잘 말했거든요. 승아 누나 좋은 사람이라고, 아버지도 잘 봐주시라고요. 그랬더니 한 번 만나보겠다고 하셨어요. 근데 벌써 만났구나, 헤헤. 얘긴 잘했어요?"

승아가 대답하지 않자 준수는 조바심이 나는 모양이었다.

"내가 뭘 잘못했는지 모르지만 화 풀어요, 누나. 내가 아버지한테 진짜 누나 완전 팍팍 밀었다구요. 얼굴도 예쁘고, 되게 착하고, 또……."

승아는 더 이상 참지 못하고 툭 내뱉었다.

"어쩜 사람이 그럴 수가 있니?"

"네?"

준수가 의아한 얼굴을 했다.

"하긴 이상하다고 생각은 했어. 처음 만났을 때부터 무작정 밀어주겠다는 둥, 파이팅이라는 둥. 그래서 널 되게 좋은 사람이라고 생각했던 내가 바보였지."

화가 난 승아는 마구 퍼부었다.

"그래, 나는 남이라 치고. 그래도 준형 선배는 형이잖아. 어떻게 형한테 그럴 수가 있어?"

"무슨 소린지 모르겠지만, 누나. 일단 진정해요."

준수가 진정시키듯 손을 뻗었다.

"모르는 척하지 마!"

그러나 승아는 준수의 손끝이 닿자마자 진저리를 치며 뿌리쳐 버렸다.

"볼 것 없는 나랑 결혼해서 형이 후계자 자리에서 밀려나는 거. 넌 그걸 원했던 거잖아. 그래서 처음부터 그렇게 나랑 잘되기를 바랐던 거고, 네 아버지한테도 그렇게 말한 거잖아!"

그 순간, 준수의 표정이 변했다. 마치 상처받은 어린아이 같은 표정에 승아는 내심 흠칫했다.

"누나는, 내가 그렇게밖에 안 보였어요?"

평소의 밝은 얼굴은 어디로 가고, 준수는 시무룩하게 물었다.

"정말 내가 그런 생각으로 누나랑 형 사이를 응원했을 거라고, 그렇게 생각하는 거예요?"

속상한 듯한 준수의 말투를 듣고 승아는 뭔가 잘못되었다는 사실을 직감적으로 느꼈다. 하지만 아직 인정하고 싶지 않았다.

"아니면?"

승아는 고집을 부리다시피 말했다.

"그럼 왜 처음부터 무작정 날 그렇게 밀어줬던 건데? 나에 대해서 아무것도 모르면서!"

준수는 조용히 대답했다.

"우리 형이 누나를 얼마나 좋아하는지 눈에 보였으니까요."

"……!"

승아는 그만 입을 다물어 버렸다.

"그때 누날 납치하려고 했다던 그놈을 보는 형 표정이 정말 무서웠다고 했잖아요. 난 살면서 형이 그런 표정을 짓는 걸 단 한 번도 본 적이 없었거든요. 아무리 화났을 때도."

그때가 떠오르는지 준수의 입가에 희미한 미소가 어렸다.

"그래서 알았어요. 아, 이 여자가 우리 형한테는 정말 소중한 사람이구나. 진짜로 지켜주고 싶은 여자구나. ……그래서 나도 그 순간부터 누나를 좋아하기로 한 거예요. 우리 형이 좋아하니까."

가식이라고는 한 점도 느껴지지 않는 말투였다. 승아는 방금 준수에게 화내며 소리친 것을 슬슬 후회하기 시작했다.

"……"

하지만 좀처럼 사과의 말이 나오지 않았다. 결국 어색한 침묵만 흘렀다.

"야, 이것도 못 타나?"

등 뒤에서 왁자지껄한 소리가 들려왔다. 승아가 무심코 돌아보니 초등학생쯤 되어 보이는 남자아이 두 명이 자전거를 타며 놀고 있었다. 아마도 형과 동생 사이인 것 같았다.

"이렇게 해봐, 바보야."

동생이 균형을 못 잡고 비틀거릴 때마다 잔소리를 하면서도, 형은 동생이 넘어지지 않게 자전거를 꽉 붙들어주고 있었다.

그 광경을 눈을 가늘게 뜨고 바라보던 준수가 불쑥 물었다.

"우리 형 이름이, 준형이잖아요."

"응."

"어릴 때 내가 우리 형 이름을 뭐라고 생각했는지 알아요?"

준수는 미소를 지으며 말했다.

"준수 형이라는 뜻이구나. 그렇게 생각했어요."

그러는 준수의 시선은 저만치서 함께 놀고 있는 아이들에게 못 박혀 있었다.

"그만큼 형은 진짜 좋은 형이었거든요. 과자라도 하나 있으면 나부터 주고, 길을 걸을 때도 꼭 내가 안쪽에 서서 걷게 하고. 참, 나한테 젓가락질을 제대로 가르쳐 준 것도 형이었어요."

즐거운 듯이 말하던 준수의 얼굴에서 점점 미소가 사라져 갔다.

"근데 언제부턴가 형이 날 피하기 시작했어요. 전처럼 나한테 웃어주지도 않고, 더 이상 같이 놀려고 하지도 않았어요. 한때는 그게 너무너무 섭섭해서 형이 밉기도 했지만 나이를 먹어갈수록 점점 보이는 게 생기기 시작하더라고요."

승아는 준형이 했던 말을 떠올렸다.

"새어머니는 아버지한테 나를 나쁘게 보이게 하려고 20년 넘게 애를 써왔어. 지금도 현재진행형이고."

"어릴 땐 잘 모를 수밖에 없었죠. 우리 엄마는 나한테 하는 거랑 똑같이, 아니, 오히려 나보다도 형을 더 챙겼거든요. 겉으로는요."

"……."

"어머니가 형이랑 아버지 사이를 은근히 이간질하고 있다는 걸 깨달은 건 한 중학생쯤 됐을 때의 일이에요. 그 이유를 깨달은 건 조금 더 지나서고요."

그렇게 말하는 준수의 표정은 완전히 어두워져 있었다. 저물어가는 해처럼.

언제나 햇살처럼 밝게 웃고 있던 준수의 어깨가 축 늘어져 있자 승아도 마음이 좋지 않았다. 그래서 그때까지 끼고 있던 팔짱을 풀고 준수 옆에 가만히 앉았다.

"네가 말리려고는 안 해봤어?"

"해봤죠, 지금도 하고 있고."

준수가 한숨을 지었다.

"한땐 형이랑 내 사이를 이렇게 만들어놓은 엄마가 밉기도 했어요. 하지만 결국 나한테는 엄마잖아요. 그것도 날 너무너무 사랑하는."

복잡한 준수의 마음을 승아도 이해할 수 있을 것 같았다.

"엄만 날 너무 사랑하는 나머지, 형이 아니라 나한테 호텔을 주고 싶은 욕망을 도저히 포기하지 못하는 거예요. 그게 날 위한 거라고 생각하니까요."

그쯤 되자 승아도 궁금해졌다.

"너도 어릴 때부터 호텔리어가 꿈이었다고 들었는데, 아니야?"

"맞아요."

준수는 순순히 인정했다.

"엄마 손 잡고 아버지 호텔에 갈 때마다 막연히 생각했었어요. 나중에 크면 꼭 호텔에서 일해야지, 하고요. 그래서 호텔 경영 전공했고, 지금도 호텔에서 일하고 있는 거예요."

안타까운 일이지만 그게 꿈이라면 어쩔 수 없다.

"그럼 결국 형이랑 경쟁할 수밖에 없는 거구나."

승아가 한숨을 내쉬며 말하자 갑자기 준수가 고개를 돌려 쳐다보았다.

"왜 그래야 하는데요?"

준수가 똑바로 쳐다보며 묻는 바람에 승아는 조금 당황했다.

"어? 그거야 준형 선배 꿈도 서진호텔 후계자가 되는 거니까, 결국 경쟁 관계가 될 수밖에……."

그러나 준수는 고개를 저었다.

"난 후계자가 되고 싶다고 생각한 적, 한 번도 없어요."

승아는 깜짝 놀랐다.

"그럼?"

"애초에 내가 왜 호텔에서 일하고 싶었는지 알아요?"

준수가 발을 까딱거리며 말했다.

"솔직히 우리 집안 분위기는 정말 별로였어요. 아버지는 엄하시지, 형은 나랑 잘 놀아주지도 않으려고 들지, 엄마랑 형 사이는 겉으로 좋아 보이면서 속으론 최악이지. 난 항상 그 사이에서 눈치만 봐야 했어요."

쓸쓸해 보이는 준수의 표정에 승아는 깨달았다. 비록 친엄마 곁에서 자랐지만 준수도 항상 즐겁지는 않았구나. 준형과는 또 다른 아픔을 안고 자라왔구나.

가족들 사이에서 항상 눈치만 보고 있었을 어린아이가 떠올라 승아는 마음이 아팠다.

준수는 미소를 띤 채 말을 이었다.

"근데 아버지 호텔에만 가면 사람들이 다 즐거워 보였거든요. 놀러 온 연인들도, 가족들도요. 그 분위기가 너무 좋아서 나도 커서 호텔에서 살고 싶다고 생각했던 거예요. 물론 좀 커보니까 호텔에서 사는 건 말이 안 되고. 그래서 일하는 걸로 바꿨죠."

"그랬구나……."

승아가 중얼거리자 준수가 천천히 고개를 끄덕였다.

"처음부터 그게 다였어요. 호텔을 물려받을 생각도, 경영해 나갈 자신도 없어요. 형이 물려받는다면 곁에서 열심히 돕겠지만요."

그렇다면 준형은 준수를 오해하고 있는 거였다. 아주 오랫동안.

이 오해를 어디서부터 어떻게 풀어야 할까. 승아가 골똘히 생각하고 있는데, 준수가 불쑥 말했다.

"만에 하나 내가 호텔을 물려받고 싶다고 해도, 아버지가 주지도 않을 거예요."

"응?"

승아가 놀라서 되묻자 준수가 어깨를 으쓱했다.

"어릴 때부터 아버지는 형을 당신 후계자로 생각하고 계셨거든요. 그리고 그 생각에는 한 번도 변함이 없었어요, 내가 아는 한."

준형에게 들었던 것과는 전혀 다른 이야기였다.

"아버지는 지금까지 단 한 번도 나를 당신의 후계자라고 말한 적이 없어. 언제나 하는 말은 '이따위로 해서 호텔을 물려받을 수 있겠느냐', '그렇게 해서 호텔 경영이 가당키나 하다고 생각하느냐' 이런 소리였지."

승아는 기억을 떠올리며 말했다.

"준형 선배는 그렇게 말하지 않았어. 아버지가 늘 야단만 쳤다고 했어. 이따위로 해서 호텔을 물려받을 수 있겠냐고 말이야."

"맞아요, 형한테 늘 그렇게 호통을 치셨죠. 나한테는 단 한 번도 그러신 적이 없고요."

준수가 피식 웃었다.

"그게 무슨 뜻인지, 정말 모르겠어요?"

"……!"

승아의 안색이 변하자 준수가 고개를 끄덕였다.

"나한테는 처음부터 물려줄 생각조차 하지 않으셨다는 얘기예요."

승아는 한참 동안 말을 잃고 있었다. 정말 준수의 말이 사실이라면……!

"준수야, 지금 네가 한 말, 형은 전혀 모르고 있어."

"정말요?"

준수가 의외라는 얼굴로 쳐다보았다.

"그래. 준형 선배는 오히려 너랑 반대로 생각하고 있어. 어릴 때부터 아버지가 준수 너한테만 관대하고 자기한텐 엄격했으니까, 널 후계자로 세울 수도 있다고."

"그 반대예요."

준수가 강하게 부정했다.

"아버지가 나한테 유독 관대했던 건 애초에 날 후계자로 키울 생각이 손톱만치도 없었으니까 그랬던 거예요. 그러니 강하게 키울 필요도 없었던 거고, 한편으론 나한테 미안하기도 했겠죠."

"하지만 형은 다르다?"

"네, 아버지 후계자가 될 사람이니까요. 그러니까 그렇게 엄하게 가르친 거예요."

확신에 찬 목소리에 승아는 몸에서 힘이 다 빠져나가는 것 같았다.

"그랬던 거구나. 그것도 모르고 준형 선배는……."

절로 한숨이 나왔다. 정말 그렇다면, 아버지도, 동생도 사실은 적이 아니었다면, 대체 준형은 왜 그렇게 마음고생을 하면서 살아왔어야 했던 걸까.

"준수야, 지금 나한테 했던 말, 형한테 해본 적 있어?"

"전혀요."

준수가 고개를 저었다.

"형은 언젠가부터 나한테 마음을 완전히 닫아버렸어요. 내가 유학을 가는 바람에 자주 만날 수도 없었고, 만날 기회가 있어도 피하는 눈치였고요."

그러고 보니 준형이 말했었다. 준수 얼굴을 보면 마음이 약해질 것 같아서, 일부러 피했다고.

"그래서 좀처럼 형한테 터놓고 말할 기회가 없었어요. 말한다고 해도 형이 날 믿어주긴 할까, 하는 생각도 들었고요. 어머니는 어머니대로 여태 호텔을 포기하지 않고 있으니까요."

준수의 입술 사이로 긴 바람 소리가 새어 나왔다.

"승아 누나, 나 어떻게 해야 되죠?"

"글쎄……."

한참 동안 벤치에 앉은 채 무릎을 끌어안고 있던 승아가, 문득 고개를 번쩍 들었다.

"좋았어."

"……?"

툭툭 털고 자리에서 일어나는 승아를 준수가 의아한 눈으로 쳐다보았다.

"나한테 맡겨."

승아는 허리에 손을 얹고 말했다.

"준형 선배가 오해하고 있는 거, 선배 잘못 아니라고 생각해. 준수 너나 아버지나 계속 속으로 생각만 하고 있는데 선배가 어떻게 알겠어? 말로 해도 알까 말까 한 마당에."

"승아 누나……."

"그러니까 내가 화해시켜 줄게. 선배가 다른 사람 말은 다 안 들어도 내 말은 듣거든."

준수의 표정이 확 밝아졌다.

"누나!"

벌떡 일어나서 와락 껴안으려 드는 준수를, 승아는 얼른 한 걸음 물러서서 피했다.

"조심해, 여기 우리 회사 근처야. 누가 봤다가 괜히 스캔들 나면 어쩌려고 그래? 그것도 친형제 사이라니, 난 아침드라마 찍는 건 사양이야."

핀잔을 주어도 준수는 헤헤 웃기만 했다. 본인도 다 큰 어른이면서 그렇게나 형이 좋을까.

승아도 저절로 웃음이 나올 뻔했지만, 일단은 꾹 참고 말했다.

"그리고, 미안하지만 지금 당장은 안 돼."

"왜요……?"

"그전에 꼭 해야 할 일이 있거든."

승아는 힘주어 말했다.

"그 일만 해내고 나면 내가 잘 말해줄게. 너랑, 아버지랑, 준형 선배랑 잘 지낼 수 있게, 내가 중간에서 힘껏 노력해 볼게. 그러니까 준수 너도 응원해 줘."

"네, 누나!"

준수가 크게 고개를 끄덕였다.

"승아 누나, 파이팅!"

그 활짝 웃는 얼굴이 준형을 꼭 닮아서, 승아도 어느샌가 따라서 웃고 있었다.

아이디어를 내기로 한 일주일이 거의 다 되었다. 하지만 승아는 아직도 뾰족한 아이디어를 떠올리지 못하고 있었다. 나날이 어두워지는 얼굴을 보면 다른 선배들도 마찬가지인 것 같았다.

속절없이 흘러만 가는 시간에 모두가 초조해하고 있었다. 업무에 집중하지 못하고 하루 종일 사무실 여기저기서 한숨 푹푹 쉬는 소리만 들려왔다.

"자아, 자아, 여기들 좀 봐요!"

갑자기 윤송화 부장이 활기찬 목소리로 손뼉을 딱딱 쳤다. 모두의 시선이 집중되자 부장은 밝게 웃으며 말했다.

"지금 다들 너무 축 처져들 있어요. 이러고 있지 말고, 우리 대청소나 합시다!"

"대청소요?"

이 마당에 웬 대청소인가. 의아해하는 팀원들을 향해 허리에 손을 얹고 부장은 말했다.

"그렇게 모니터만 노려보면서 한숨만 푹푹 쉬고 있다고 뾰족한 수가 있는 것도 아니잖아요? 이래저래 바빠서 여태 겨울이 갔는지 봄이 왔는지도 모르고 살았으니까 늦게나마 봄맞이 대청소 한번 시원하게 하자구요. 또 알아요? 깨끗해진 사무실에서 있다 보면 좋은 아이디어가 떠오를지."

그렇게 때 아닌 대청소가 시작되었다.

창문이란 창문은 죄다 열어젖히고 환기를 시키자 말마따나 머리가 맑아지는 듯한 기분이 들었다. 남자들이 와이셔츠 소매를 걷어붙이고 창문과 창틀을 열심히 닦는 동안, 여자들은 사무실 비품과 한쪽에 쌓여 있는 각종 잡동사니를 정리했다.

승아는 그동안 참고하느라 사용했던 각종 호텔의 어메니티 세트들의 정리를 맡았다. 하나하나 정리하다 보니 복잡했던 머릿속도 조금씩 정리되어 가는 것 같았다.

"그건 어느 호텔 어메니티야? 처음 보는 것 같은데."

승아가 커다란 박스에 차곡차곡 어메니티 세트들을 정리해서 넣고 있는데, 옆에서 화분을 닦고 있던 김 대리가 물었다. 그녀의 눈은 승아가 손에 들고 있는 어메니티에 못 박혀 있었다.

"이거요?"

잠시 고개를 갸웃거리던 승아는, 반투명한 케이스 안에 든 것을 보고 금세 떠올렸다.

"오로라화장품 거예요, 2차에서 떨어진. 그때 오로라 담당자가 되게 참신하지 않느냐고 자랑하면서 하나 주더라구요."

"아, 오로라. 그럼 그 안에 든 게 그때 말했던 때밀이타월?"

"네."

그때 생각이 나서 승아는 한숨을 쉬었다. 오로라도 참 열심히 했었는데, 그만 비겁한 술수에 지고 말았지.

문득 오로라 담당자가 했던 말이 떠올랐다.

"명동 거리 나가서 외국인 관광객 천 명은 족히 붙들고 조사한 것 같아."

"관광객이요?"

"그랜드 서진호텔이 국내 특급호텔 중에서도 외국인 관광객 비율이 제일 높은 곳이잖아. 그러니까 외국인 관광객만 제대로 공략해도 충분히 1등 문제없다 싶었지. 우리도 입욕제랑 이것저것 가지고 나가봤는데, 생각 외로 이 때밀이타월이 엄청나게 반응이 좋은 거야. 우리나라에밖에 없는 거잖아? 신기해서 기념품으로 집에 가져가고 싶다는 사람도 많고."

한숨을 쉬던 승아는 갑자기 손을 멈췄다. 갑자기 뇌리를 스쳐간 생각이 있었기 때문이다.

'잠깐. 외국인 관광객……?'

그때, 오로라 담당자는 자신 있게 말했었다. 외국인 관광객만 제대로 공략해도 충분히 1등은 문제없을 거라고.

'그래, 외국인 관광객!'

심장이 미친 듯이 뛰기 시작했다. 손바닥에 땀이 촉촉하게 배어났다.

'서진호텔에 묵는 손님 중 절반 가까이가 외국인 관광객이야. 그들의 마음만 사로잡을 수 있다면 해볼 만해. 아니, 충분히 가능성이 있어!'

그렇게 생각한 순간, 승아는 저도 모르게 벌떡 일어나서 외치고 있었다.

"저, 생각났어요!"

청소를 하던 모두의 시선이 한꺼번에 승아를 향했다.

"……즉, 오로라가 한 것처럼 우리도 외국인 관광객을 주 타깃으로 삼자는 겁니다."

승아가 오로라의 어메니티를 손에 들고 한바탕 설명을 하고 나자 누군가가 물었다.

"그래서, 우리도 따라서 때밀이타월을 넣자는 거야?"

"아뇨."

승아는 단호하게 고개를 저었다.

"물론 외국인 관광객들의 호기심을 끌 수 있는 물품이긴 하지만, 필요성에서 우리가 선택한 페이셜 클렌저에 밀려요. 그러니까 물품 구성은 지금 그대로 유지하는 게 좋을 것 같아요."

또 다른 팀원이 물었다.

"그럼 어떻게 외국인 관광객들을 사로잡자는 거지?"

"디자인이죠!"

승아가 소리 높여 말했다.

"우리가 대서양보다 못한 점은 브랜드 네임이에요. 하지만 외국인 관광객들이 봤을 때는 '더 퀸'이나 우리 제품이나 별다를 바 없을 거예요. 충분히 승산이 있어요."

"맞아. '더 퀸'이 한국에서나 유명하지, 해외 인지도는 별로 없으니까."

누군가가 말했다. 승아는 고개를 끄덕이고 말을 이었다.

"문제는 NJ예요. 마크 갈리아노는 세계적인 디자이너니까 아마도 외국인 관광객들도 대부분 그쪽에 혹할 거예요. 하지만 우리가 가장 한국적인 디자인을 선택한다면 어떨까요?"

팀원들의 얼굴을 둘러보며 승아는 열띤 어조로 말했다.

"잠깐 눈을 감아주세요."

승아의 말에 사람들은 어리둥절해하면서도 시키는 대로 눈을 감았다.

"우리는 지금 일본 여행을 가 있어요. 그러니까 관광객인 거죠. 호텔에 묵었는데, 욕실에 들어갔더니 눈앞에 두 종류의 어메니티가 있는 거예요."

상상력을 자극하듯 승아는 연극적인 어조로 말했다.

"하나는 마크 갈리아노의 이름이 박힌, 명품이나 다름없는 어메니티 세트. 그리고 또 하나는, 일본을 상징하는 벚꽃이 예쁘게 인쇄된 전통적 케이스에 담긴 어메니티 세트."

"······."

"자, 이 둘 중에 하나만 고를 수 있다면 어떤 걸 고르시겠어요?"

사람들은 잠시 고민하는 표정을 지었다. 그리고 하나둘씩 눈을 뜨며 말했다.

"난 후자."

"나도. 마크 갈리아노가 끌리긴 하는데, 이왕 일본에 간 거니까 후자가 좋을 것 같아."

"맞아. 일본 여행의 기념품으로 집에 가져가기도 좋고."

그제야 승아의 의도를 알아챈 사람들의 목소리에 흥분이 섞였다. 승산이 보이기 시작한 것이다.

"우리나라에 놀러 온 외국인 관광객들도 마찬가지 아닐까?"

"그렇지. 단순한 욕실 비품을 넘어서서, 기념품이란 의미까지 준다면 말이야!"

"물론 그만큼 진짜 기념품으로 가져가고 싶을 정도로 잘 만들어야 한다는 뜻인 거 알죠?"

여기저기서 마구 봇물 터지듯 의견이 튀어나왔다.

"용기를 항아리 모양으로 만들면 어떨까?"

"촌스럽게 웬 항아리? 도자기가 낫지!"

"도자기는 자칫 깨지면 위험하지 않을까?"

"그럼 항아리는 안 깨지냐?"

흥분된 목소리로 의견을 교환하는 팀원들을 윤송화 부장이 제지했다.

"잠깐만. 다들 잠시만 진정해 봐요."

겨우 사람들이 입을 다물자 부장이 말했다.

"신중하게 한번 생각해 봅시다. 처음부터 아예 외국인 관광객을 타깃으로 잡자는 건, 내국인 고객들은 그만큼 포기하자는 얘기가 돼요. 즉, 모험이죠."

주위가 찬물을 끼얹은 것처럼 조용해졌다.

"조승아 씨는 거기에 대해서 생각은 해봤나요?"

승아는 주먹을 불끈 쥐었다.

"도박에 가깝다는 건 알고 있습니다. 하지만 다른 방법이 없잖아요. 지금으로서는 모험을 할 수밖에 없습니다. 그리고 충분히 승산이 있는 모험이라고 생각하고요."

문득 떠오르는 생각이 있었다. 승아는 얼른 그것을 입에 담았다.

"아시다시피 저희 집은 외국인 관광객 상대로 홈스테이를 하고 있습니다. 뒤뜰에 커다란 은행나무랑 단풍나무가 몇 그루 있는데, 가을이면 뒤뜰에 가서 낙엽을 줍는 손님들이 많아요. 그래서 하루는 한 손님한테 물어봤죠. 당신네 나라에도 똑같은 나뭇잎이 다 있을 텐데 왜 굳이 주워가는 거냐고. 그랬더니 웃으면서 그러는 거예요."

승아는 머릿속에 살아나는 그 손님의 말을 힘주어 되풀이했다.

"이건 똑같은 나뭇잎이 아니라고, 아름다운 한국 여행의 추억이 담긴 나뭇잎이라고요."

주위가 조용해졌다.

"하물며 이건 흔한 나뭇잎도 아니에요. 얼마든지 마크 갈리아노보다 어필할 수 있어요!"

말을 마친 승아의 심장이 튀어나올 듯이 쿵쾅거렸다.

이윽고, 윤송화 부장의 얼굴에 서서히 미소가 떠올랐다. 그리고 그 미소는 점점 환한 웃음으로 번져 결국은 얼굴 가득 함박웃음이 되었다.

활짝 웃는 얼굴로 부장은 말했다.

"좋아요. 그 모험, 한번 해봅시다!"

외국인 관광객을 타깃으로 한, 전통적인 디자인의 어메니티 세트를 새로 제작하기로 한 후 온 영업부가 정신없이 뛰었다.

우선 새 어메니티 세트에는 로열에서 가장 고급 라인인 '임프레스'의 이름을 채용하기로 했다. 그래도 '더 퀸'에는 밀리겠지만, 로열화장품으로서는 이것이 최선이었다.

중요한 것은 물론 디자인이었다. 전통적인 분위기를 물씬 풍기면서도 동시에 촌스럽지 않고 세련된 느낌을 주는 것은 결코 쉽지 않았다. 고급스럽게 보이게 하면서도 생산 단가를 예산에 맞추는 것은 더더욱 어려웠다. 처음에 넣으려고 했던 자개 케이스는 단가 문제로 포기했고, 진짜 도자기는 비누 케이스에만 쓰고 나머지는 최대한 항아리 느낌을 살린 플라스틱으로 가기로 했다.

그렇게 영업부와 디자인실이 함께 합숙을 하다시피 하면서 수정에 수정을 더해 최종 디자인을 확정했지만, 실제로 시제품을 만들어내는 것 역시 쉽지 않았다. 기일이 촉박한 데다가 도자기가 생각처럼 흡족하게 나와주지 않아서 담당자가 아예 여주에 있는 공장에 가서 붙어살다시피 하면서 계속 잔소리를 해야 했다.

그리고 천신만고 끝에 모든 제품이 완성되어 세트가 완벽하게 구성된 것은, 마감 기한 바로 전날의 일이었다.

"우리가 만들었지만 정말 멋있다!"

퀵서비스로 공장에서 바로 배달되어 온 어메니티 세트를 보고, 모두가 감동의 눈물을 글썽였다.

"이걸 선택하지 않으면 외국인도 아니지, 암."

"난 한국 사람이지만 마크 갈리아노보다 이게 더 좋을 것 같은데?"

들떠서 한마디씩 하는 영업부 직원들의 모습은 하나같이 가관이었다. 머리를 못 감아서 떡이 되어 있는 사람에, 수면 부족으로 눈이 시뻘게져 있는 사람에, 눈 밑의 다크서클이 발등까지 늘어져 있는 사람에.

　그럼에도 불구하고 모두들 표정만은 반짝반짝 빛나고 있었다.
그만큼 제품에 자신이 생겼다는 뜻이었다.

　서 회장의 목소리가 귓가에 들리는 것 같았다.

　"자, 이제 몇 퍼센트인가?"

　그 목소리에 대답하듯, 승아는 중얼거렸다.

　"100퍼센트입니다!"

6장
결과

"이게 로열화장품이 새로 제출한 어메니티 세트입니다, 회장님."

유경이 두 손으로 공손히 탁자 위에 상자를 올려놓자 서 회장이 안경을 꺼내 썼다.

"디자인을 완전히 바꿨구만."

서 회장의 날카로운 시선이 세트 구성품을 하나하나 놓치지 않고 훑었다.

조선백자를 연상케 하는 흰 도자기에 파란색의 매화가 그려진 비누 케이스는 더없이 우아했다. 샴푸와 컨디셔너, 보디워시와 보디로션이 담긴 용기는 앙증맞은 항아리 모양에 금빛 뚜껑이 달려 있어 전통적인 분위기가 나면서도 고급스러워 보였다. 페이셜 클렌징이 담긴 일회용 비닐 팩에도 현대 작가가 그린 밝은 색감의 민화가 예쁘게 프린팅되어 있었다.

"짧은 시간 동안 고심들 했구먼."

한참 후에야 서 회장은 그렇게 중얼거리며 시선을 유경에게로 돌렸다.

"그래서, 지금 손님들한테 제공 중인가?"

"네. 시작한 지 나흘째입니다."

"지금까지 어떻게 되어가고 있지?"

"여기 자료가 있습니다."

유경은 서 회장에게 자료를 건네고는, 같은 자료를 들여다보며 설명을 시작했다.

"현재까지 내국인 숙박객의 약 60퍼센트 정도가 대서양화장품의 '더 퀸' 어메니티 세트를 선택하고 있습니다. 그리고 NJ의 세트를 선택하는 비율이 35퍼센트 정도, 나머지 5퍼센트가 로열화장품입니다."

"그런데 외국인은 많이 다르구만."

서 회장의 눈길이 외국인 숙박객 쪽의 그래프에 머물렀다.

"네. 외국인 숙박객의 무려 70퍼센트 정도가 로열화장품의 어메니티 세트를 선택했습니다. NJ가 20퍼센트, 그리고 대서양은 10퍼센트 정도입니다."

"그래서 합치면?"

"……현재까지는 대서양이 근소한 차이로 1위입니다. 하지만 요 며칠은 평일이라 외국인 숙박객의 수가 현저히 적었기 때문에,

주말 후로는 뒤집힐 가능성도 있습니다."

그렇게 대답하고 나서 유경은 침을 꿀꺽 삼키고 말했다.

"그런데 회장님, 만약에 로열화장품이 1위가 된다 해도 실제 우리 호텔 어메니티로 채택하기에는 문제가 있습니다."

"어떤 문제?"

"보시다시피 디자인 자체가 너무 외국인 관광객에 치우쳐 있습니다. 내국인 손님들이 자칫 소외감을 느낄 수 있다고 생각합니다."

유경의 말투는 심각했으나 서 회장은 별일 아니라는 듯이 대꾸했다.

"그럼 실제로 납품받을 때는 두 종류로 받으면 그만 아닌가? 원래 처음에 로열화장품이 제출했던 제품도 괜찮더구먼. 이거 하고 두 종류로 갖춰놓고 손님들께 제공하면 될 문제지."

"하지만······."

또 뭐라고 얘기하려는 유경의 말을 서 회장이 가로막았다.

"어찌 됐든 결과는 끝까지 봐야 알겠지."

그러고 나서 서 회장은 화제를 바꿨다.

"그런데 말이야. 내가 노 실장, 아니, 유경이 너한테 상의할 게 좀 있다마는."

유경은 속으로 긴장하며 자세를 고쳐 앉았다.

"말씀하십시오, 회장님."

"실은 말이야."

서 회장이 목소리를 한껏 낮췄다.

"아무리 생각해도 준형이 그 녀석은 도저히 내 후계자로는 이 래저래 너무 결점이 많은 놈이야. 안타깝지만 슬슬 나도 마음을 바꿔 먹어야 하지 않나, 하는 생각을 하는 중이다."

"……!"

눈이 커다래진 유경을 힐끗 보고 서 회장이 걱정스럽게 한숨을 쉬었다.

"그렇다고 준수를 후계자로 삼자니 녀석은 아직 어리고 제 형보다도 경험이 부족해. 그래서 말인데……."

서 회장이 유경에게 손짓했다. 유경이 가까이 다가앉자 서 회장은 그녀의 귓가에 속삭이듯 물었다.

"유경이 네가 준수 곁에서 함께 호텔을 이끌어가 줄 수 없겠느냐?"

유경은 심장이 멈추는 것 같은 느낌을 받았다.

"회, 회장님, 그 말씀은……!"

"원래는 나도 너를 준형이 짝으로 작정을 했었다. 그런데 아무래도 준수가 호텔을 이어받으려면 네 도움이 꼭 필요해. 그러니 어쩌겠느냐?"

서 회장이 유경의 손을 끌어다 잡았다.

"당황스러운 네 마음은 안다. 하지만 준수 그 녀석도 괜찮은 놈이야. 내 아들이긴 하지만 성격도 밝고, 인물도 흠잡을 데 없고. 나이가 너보다 한 살 아래이기는 하지만 요즘 세상에 한두 살 차이는 문제 될 것도 없지 않느냐?"

유경이 서 회장에게서 생전 처음으로 들어보는 간곡한 말투였다.

"어때, 네가 준수와 결혼해서 같이 이 서진호텔을 이끌어가 줄 수 없겠니?"

"……."

유경은 치열한 고민에 빠져들었다.

자신이 그 긴 세월 동안 끊임없이 원해온 것은 물론 준수가 아닌 준형이었다.

그렇지만.

"우리 유경이가 언젠가 이 호텔 주인이 될 수도 있지."

"어떻게, 엄마?"

"이제 좀 이따 만나는 오빠랑 친하게 지내렴. 그럼 언젠가는 네 것이 될 거야."

어릴 때 엄마가 그렇게 말했던 그날부터, 유경의 머릿속에서 준형은 곧 서진호텔 그 자체였다. 말하자면 한 세트였던 것이다.

그런데 이제 그 준형에게서 서진호텔이 떨어져 나가려고 하는 것이 아닌가!

서진호텔이 없는 준형과, 서진호텔을 가진 준수. 둘 사이에서 유경은 고뇌했다.

한참 만에야 유경은 고개를 들었다. 그리고 서 회장의 얼굴을 한 번 힐끗 쳐다본 후, 다소곳이 시선을 내리깔았다.

"……분부하신 대로 한번 열심히 해보겠습니다."

서 회장이 다시 한 번 다짐하듯 말했다.

"그러니까, 내 말대로 준수와 결혼해서 이 서진호텔을 맡아주겠다, 이 말이지?"

유경은 얼굴을 붉히면서도 고개를 끄덕였다.

"네, 회장님."

"고맙네."

서 회장은 고개를 끄덕이고는 그때까지 잡고 있던 유경의 손을 놓았다.

"그래, 그럼 이만 나가서 일 봐."

유경이 일어나서 공손히 인사를 건넸다.

"이만 물러가겠습니다, 회장님."

"……."

유경이 나가고 문이 닫히는 순간, 서 회장의 입가에 싸늘한 미소가 번졌다.

3차 공모는 열흘간 진행된다고 했다. 그리고 승아가 급한 호출을 받고 서진호텔로 달려간 것은 바로 최종 발표가 있기 사흘 전의 일이었다.

"이러려고 한 달이나 진행을 늦춘 겁니까?"

"아무리 서진호텔이 갑이라지만 이건 아니죠!"

승아가 유경의 사무실에 도착해 보니 이미 대서양과 NJ 담당자는 이성을 잃고 있었다. 그동안 그토록 설설 기다시피 했던 유경에게 거친 말투로 대들고 있는 것이었다.

벌써 한참이나 그러고 있었던 모양이다. 유경의 얼굴에 피곤한 표정이 역력했다.

"글쎄 몇 번이나 말씀드리지만, 각 회사가 제출한 물품에 대해서는 아무 말씀도 드릴 수 없습니다. 결과 발표 때까지는 철저히 비밀에……."

"결과 발표 때까지 기다렸다간 이미 늦으니까 그렇지!"

벼락같은 고함 소리에 승아는 긴장하며 조심스럽게 다가갔다.

"저기, 뭔지 모르겠지만 일단 진정들 하세요."

등 뒤에서 승아의 목소리가 들리자 대서양과 NJ가 일제히 뒤를 돌아보았다. 살기를 품고 노려보는 눈빛에 승아는 간담이 서늘해졌다.

"오라, 로열화장품! 이제 오셨구만그래?"

대서양화장품의 염 과장이 와이셔츠 소매를 걷어붙였다.

"마침 잘 왔어. 안 왔으면 내가 쫓아갈 판이었는데!"

NJ의 장 과장도 질세라 승아를 잡아먹을 듯이 으르렁거렸다.

심상치 않은 분위기에 승아는 겁이 더럭 났지만 일단은 침착하게 말했다.

"대체 왜들 그러세요? 무슨 일인지 말씀을 하셔야죠."

그러자 대서양이 벼락같이 소리쳤다.

"너희 로열화장품이 서진호텔이랑 뒤에서 결탁을 했잖아!"

흠칫 놀라는 승아에게, NJ가 뭔가를 내동댕이치듯 집어 던졌다. 엉겁결에 받고 보니 바로 로열화장품이 마지막에 새로 제출한 어메니티 세트였다.

"이거, 로열이 첫날 제출했던 제품 아니지. 그치?"

승아는 놀랐다. 분명 각각 상자에 봉해서 제출했는데 그걸 어떻게 알았을까.

"발뺌할 생각 하지 마. 그 세트에 들어 있는 도자기 케이스, 2주 전에 여주 공장에서 생산했다는 증거까지 다 가지고 있으니까."

대서양이 협박하듯 말했다. NJ도 거들었다.

"즉, 로열은 마감 후에 다시 만들어서 제출했다는 뜻이지. 대체 얼마를 먹인 거야?"

승아는 크게 당황했다. 뇌물 따위를 쓰진 않았지만, 특혜를 받은 것은 사실이기 때문이다. 경쟁자들에게 그 부분을 들켰으니 뒤가 켕기지 않을 수 없었다.

"똑바로 말해. 여차하면 로열을 고소할 수도 있으니까."

"어차피 일이 그른 거라면 서진호텔이라고 고소 못 할 것도 없지. 말해, 누구한테 먹였어?"

험악한 표정으로 협박하는 두 사내의 등 뒤에서 차가운 목소리가 들렸다.

"회장님 지시였어요."

승아는 깜짝 놀랐다. 유경이 또각또각, 하이힐 소리를 내며 다가와 두 사내를 똑바로 마주 보고 섰다.

"그러니까 어디 고소할 테면 해보세요."

당당하기 그지없는 목소리에 두 담당자도 주춤하는 기색이 역력했다. 설마 회장이 직접 지시했을 줄은 상상조차 못 했던 모양이었다.

"서진호텔 회장님이 대체 왜 로열에 특혜를?"

대서양이 물었으나 유경은 어깨를 으쓱했다.

"글쎄, 그거야 회장님 재량이니 저야 모르죠."

잠시 주춤했던 두 담당자는, 어차피 이판사판이라는 듯이 다시금 목소리를 높이기 시작했다.

"어쨌거나 이런 법은 없죠. 이렇게 한 회사에 특혜를 줄 거면 뭐하러 공모는 합니까? 아예 처음부터 로열이랑 계약을 해버리지."

"만약에 내일 로열이 1위라고 발표가 나더라도, 우리는 절대 승복 못 합니다. 언론에 호소해서라도 반드시……!"

"마음대로들 하세요."

거칠게 항의하는 두 회사 담당자를 향해 유경이 냉정하게 말했다.

"그렇게 되면 우리도 언론에 얘기하도록 하죠. 소위 대기업이라는 대서양과 NJ가, 2차 공모 과정에서 무슨 편법을 썼는지."

"……!"

두 사내의 얼굴에 경악이 번졌다. 그 표정을 바라보는 유경의 예쁜 입술에 조소가 번졌다.

"그때 아르바이트생까지 동원했던 게 마이스킨 한 곳뿐이었을까요? 전 절대 그렇지 않을 거라고 보는데. 제 생각이 틀렸나요?"

두 사내가 서로 눈치를 보기 시작했다. 당황한 기색이 역력한 그들의 표정에서, 승아는 예전에 자신이 했던 짐작이 옳았음을 깨달았다. 역시나 이들도 같은 짓을 했던 거였다.

"그때도 몰라서 입을 다물고 있었던 건 아녜요. 두 회사 입장도 있고 하니까 그냥 눈감고 넘어가기로 했던 거죠. 그런데 이런 식으로 나오시면 다시 들춰낼 수밖에 없습니다."

유경은 거기서 멈추지 않았다.

"그리고, 아직 공모 진행이 끝나지 않았는데도 불구하고 이렇게 경쟁사의 어메니티를 입수해서 뒷조사를 한 것 자체가 룰 위반이에요. 얼마든지 이걸로 문제를 삼아서 실격시킬 수도 있어요."

이쯤 되자 대서양과 NJ도 더 따져 봐야 얻을 게 없다는 것을 깨달은 모양이었다.

"죄송하게 됐습니다."

"그래도 최소한 결과만큼은 공정하게 내주시리라 믿습니다."

풀이 죽어 그렇게 말하는 그들에게 유경은 아까보다는 한결 부드럽게 말했다.

"걱정 말아요. 결과 산정에는 한 치의 개입도 없을 테니까요. 오로지 가장 좋은 어메니티를 선정하기 위해서 진행하는 일인데, 결과에 특혜를 주는 일은 절대 없을 겁니다."

결국 두 회사 담당자는 유경에게 인사를 건네고 머쓱한 얼굴로 돌아갔다. 물론, 승아에게는 인사는커녕 눈길 한 번 주지 않고.

대서양과 NJ가 방을 나가자 승아와 유경만이 남겨졌다.

"미안해요, 놀라게 해서."

유경이 미소를 지으며 말했다.

"굳이 조승아 씨까지 올 필요는 없었는데, 저 사람들이 하도 로열 당장 데려오라고 고래고래 소리를 질러대는 통에 우리 직원이 전화를 넣은 모양이네요."

두 담당자가 나간 문 쪽을 힐끗 쳐다보며 유경이 과장되게 어깨를 으쓱했다.

"뭐, 이쯤 해뒀으면 저 사람들도 잘 알아들었을 테니 로열은 걱정할 것 없어요."

은근히 생색을 내는 듯한 말투였지만 승아는 그다지 고맙지 않았다. 이 여자가 대체 왜 우리 편을? 하는 생각이 들어서였다.

유경은 자신과 이를테면 연적과 같은 관계다. 그런데 이런 식으로 대놓고 편을 들어주는 건 뭔가 꿍꿍이가 있다고밖에 생각되지 않았다.

경계하는 승아의 눈빛을 알아차린 것일까. 유경이 불쑥 말했다.

"미안했어요, 그동안."

"네?"

유경이 어색한 미소를 지었다.

"인정할게요. 솔직히 그동안 나, 승아 씨가 많이 미웠어요. 마치 내 것을 빼앗아 간 사람처럼 느껴졌거든요."

갈수록 알 수가 없어졌다. 대체 이 여자는 왜 새삼스럽게 이런 말을 하는 걸까.

"근데 어느 순간 깨달았어요. 어차피 서준형 씬 처음부터 내 것이 아니었다는 거. 단순히 내가 멋대로 그동안 내 거라고 착각하고 있을 뿐이었다는 거."

유경이 씁쓸하게 웃었다.

"그걸 깨닫고 나니까 더 이상 조승아 씨를 미워할 이유가 없더라고요."

"……"

"참 일찍도 깨달았다 싶죠?"

어안이 벙벙해 있는 승아에게 유경은 속마음을 털어놓듯 말했다.

"나, 결심했어요. 이만 서준형 씨랑 조승아 씨 사이에서 빠지기로요."

승아는 제 귀를 의심했다.

"정말······ 이에요?"

유경이 고개를 끄덕였다.

"그래요. 그동안 괜히 내가 끼어들어서 두 사람 사이 방해해서 미안했어요. 그러니까 두 사람, 앞으로 나 같은 거 신경 쓰지 말고 행복해져요. 내가 응원할게요."

유경이 빙긋 웃으며 승아를 향해 손을 내밀었다. 마치 화해하자는 것처럼.

물론 승아는 덥석 손을 내밀어 그 손을 마주 잡을 생각은 들지 않았다. 말없이 한참 쳐다보고 있자 이윽고 유경이 어깨를 으쓱하며 손을 거뒀다.

"악수까진 너무 오버였나?"

혼잣말처럼 그렇게 중얼거린 유경이, 이윽고 진지한 얼굴로 말했다.

"준형 오빠, 내가 많이 좋아했어요. 그러니까 잘 부탁해요."

지금껏 매번 공모 결과를 발표하는 자리에는 해당 회사 담당자들과 유경을 포함한 서진호텔 측 관계자 몇 명만이 참석했다. 그러나 이번에는 마지막인 만큼, 훨씬 더 많은 사람들이 모여 있었다. 대서양화장품, NJ코스메틱, 로열화장품 영업부 사람들도 대부분 와 있었고, 서진호텔 사람들도 많이 나와서 앉아 있었다.

그들 사이에는 준형의 모습도 보였다. 지난번에 집 앞에 찾아왔던 날 이후로 처음 보는 얼굴이었다.

'자신 있어?'

눈이 마주치자, 준형은 눈빛으로 승아에게 그렇게 물었다. 승아는 미소를 보냈다.

'걱정 말아요.'

이윽고 유경이 앞으로 걸어 나가 마이크 앞에 섰다.

"그럼, 3차 공모 결과를 발표하겠습니다."

장내가 찬물을 끼얹은 듯이 조용해졌다. 잠시 장내를 둘러본 유경이 천천히 입을 열었다.

"진행은 1, 2차와 똑같이 저희 서진호텔 숙박객을 대상으로 고르게 하였습니다. 세 회사 모두 마지막까지 박빙의 승부를 펼쳤다는 것을 참고로 말씀드리겠습니다."

승아는 손톱이 손바닥에 파고들도록 주먹을 꽉 쥐었다.

"그리고 가장 많은 고객들의 선택을 받은 제품은 바로……."

유경은 거기서 잠시 말을 멈췄다.

모두가 숨을 죽인 채 귀를 기울였다. 그리고 긴장이 극도에 이르렀을 때, 드디어 유경의 낭랑한 목소리가 회의실 안에 울려 퍼졌다.

"대서양화장품의 '더 퀸'입니다."

유경의 말이 떨어지고 나서도 잠시 장내는 쥐 죽은 듯이 조용했다.

그리고 잠시 후, 한쪽에 앉아 있던 사람들이 단체로 자리를 박차고 일어나며 환호성을 터뜨렸다.

"우와아아아아!"

바로 대서양화장품 영업부 직원들이었다. 그들이 서로 얼싸안기도 하고 주먹을 부르쥐며 기쁨의 고함을 지르는 동안, 다른 사람들은 넋이 나간 사람처럼 멍하니 앉아 있었다.

물론 로열화장품 직원들도 마찬가지였다.

"……."

모두들 같은 심정이었다. 윤송화 부장도, 담당자인 승아도, 다른 팀원들도.

눈물조차도 나오지 않았다. 허무하다는 말로는 다 표현하지 못할 정도로 허무했다.

장장 6개월, 아니, 처음 기획 단계부터 따지면 그보다 훨씬 더긴 시간 동안 이 일에 매달려 왔다. 바로 열흘 전까지도 사무실에서 먹고 자면서, 끝까지 목숨을 걸고 했다.

그런데 결국 결과가 이거라니. 승아는 도저히 믿을 수가 없었다. 귓가에 들려오는 환호성이 마치 악몽 속의 그것처럼 들려왔다.

"야호! 끄악! 캬아아악!"

대서양 직원들이 계속해서 펄쩍펄쩍 뛰며 환희의 괴성을 질러대는 가운데, 유경이 말했다.

"잠시만 조용히 해주세요. 아직 발표가 다 끝나지 않았습니다."

응? 승아는 고개를 번쩍 들었다. 장내가 다시금 침묵에 휩싸였다.

"가장 많은 손님들의 선택을 받은 것은 방금 말씀드렸다시피 대서양화장품의 '더 퀸'이었습니다. 하지만 가장 먼저 물량이 전부 소진된 것은 로열화장품의 '임프레스'입니다."

갑자기 누군가가 벌떡 일어나 거칠게 소리쳤다.

"아니, 지금 농담 따먹기 합니까?"

다른 사람도 질세라 따라서 외쳤다.

"'더 퀸'을 가장 많이 선택했는데, '임프레스'가 먼저 소진됐다는 게 말이나 됩니까?"

방금까지 좋아서 방방 뛰던 대서양화장품 직원들이었다. 그러나 유경은 차분하게 마이크에 대고 말했다.

"사실입니다. 이유는 '임프레스'를 선택한 고객들이 프런트에 따로 추가 구매를 요청했기 때문입니다. 주로 외국인 고객들이, 기념품 용도로 집에 가져가고 싶다는 이유였습니다."

모두가 놀랐다. 무료로 제공되는 어메니티를, 돈 주고 사겠다고 했다고?

"저희 서진호텔의 경우, 욕실 비품에 대한 추가 요청이 있을 시에는 서비스 차원에서 1회에 한해 무료로 제공하도록 규정이 마련되어 있습니다. 그래서 요청하는 고객들께는 한 세트씩이 더 제공되었기 때문에 가장 먼저 소진된 것입니다. 그러고도 추가 구매를 더 원하는 손님들도 있었지만, 물량이 모자라 응하지 못할 정도였습니다."

로열화장품 직원들의 얼굴에 점점 희망이 번졌다. 그렇다는 것은!

"결과가 이렇게 나왔기 때문에 저희 측에서도 긴급회의를 열 수밖에 없었습니다. 그리고 회의를 거쳐 최종 선정한 제품은……."

이번에는 유경도 오래 끌지 않았다.

"로열화장품의 '임프레스'입니다."

임프레스입니다. 임프레스입니다. 임프레스입니다.

유경의 마지막 말이 끝없는 메아리처럼 회의장 안에 울려 퍼졌다.

승아는 순식간에 눈앞이 흐려지는 것을 느꼈다. 뺨을 타고 뭔가 뜨거운 것이 흘러내렸다. 주먹으로 훔쳐 내도, 훔쳐 내도 그 뜨거운 것은 하염없이 계속해서 흘러내렸다.

잔뜩 흐려진 시야로 고개를 돌려 옆을 보니 윤송화 부장이 울면서 웃고 있었다. 다른 쪽 옆을 쳐다보니 이연주 과장이 웃으면서 울고 있었다.

"어허헝!"

뒷자리에 앉은 누군가가 통곡하듯 울음을 터뜨렸다. 그 순간, 목구멍에 뜨거운 것이 치밀어 올라 결국 승아도 소리 내어 울고 말았다.

"……흑!"

대서양 직원들이 서로 껴안고 펄쩍펄쩍 뛰며 웃었던 것처럼, 로열화장품 직원들은 서로를 껴안고 등을 두드리며 울었다.

"고생 많았어, 조승아 씨!"

"과장님도요, 흐흑!"

"엉엉엉!"

한편에서는 대서양화장품 직원들이 들고일어나서 거칠게 항의하기 시작했다.

"이건 무효야!"

"아니, 민주주의 사회에서 다수결이 당연한 거 아닌가?"

"그 회의라는 것의 기준이 대체 뭔지 밝히세요!"

어차피 떨어질 바에는 이판사판이라는 걸까. 금방이라도 단체로 달려들 기세였다.

"조용히 해주세요!"

"이러면 안 됩니다!"

서진호텔 측 사람들이 진정시키려 애를 썼으나 이미 대서양 직원들은 성난 황소와도 같았다. 완전히 눈에 보이는 게 없어진 상태였다.

"이럴 거면 차라리 3차 공모는 무효로 합시다!"

"옳소! 기준이 애매모호하니 처음부터 다시 하는 게 낫겠네!"

NJ코스메틱 직원들도 이대로 물러날 수 없다는 듯이 발악하듯 소리쳤다.

순식간에 회의장은 아수라장으로 변했다. 서류를 집어 던지는 사람, 윗옷을 벗어서 패대기치는 사람, 테이블 위에 뛰어 올라가서 고래고래 소리를 지르는 사람.

그리고 그 아수라장을 단번에 가라앉힌 것은, 갑자기 스피커에서 들려온 소리였다.

"회장님 들어오십니다."

서진호텔 사람들이 황급히 자리에서 일어나 고개를 숙였다. 방금까지 흥분해서 날뛰던 사람들도 놀라서 도로 자리에 앉았다.

이윽고 대회의실의 양쪽 문이 활짝 열리고, 비서들을 거느린 서 회장이 회의실에 들어섰다.

"오셨습니까, 회장님."

유경이 다가가서 고개를 숙이자 서 회장이 물었다.

"지나가다 하도 시끄러워서 들어와 봤네. 무슨 일인가?"

"네, 회장님. 어제 보고드렸던, 어메니티 공모 최종 결과를 발표하는 중이었습니다."

유경이 공손하게 대답하자 서 회장이 반쯤 하얗게 된 눈썹을 찌푸렸다.

"결과가 어디가 어때서?"

그러자 누군가가 자리에서 일어나서 말했다.

"대서양화장품 영업부 부장 문진철입니다. 외람되지만 회장님께 직접 드릴 말씀이 있습니다."

서 회장의 시선이 그쪽으로 향했다. 말해보라는 듯이.

"어제 보고를 받았다면 회장님도 알고 계시겠지만, 선정 기준에 문제가 있다고 생각합니다."

천하의 서진호텔 회장 앞이다. 대서양화장품 부장쯤 되는 사람도 긴장한 기색이 역력했다. 하지만 사안이 사안인 만큼, 끝까지 이의를 제기할 생각 같았다.

"분명 저희 대서양화장품의 '더 퀸'이 훨씬 더 많은 고객의 선택을 받았는데, 중복으로 가져간 고객들이 있어서 먼저 소진됐다는 이유로 2등을 한 제품을 최종 선정한다는 건 도저히 납득할 수 없는 결과입니다."

말을 마치고 났는데도 서 회장은 가타부타 말이 없었다. 그저 날카로운 시선으로 빤히 쳐다보고 있을 뿐이었다.

"······."

대서양화장품 부장의 이마에 식은땀이 배어나기 시작했을 때쯤에야, 겨우 서 회장은 입을 열었다.

"서진호텔이 왜 이번 공모를 했다고 생각하시오?"

"예? 그, 그야 당연히 가장 좋은 제품을 선정하기 위해서겠지요."

부장이 더듬거리며 대답하자 서 회장은 다시금 물었다.

"그 좋은 제품이란 게 뭡니까?"

"그건······."

부장이 말끝을 흐리자 서 회장은 조용히 말했다.

"서진호텔에서의 추억을 가장 아름답게 만들어줄 만한 제품이오."

더없이 덤덤한 말투였다. 마이크도 없고, 목소리가 크지도 않았다. 그러나 서 회장의 목소리는 정확하게 사람들의 귓가에 날아가 꽂히고 있었다.

"가장 비싼 제품? 뭔가 있어 보이는 제품? 그럴 거면 원래 쓰던

해외 명품 어메니티를 계속 썼겠지. 그런데 우리가 원하는 건 그 이상이었단 말이오."

서 회장의 목소리가 조금씩 높아졌다.

"서진호텔을 찾는 이유가 될 수 있는 제품, 서진호텔을 대표하는 특징 중의 하나가 되어줄 수 있는 제품, 시간이 지나도 서진호텔을 다시 찾고 싶게 만드는 제품!"

마지막 말은 천둥처럼 쩌렁쩌렁 조용한 회의실 내에 울려 퍼졌다. 사람들은 놀라서 어깨를 움츠렸다.

"그런 기준에, 귀사의 제품이 가장 어울린다고 자신할 수 있소?"

질문은 처음과 같이 조용하고도 부드러웠다.

그러나 대서양화장품 영업부 부장은 끝내 대답하지 못했다. 아까까지 그토록 날뛰던 대서양 직원들도.

"……."

침묵이 계속되자 서 회장은 천천히 고개를 끄덕이며 시선을 거뒀다. 그리고 마침 테이블 위에 놓여 있던 로열화장품의 어메니티 세트를 집어 들었다.

"좋은 제품이오."

혼잣말처럼, 서 회장이 중얼거렸다.

"이 제품이 탐이 나서 우리 호텔에 투숙하는 외국인 관광객들도 점점 늘어나겠지. 따로 구매를 원하는 손님들도 많을 테니, 납품은 늘 넉넉하게 받아두도록 하게."

"네, 회장님."

곁에 있던 유경이 대답했다.

회의실을 나가기 전, 서 회장은 마지막으로 말했다.

"그동안 대단히 수고들 많으셨소."

승아의 착각이 아니었다면, 그 말을 할 때 서 회장의 시선은 분명 자신을 향해 있었다.

다음 날 아침 여덟 시. 엄마의 지청구가 사자후처럼 터져 나왔다.

"조승아! 너 이놈의 계집애, 진짜 안 일어나? 출근 안 할 거야?"

잠에서 강제로 끌려 나온 승아는 엄마가 빼앗아가는 이불 귀퉁이에 결사적으로 매달렸다.

"오늘 회사 안 가도 된단 말이야. 깨우지 좀 마."

"빨간 날도 아닌데 회사를 왜 안 가!"

"오늘 다들 무단결근하기로 했단 말이야."

그렇다. 어젯밤 영업부는 새벽까지 광란의 축하 파티를 벌였다. 그리고 오늘 전원 사망하기로 합의를 봤다.

"아니, 부장님이 허락했으니까 유단결근인가?"

숙취 때문에 머리가 깨질 듯이 지끈거린다. 속이 울렁울렁 트위스트를 춘다.

"우웩, 우웩."

승아가 얼굴을 잔뜩 찌푸린 채 헛구역질을 하자 엄마가 혀를 찼다.

"어이구, 자알 한다. 말만 한 계집애가 코가 비뚤어지도록 술을 마시고 다니고."

"엄마, 나 쏠려. 꿀물 타다 줘."

"뭐가 어쩌고 저째?"

엄마는 죽일 듯이 눈을 흘기면서도 결국 꿀물을 가지러 방을 나갔다.

혼자가 된 승아는 머리맡에 둔 휴대폰을 켜보았다. 휴대폰의 사진첩에는 어젯밤의 광란의 현장이 그대로 찍혀 있었다. 술김에 찍어둔 모양이다.

"헤헤."

혼자가 된 승아는 숙취의 고통에 시달리면서도 헤벌쭉 웃었다.

'우리가 이겼어. 내가 해냈다구!'

사진을 하나씩 넘겨 보며 다시 한 번 승리의 기쁨을 만끽하고 있는데 갑자기 손에 든 휴대폰이 진동했다. 처음 보는 번호였다.

"네, 로열화장품 조승압니다."

[날세.]

저편에서 들려온 목소리를 듣고, 승아는 놀라서 하마터면 휴대폰을 떨어뜨릴 뻔했다.

"회장님······?"

7장
짜장면을 좋아했던 아이

"안색이 별로 안 좋아 보이는군. 지금쯤이면 얼굴이 확 피어 있을 줄 알았는데?"

회장실로 들어서는 승아의 얼굴을 보고 서 회장이 의외라는 듯이 말했다.

"안녕하십니까, 회장님."

인사부터 꾸벅 하고 나서 승아는 대답했다.

"어젯밤에 축하주를 너무 마셨거든요."

서 회장은 고개를 끄덕이고 비서에게 지시했다.

"손님께는 꿀차로 내오게. 난 아까 마셨으니 주스로."

"예, 회장님."

잠시 후 나온 꿀차로 아픈 속을 달래고 있는 승아에게 서 회장이 말했다.

"어제 일은 축하하네."

"감사합니다, 회장님. 회장님께서 저희 회사에 다시 한 번 기회를 주신 덕분입니다."

"회장님이라니?"

"네?"

"아버님이라고 불러야지. 이제 내 며느리가 될 거 아닌가?"

서 회장이 아무렇지도 않은 표정으로 그렇게 말하는 바람에 승아는 그만 마시던 꿀차에 사레가 들리고 말았다.

"콜록콜록!"

숨이 넘어가게 기침을 하는 승아에게, 서 회장은 역시나 아무렇지도 않은 표정으로 자신의 앞에 놓인 주스 컵을 건넸다.

"자, 마시게."

건네받은 주스를 단숨에 들이마시고서야 승아는 겨우 한숨 돌릴 수 있었다.

"정말, 약속 지키실 겁니까?"

승아가 눈치를 보며 묻자 서 회장이 되물었다.

"그럼. 천하의 서진호텔 회장쯤 되는 인물이 한입 가지고 두말할 줄 알았나?"

"저어, 그럼……."

결혼을 허락해 주겠다는 예비 시아버지께 뭐라고 대답해야 할까. 잠시 고민하던 승아는 자리에서 일어나서 허리를 90도로 숙였다.

"감사합니다, 앞으로 열심히 하겠습니다!"

순간, 너털웃음 소리가 들렸다.

"허허허!"

승아가 놀라서 고개를 들자 서 회장은 즐거운 듯이 소리 내어 웃고 있었다. 그렇게 허허거리는 모습은 전혀 냉혹한 사업가로도, 엄격한 아버지로도 보이지 않았다.

"우리 준형이가 왜 자네한테 빠졌는지 알 것 같구먼."

잠시 후 웃음을 멈춘 서 회장이 눈을 가늘게 뜨고 승아를 바라보며 말했다. 그 우리 준형이, 라는 말이 조금도 어색하게 들리지 않아서 승아는 용기를 냈다.

"저어, 회장님. 한 가지 여쭙고 싶은 게 있습니다만."

서 회장이 고개를 조금 까딱해 보였다.

"회장님은 며느릿감으로 서진호텔의 앞날에 도움이 될 여자를 원한다고 말씀하셨습니다. 그래서 제 능력을 검증해 보고 싶다고 하셨고, 그 결과 약속대로 절 며느리로 받아주기로 하셨고요."

"그래. 그런데?"

"정말 이유가 그것뿐인지 궁금합니다."

승아는 서 회장의 눈을 똑바로 바라보며 물었다.

"제가 아드님의 짝이 되도록 허락해 주시는 이유가, 오로지 제 능력 하나뿐인가요?"

서 회장은 당장 대답하지 않았다.

"……."

승아가 속으로 조마조마하게 기다리고 있는 가운데, 서 회장이 이윽고 소파에서 몸을 일으켰다. 그러고는 창가로 다가가서 창밖에 펼쳐진 바깥 풍경을 내다보았다.

"준형이 그 녀석이 말이야. 어릴 때 짜장면을 무척 좋아했어."

서 회장은 창밖을 바라보며 천천히 말했다.

"그런데 제 어미, 그러니까 녀석한테는 새어머니지. 어미가 그렇게 옷 버린다고 질색을 하고 못 먹게 하는 거야. 워낙 깔끔한 걸 좋아하는 사람이거든."

"……."

"어린애가 그렇게 짜장면을 좋아하는데 그까짓 옷 좀 버리면 어떠냐, 먹게 놔둬라. 그 소리가 목구멍까지 올라오는데 한 번도 그 말을 못 했어. 왠지 아나?"

알 듯도, 모를 듯도 했다.

"글쎄요."

"괜히 나서서 역성을 들었다가 제 어미가 더 괴롭게 굴면 어쩌나 싶었거든."

그쯤에서 승아는 서 회장이 대충 무슨 말을 하는지 눈치챘다. 그리고 화가 치밀었다.

"죄송하지만 그건 비겁한 변명이라고 생각합니다."

상대가 예비 시아버지라는 것도 잠시 잊고 승아는 대들다시피 말했다.

"새어머니께서 아드님께 지금껏 어떻게 대해왔는지, 회장님 같은 분께서 눈치채지 못하셨을 리가 없습니다. 그런데도 그냥 방관하셨죠. 최소한 아버지라면 더 적극적으로 나서서 아들을 지켰어야 하지 않았을까요? 죄송한 말씀이지만, 새 아내와 헤어져서라도 말이에요."

당돌하기 그지없는 말에도 서 회장은 화를 내지 않았다.

"그 말이 맞네. 백번 맞는 말이야."

"그럼 왜 그렇게 하지 않으셨던 건가요?"

"그때는 이미 준수가 태어나 버린 후였거든."

쓸쓸한 목소리에 승아는 움찔해서 입을 다물었다.

"사람이 하는 행동을 보면 그게 진심인지, 아니면 가식인지 정도는 나도 아네. 최소한 준수가 태어나기 전까지 그 사람은 준형이한테 진심이었어. 어려서 엄마를 잃은 아이라 불쌍하게 생각도 했고, 그래서 자기가 낳은 자식처럼 생각하고 잘 돌보려고 노력도 많이 했네. 그건 준수를 낳고 난 후에도 한동안은 마찬가지였어. 자꾸만 준수에게 기우는 마음을 다잡으면서, 어떻게든 똑같이 사랑해 주려고 애를 쓰는 게 눈에 보였지."

거기까지 말하고 서 회장은 한숨을 지었다.

"하지만 결국은 준수에 대한 모성애가 이기고 말았던 거네. 그리고 그 모성애가 점점 준형이를 불쌍한 어린애가 아니라 제 자식의 몫을 위협하는 경쟁자로 보이게 만들었지."

그렇게 중얼거리고 서 회장은 등을 돌린 채로 물었다.

"그 상황에서 내가 대체 어떻게 해야 했겠는가? 이미 준수를 낳은 마당에, 그 어미를 내쳐서 준수까지 엄마 없는 아이로 만들어야 했나?"

승아는 대답할 수가 없었다.

"아니면, 대놓고 준형이를 감싸고돌아서 한층 더 미운털이 박히게 만들었어야 했을까?"

"……."

이번에도 대답할 수가 없었다.

"어차피 나는 사업 때문에 집에서는 거의 잠만 자다시피 하는 사람이었어. 준형이는 집에서 온종일 그 사람과 붙어 있어야 하는데, 내가 섣불리 역성을 들었다가는 그 애 입장만 더 힘들어졌을 거야."

서 회장의 목소리에 괴로움이 어렸다.

"오히려 내가 준형이를 야단치고 무섭게 굴면, 그 사람이 잠시나마 준형이에게 잘해주는 게 눈에 보였거든. 나는 그걸로나마 위안을 삼을 수밖에 없었네. 그 수밖에는 없었어."

어쩔 수 없었다고 하면서도 목소리에서는 진한 후회가 배어나고 있었다. 지금 하는 말이 변명에 불과하다는 사실을, 누구보다서 회장 자신이 잘 알고 있다는 것을 승아는 느꼈다.

"나는 여태 준형이한테 그 좋아하는 짜장면 한 그릇 못 사준 애비야."

이윽고 서 회장이 천천히 승아에게로 시선을 돌렸다.

"그러니 제가 좋아하는 여자랑 살겠다는 것 정도는 들어줘야 되지 않는가?"

그제야 승아는 알았다. 아까 자신이 했던 질문의 답을 이제야 서 회장이 하고 있음을.

"회장님께서 저한테 왜 이런 말씀을 하시는지 알 것 같습니다."

승아도 소파에서 일어났다. 그리고 천천히 창가에 서 있는 서 회장에게로 다가갔다.

"회장님의 진짜 마음을, 제가 아드님께 전해주기를 바라시는 거죠?"

긍정도, 부정도 돌아오지 않았다. 다시금 시선을 돌려 먼 산만 바라보는 서 회장의 등 뒤에서 승아는 조용히 말했다.

"근데 저 안 할래요, 회장님."

어깨가 흠칫 굳어지는 것이 눈에 보였다.

"그러니까 회장님께서 직접 말씀하세요. 지금 하셨던 말씀 그 대로, 아드님한테요."

"……."

"이젠 그러실 때도 됐어요."

"선배, 나 진짜 괜찮아요?"

차분한 아이보리색 스커트 정장을 차려입은 승아가 불안한 듯 이 물었다. 머리도 단정하게 다듬어져 있는 걸 보면 일부러 미용 실에도 다녀온 모양이었다.

"예뻐. 걱정 마."

운전 중이던 준형이 대답했지만 승아는 그래도 안심이 되지 않 는 모양이었다.

"이거 치마 너무 짧지 않아요? 다른 걸로 입을 걸 그랬나?"

안절부절못하는 승아를 안심시키고 싶어서, 준형은 핸들을 잡 고 있던 한쪽 손을 뻗어 승아의 손을 잡아주었다.

"그렇게 긴장할 것 없어. 어차피 아버지도, 어머니도, 준수도 다 이미 만난 적 있잖아?"

"근데 이상하게 한꺼번에 만나자니까 되게 떨린단 말이에요."

승아가 중얼거렸다.

"짐승아, 말이 나왔으니까 말인데. 지난번에 아버지한테 불려 갔을 때 무슨 얘기 했는지 정말 끝까지 말 안 해줄 거야?"

"말했잖아요, 일 얘기 했다고요. 회장님이 저희 회사에 한 번 더 기회 주신 거라니까요."

"그게 다일 리가 없잖아."

"……다른 건 별거 없었어요."

분명히 뭐가 있는데도 불구하고 승아는 여태 시치미를 떼고 있다. 그게 준형의 눈에도 보였다.

승아는 말을 안 하고 있지만 준형은 대충 짐작이 갔다. 아버지의 평소 성품으로 봤을 때 결코 좋은 내용은 아니었을 터다. 아마도 로열화장품에 다시 한 번 기회를 주는 대신 자신과 헤어지라든가 하는 요구가 아니었을까.

물론 아버지와 승아 사이에 그런 약속이 오갔다 해도 준형은 승아를 원망하지 않았다. 승아가 얼마나 그 일에 진심으로 매달려 왔는지 잘 아니까. 게다가 그때는 어차피 이미 자신에게 이별을 선언한 후가 아니었던가.

하지만 승아가 그런 약속을 했다고 해도 물론 준형은 그 약속을 지켜줄 생각이 손톱만치도 없었다. 어차피 아버지와의 사이에 지킬 의리 따윈 없으니까.

"너무 걱정하지 마."

준형은 잔뜩 긴장해 있는 승아를 다시 한 번 위로했다.

"아버지가 너한테 무슨 말을 했든, 앞으로 무슨 요구를 하든 내가 다 막아줄 테니까."

그러자 승아는 한숨을 쉬었다. 그러고는 무슨 생각을 했는지, 불쑥 말했다.

"선배, 나 부탁 하나만 할게요."

"뭔데?"

"이따 선배 아버님이 무슨 말씀을 하시든 간에 끝까지 앉아서 들어줘요."

"음?"

영문 모를 소리에 준형은 의아했다.

"무슨 뜻이지?"

"묻지 말고요. 그냥 내 부탁이니까 들어줘요. 네?"

어제저녁에 갑작스럽게 회장실에서 연락이 왔다. 중대 발표가 있으니 오늘 저녁에 본가로 오라는 것이었다. 준수를 부른 것까지는 가족이니까 당연하다고 치지만, 승아까지 불러서 함께 오라는 지시에 준형은 불안감을 느꼈다. 그 중대 발표라는 게 뭔지는 몰라도 결코 반가운 내용은 아닐 것 같았다.

그래서 준형은 미리 마음의 각오를 하고 있었다. 분위기 돌아가는 거 봐서, 여차하면 승아의 손목을 잡고 뛰쳐나올 생각이었다.

그러나 승아는 무슨 생각인지 조르다시피 말하는 게 아닌가.

"그래 줄 거죠?"

준형은 마지못해 고개를 끄덕였다. 승아의 부탁이었으니까.

"알았어."

그제야 승아는 조금 마음이 놓인다는 듯이 생긋 웃었다.

기묘한 저녁 식사 자리였다.

아버지와 새어머니가 마주 보고 앉은 가운데, 준형의 옆에는 승아가, 그리고 맞은편에 앉은 준수의 옆에는 유경이 앉아 있었다. 이상한 자리 배치에다 이상한 멤버 구성이었다.

"근데 유경이 누나까지 웬일로 온 거야?"

준수도 그렇게 말했을 정도였다.

'대체 뭘 꾸미고 계시는 거지?'

묵묵히 식사 중인 아버지의 얼굴을 쳐다보며 준형은 생각했다. 설마하니 유경과 승아를 둘 다 불러놓고, 그 자리에서 승아에게 모욕을 줘서 쫓아낼 생각인 걸까. 그렇다면 아무래도 아까 승아와 했던 약속은 지킬 수 없을 것 같다.

"준형이, 밥 더 먹을래? 모자라지 않니?"

그 와중에 새어머니인 민 여사는 자상하게 준형을 챙겼다.

"아녜요, 어머니. 저 많이 먹었어요."

준형도 언제나 그랬듯이 미소를 지으며 대답했다.

"그렇게 먹는 게 부실해서 어째. 혼자 살면서 대충 먹다 보니 양도 줄었나 보다."

"잘 챙겨 먹고 있으니 너무 걱정 마세요, 어머니."

질식할 것 같은 식사가 겨우 끝났다. 숟가락을 내려놓자마자 성급하게 입을 연 것은 준수였다.

"근데 아버지, 대체 중대 발표가 뭐예요? 저 궁금해서 진짜 숨넘어가겠어요!"

이윽고 서 회장이 천천히 주위를 둘러보고는 입을 열었다.

"오늘 너희들을 이렇게 모이라고 한 것은."

준형은 긴장한 티를 내지 않으려고 애를 썼다.

"준수 결혼 문제에 대해서 얘기하기 위해서다."

준형은 잠시 멍해졌다. ……준수? 내가 아니라?

똑같은 생각을 준수도 한 모양이었다.

"에이, 아버지! 준형이 형을 잘못 말씀하신 거죠?"

준수가 장난스럽게 웃으며 말했다. 그러나 서 회장의 얼굴에는 한 점의 미소조차 없었다.

"준수와 유경이를, 올해 안으로 결혼을 시켰으면 한다."

"……!"

쨍그랑, 하는 소리가 났다. 승아가 들고 있던 숟가락을 바닥에 떨어뜨린 것이었다.

"죄송합니다."

얼굴이 붉어진 승아가 얼른 사과했지만 서 회장은 거들떠보지도 않았다.

"여, 여보, 그러니까 우리 준수랑 유경이를, 맺어준다는 말씀이세요?"

민 여사도 당황을 감추지 못했다. 아마도 새어머니조차 처음 들는 얘기인 것 같았다.

"제가요? 유경이 누나랑요? 결혼이요? 혹시 각자는 아니고요?"

당사자인 준수는 옆자리에 앉은 유경과 자신을 손가락으로 번갈아 가리키며 눈이 튀어나올 것 같은 표정을 하고 있었다. 역시 금시초문인 모양이었다.

모든 사람이 당황하고 있는 가운데, 오로지 한 사람만이 놀라지 않고 있다는 것을 준형은 깨달았다. 바로 유경이었다.

그 사실을 민 여사도 깨달은 듯, 황망한 얼굴로 유경에게 물었다.

"유경아, 이게 대체 무슨 일이니? 갑자기 네가 우리 준수랑 결혼이라니. 응?"

유경은 조금 부끄러운 듯이 눈을 살짝 내리깔면서도 또박또박 대답했다.

"저와 준수 씨를 결혼시켜서 함께 호텔을 잇게 하는 게 회장님 뜻이세요, 어머님."

그 순간, 민 여사의 눈이 번쩍 빛났다.

그제야 준형은 깨달았다. 이 자리에 자신은 들러리였던 것이다. 아버지가 자신을 일부러 불러낸 것은, 호텔을 준수에게 물려주겠다고 선언하기 위해서였다.

오랜 꿈이 산산조각 나는 순간이었다.

"……."

잠시 침묵이 흐르는 가운데 준형의 마음속에서는 만감이 교차

했다.

섭섭하지 않다면 거짓말이다. 그토록 오랫동안 품어왔던 목표이자 꿈인데.

그러나 놀랍게도, 허탈한 마음 한편으로 준형은 해방감을 느꼈다. 이제 더는 가면을 쓰고 살아가지 않아도 된다. 싫은 사람 얼굴 보면서 억지로 웃지 않아도 된다.

무엇보다 승아가 자신을 부담스러워하는 이유가, 이제는 사라졌다.

준형이 그렇게 생각하고 있을 때 갑자기 준수가 고함을 쳤다.

"멋대로들 결정하지 마세요!"

분노에 찬 목소리에 준형도 깜짝 놀라 준수를 쳐다보았다. 늘 웃는 얼굴을 하고 있는 쾌활한 동생이, 이토록 화를 내는 걸 보는 것은 준형도 오늘이 처음이었다.

"아버지, 전 유경이 누나랑 결혼 못 합니다. 물론 호텔도 물려받을 수 없고요. 제가 그럴 능력도, 마음도 없다는 거 잘 아시면서 갑자기 왜 이러세요!"

준수가 반은 화내듯, 반은 매달리듯 서 회장에게 말했다. 서 회장은 그저 입을 다문 채 지그시 준수를 바라보고만 있었다.

"뭐라고 말씀 좀 해보세요, 아버지! 예?"

"애가 왜 이래, 버릇없이."

민 여사가 흥분한 준수를 말렸다.

"아버지가 시키시는 일이면 예, 하고 순순히 따라야지. 이게 무슨 짓이니?"

그렇게 타이르는 민 여사의 목소리에도 다른 의미의 흥분이 깃들어 있었다. 그토록 원하고 기다렸던 것이 드디어 손에 들어왔다는 기쁨!

"엄마도 작작 좀 해요!"

그러나 준수는 말리는 제 어머니의 팔도 뿌리치며 화를 냈다.

"그놈의 호텔, 호텔, 호텔! 그것 때문에 어릴 때부터 형이랑 내 사이, 아버지랑 형 사이, 어머니랑 내 사이! 그렇게 갈라놓고도 여태 부족해요? 네?"

아들이 대놓고 치부를 지적하자 민 여사가 얼굴을 확 붉혔다.

"주, 준수야, 너 무슨 말을……!"

더듬거리는 어머니에게서 시선을 돌려 준수가 준형을 쳐다보았다.

"형. 나 호텔 안 가져. 아니, 못 가져. 그러니까 형이 가져, 응?"

간곡한 목소리에 준형은 놀랐다.

"난 알아. 어릴 때부터 형 꿈이 서진호텔을 물려받아 키우는 거였다는 거."

준수는 애원하듯 말했다.

"내 꿈은 뭐였는지 알아? 형 옆에서, 형이 서진호텔을 키우는 걸 열심히 돕는 게 꿈이었어. 그래서 어릴 때처럼 다시 한 번 형이랑 마주 보고 웃는 게 꿈이었다고!"

그렇게 외치는 준수의 눈에는 눈물이 가득 고여 있었다.

"……."

미워하려고 그렇게 애를 써도, 단 한 번도 미워지지 않았던 동생. 그래서 늘 피하기만 해왔던 동생.

그 동생의 진심을 준형은 이제야 깨달았다. 그리고 동시에 미안해서 어쩔 줄 몰랐다. 준수는 자신을 이토록 생각해 주고 있었는데, 형인 자신은 동생을 여태 믿어주지 못했다.

"고맙다, 준수야."

준수에게라면 기쁘게 호텔을 양보할 수 있을 것 같다. 준형은 진심으로 그렇게 생각했다.

"하지만 앞으로는 내가 널 도와야 할 것 같다. 형이 곁에서 힘껏 도와줄 테니까, 걱정 마."

준형이 미소를 지으며 말했지만 준수는 결국 눈물을 흘리고 말았다.

"싫다니까, 형!"

"진정해요, 준수 씨."

유경이 달래듯 손을 뻗었지만 준수는 손끝이 닿자마자 진저리를 치며 뿌리쳤다.

"이거 놔! 왜 갑자기 나한테 존댓말을 하고 난린데, 징그럽게!"

준형은 한숨을 쉬고는 서 회장을 바라보았다.

"아버지 뜻은 잘 알았습니다. 앞으로는 제가 준수를 열심히 도울 테니 그 점은 걱정 않으셔도 됩니다."

"혀엉!"

"괜찮아, 준수야. 그럼 아버지, 어머니, 더 이상 제가 여기 앉아 있을 필요는 없을 것 같으니 이만 일어나 보겠습니다."

그러나 의자에서 일어나려는 준형의 팔을 잡고 만류하는 사람이 있었다.

"잠깐만요."

승아였다.

"이만 가자, 승아야. 우리 더 이상 여기 앉아 있을 필요 없어."

준형이 부드럽게 타일렀지만 승아는 이렇게 되물었다.

"서진호텔이라고요, 선배가 그토록 꿈꿨던. 근데 이렇게 쉽게 포기할 거예요?"

"이제 됐으니까, 난 신경 쓰지 마."

"아뇨. 난 그렇게 쉽게 포기 못 해요."

"뭐?"

당황하는 준형에게서 시선을 돌려, 승아가 서 회장을 똑바로 쳐다보았다.

"회장님, 저도 나름대로 오랫동안 숙박업을 해온 집안의 딸입니다. 준형 씨를 도와서 호텔 경영 잘해낼 수 있습니다. 그러니까 서진호텔, 저희한테 주세요."

당당한 목소리에 준형은 제 귀를 의심했다. 지금 말하고 있는 여자가 조승아 맞나?

"맞아요! 승아 누나 진짜 잘해낼 거예요. 그러니까 형 주세요! 네?"

준수가 기다렸다는 듯이 돕고 나섰다.

시종일관 입을 꾹 다물고 있던 서 회장이 입을 연 것은 바로 그 때였다.

"그럼 어쩔 수 없군, 달라는 놈 줄 수밖에."

시선이 한꺼번에 집중되는 순간, 서 회장이 다시 말했다.

"준형이, 네가 물려받아라."

"……!"

이번에도 한 사람을 빼고 모든 사람이 경악했다. 그리고 이번에 놀라지 않은 사람은 바로 승아였다. 승아는 놀라기는커녕 서 회장을 바라보며 미소까지 짓고 있는 것이 아닌가!

"여, 여보?"

"회장님!"

민 여사와 유경이 각자 놀란 얼굴로 소리쳤다.

"그럼 어쩌라는 게야? 준수는 곧 죽어도 받기 싫다고 하고, 준형이 색싯감은 잘할 수 있으니까 저 달라는데. 달라는 놈 줘야 제대로 해낼 거 아닌가?"

그제야 준수의 얼굴이 확 밝아졌다.

"에이, 아버지! 깜짝 놀랐잖아요!"

아직도 눈가에 남은 눈물을 주먹으로 쓱 훔쳐 내며 준수는 웃었다.

"형, 괜히 섭섭해하지 마. 어차피 아버지, 처음부터 나 줄 생각도 없으셨어."

그 말에 준수 곁에 앉은 유경의 얼굴이 흙빛으로 변했다.

"그렇죠, 아버지?"

서 회장이 뭐라고 대답하기도 전에 민 여사가 더듬거리며 끼어들었다.

"아니, 네 것 내 것이 어디 있니. 형제니까 아버지도 다 똑같이 생각을……."

"엄마도 이제 포기해요, 그만."

민 여사를 바라보는 준수의 눈빛은 연민에 차 있었다.

"처음부터 서진호텔은 형 거였다고요. 근데 엄마가 끝내 욕심을 버리지 못하는 바람에 모두가 힘들었어요. 형도, 아버지도, 그리고 나도요."

"준수야!"

민 여사가 더는 못 참겠다는 듯이 새된 소리를 질렀다.

늘 온화하고 자상한 얼굴을 하고 있던 새어머니의 가면이 살짝 비뚤어지면서 엿보이는 진짜 모습을, 준형은 눈을 크게 뜨고 바라보았다.

"형이랑 아버지 따위, 불행해져도 엄마한텐 아무 상관 없겠죠. 오로지 나만 행복해지면."

준수가 안타까운 듯이 그런 어머니를 바라보았다.

"그런데 형이랑 아버지가 불행해지면 나도 행복해질 수 없다는 걸 왜 몰라요, 엄마."

"이제 그만하고 앉아라, 준수야."

서 회장이 타이르듯 말했다.

준수가 도로 자리에 앉자 서 회장이 다시금 입을 열었다.

"방금 말했듯이 내 뒤는 장남인 준형이가 잇는다. 다음 달에 총지배인이 은퇴하면 준형이가 그 자리를 맡도록 해라. 그리고 지금 준형이 자리에는 준수가 앉는다."

엄격한 목소리였다. 그 누구도 감히 이의를 제기할 엄두를 내지 못할 정도로.

"네, 아버지!"

준수가 싱글거리며 냉큼 대답했다. 그런 준수를 바라보는 서 회장의 표정이 잠시나마 부드러워졌다.

"내년에는 형이 회장이 될 게다. 곁에서 열심히 돕거라."

은퇴 선언이었다.

이어서 서 회장은 유경에게로 시선을 돌렸다.

"유경이 너도 내년에는 한자리 높여주마. 앞으로도 준형이 도와서 열심히 일해주거라."

"왜 절 속이신 건가요, 회장님?"

식탁 위에 놓인 유경의 하얀 주먹이 파르르 떨리고 있었다.

"네가 사랑하는 게 내 아들인지 아니면 서진호텔인지 알고 싶었다."

대답하는 서 회장의 목소리는 차분했다.

"그런데 후자더구나. 유경이 네가 그토록 서진호텔을 사랑하는 걸 알았으니까, 승진시켜 준다지 않느냐."

"회장님!"

유경이 식탁을 쾅 치며 자리를 박차고 일어섰다.

"저한테 이러실 수는 없습니다. 아니, 저희 아버지를 봐서라도 이러시면 안 되는 거죠!"

핏발이 가득 선 눈으로 유경이 이를 악물고 으르렁거리듯 말했다. 준형은 놀라서 유경을 쳐다보았다. 어릴 때부터 그녀를 보아왔지만 이토록 이성을 잃은 모습은 처음 보았던 것이다.

"저, 이대로 호락호락 밀려나지 않습니다. 어디 앞으로 한번 두고 보세요."

보는 사람이 다 오싹해질 만큼 분노에 찬 말투였지만 서 회장은 어디까지나 태연했다.

"안타깝구나. 말마따나 네 아버지를 봐서라도 그냥 덮고 넘어가려고 했건만."

"……?"

움찔하는 유경을 그 꿰뚫어 보는 듯한 특유의 눈빛으로 응시하며, 서 회장이 말했다.

"지난번에 호텔에서 납치 미수사건이 있었지. 그걸 사주한 게 누군지, 모른다고는 않겠지?"

그 자리에 있던 모든 사람이 깜짝 놀랐다. 승아는 물론 준형도 마찬가지였다.

서 회장이 그 일에 대해서 알고 있었던 것도 놀랍지만, 마치 그 일의 원흉이 유경이라는 듯한 말투가 더더욱 경악스러웠다.

그렇지 않아도 준형 역시 미심쩍게 생각은 했었다. 하지만 설마하니 유경이 그렇게까지 하리라고는 생각하지 않았기 때문에, 그 이상 의심하지 않고 넘어간 거였다.

그런데 정말로 유경이었다는 건가?

"회, 회장님!"

유경이 눈에 띄게 당황하는 빛을 보였다.

"그럼 그게 노 실장님, 아니, 그쪽 짓이었어요?"

승아도 목소리를 높였다.

"뒤에서 그런 짓을 해놓고 나한테는 친구니 뭐니 하면서 친한 척한 거예요? 그래요?"

친구라니. 그것 역시 준형은 전혀 모르는 얘기였다.

준형은 새삼스럽게 유경을 쳐다보았다.

여자로서 바라본 적은 없지만 어릴 때부터 여동생처럼 여겨왔기에, 마음 한구석에 미안함이 남았던 게 사실이다. 유경의 마음을 알면서도 받아주지 못한 데 대한 미안함.

그런데 실상은 어떤가.

유경은 서진호텔을 물려받기 위해 자신이 아니라 동생 준수와 결혼하는 것도 기꺼이 받아들였다. 그것도 모자라 뒤에서 사람을 시켜 승아를 해치려고까지 했다.

준형이 충격에 휩싸여 있는데, 서 회장이 다시금 말했다.

"간 크게도 내 호텔에서 그런 짓을 벌였으면 수습 정도는 제대로 했어야지. 입막음도 똑바로 못 해서 그쪽이 협박하러 호텔까지 왔다가 경찰에 잡혀가지 않았느냐."

이제 유경의 얼굴은 새하얗게 질리다 못해 파랗게까지 보였다.

"그래도 내 조용히 덮어두고 넘어가려 한 것은 평생 우리 호텔을 위해 일해준 네 아버지를 봐서기도 하고, 또 호텔에 대한 네 열정만은 거짓이 아니라고 생각했기 때문이다."

서 회장의 표정이 갑자기 싸늘하게 변했다.

"그런데 뭐, 앞으로 두고 보자? 네가 감히 누굴 협박해!"

쩌렁쩌렁 울리는 고함에 유경이 떨리는 목소리로 매달렸다.

"회, 회장님, 용서해 주십시오. 제가 그만 실수를 했습니다. 한 번만 용서를⋯⋯."

그러나 서 회장은 딱 잘라 말했다.

"그런 짓을 저지른 널 계속 호텔에 두고 일을 시키려고 생각한 게 틀린 것 같구나. 너는 한시도 우리 준형이, 준수 곁에 둘수 없는 인간이야. 언젠가 분명, 어떤 식으로든 해를 끼치고 말거다."

"회장님!"

"나가거라. 우리 호텔에서도, 내 집에서도."

"회장님, 제발! 용서해 주세요!"

유경이 외쳤으나 서 회장은 더 얘기하지 않았다. 대신에 말없이 손을 들어 비서를 불렀다.

"나가시죠, 노 실장님."

"이거 놔!"

유경이 몸부림을 치며 반항했지만 소용이 없었다. 결국 유경은 비서들에게 붙들려 강제로 끌려 나가고 말았다.

"오랜 세월을 두고 내 충분히 심사숙고해서 내린 결정이다. 토를 달았다간 용서치 않을 테니 그렇게들 알거라."

서 회장은 담담하게 말을 맺었다.

그 말이 새어머니를 향한 경고임을 준형은 눈치챘다. 아니나 다를까, 민 여사는 분한 표정으로 입술을 꽉 깨물고 있으면서도 뭐라고 이의를 제기하지는 못했다. 방금 유경이 눈앞에서 질질 끌려 나가는 것을 본 직후가 아닌가.

이제 모든 일이 다 제대로 정리되었다.

그토록 꿈꿔왔던 일이 이제 드디어 이뤄지게 됐는데, 준형은 기쁨보다는 다른 감정이 앞서는 것을 느꼈다.

바로 분노와 원망이었다.

"왜 접니까?"

준형은 대들 듯이 말했다. 지금껏 단 한 번도, 아버지에게 해본 적이 없는 말투였다.

"아버지는 늘 저한테 모자란 놈이라고, 그렇게 해서 서진호텔을 물려받는 게 가당키나 한 줄 아느냐고 야단치지 않으셨습니까. 그런데 왜 이제 와서 접니까?"

"형! 그건……."

"가만히 있어, 준수야."

준수가 끼어들려 했지만 승아가 제지했다.

"회장님, 아니, 아버님이 직접 말씀하시게 가만히 있어. 이번엔 직접 하셔야 해."

준형은 승아를 새삼스러운 눈으로 쳐다보았다. 아까부터 승아는 대체 무슨 생각을 하고 있는 것일까. 저렇게 행동하는 이유를 도저히 알 수가 없었다.

"준형아."

이윽고 서 회장이 준형의 이름을 불렀다. 그리고 준형의 눈을 물끄러미 바라보았다. 마치 뭔가 할 말이 있는 것 같은 눈빛으로.

"그런 눈으로 쳐다보지 마세요!"

그 순간, 준형은 폭발하고 말았다.

"아버지가 그런 눈으로 저를 보시면 안 되지요. 그럴 자격 없으십니다!"

이를 악문 채로 준형은 말했다.

"아버진 지금까지 저한테 자상한 말 한마디 해주신 적 없는 분입니다. 한마디 격려를 해주신 적도, 말없이 등 한 번 두드려 준 적도 없는 분이세요. 그런데 이제 와서 그런 눈으로 쳐다보시면 저더러 뭘 어쩌라는 겁니까!"

서 회장은 아무 말도 없었다. 그저 아까와 같은 눈빛으로 준형을 바라보고만 있을 뿐.

"가자, 승아야."

준형이 일어나서 승아의 손목을 잡아끌었다. 더 이상 여기 앉아 있고 싶지 않았다.

"아까 나랑 약속했잖아요."

하지만 승아는 일어나지 않고 버텼다.

"조승아!"

"용서하라고 안 해요. 화해하라고도 안 해요. 그냥, 앉아서 끝까지 들어만 달라고요."

매달리는 듯한 눈빛으로 승아가 준형을 올려다보았다.

"그게 그렇게 어려워요?"

사랑하는 여자의 부탁이다. 준형은 입술을 깨물며 도로 자리에 앉았다.

"말씀하시죠. 듣겠습니다."

스스로 듣기에도 너무나 차가운 목소리로, 준형은 내뱉듯이 말했다.

"……"

한참 동안이나 침묵이 흘렀다.

그리고 그 침묵 끝에 서 회장은 힘들게 말했다.

"내가…… 잘못했다, 준형아."

8장
결혼 준비

승아네 집 대청마루에 준형이 무릎을 꿇고 앉았다. 그 옆에는 물론 승아도 함께였다.

"허락해 주십시오, 어머님."

하지만 승아의 엄마는 쉬이 고개를 끄덕이지 못했다. 그저 앞에 놓인 찻잔을 한참 동안 들여다보고 있을 뿐이었다.

"……."

소리 없는 한숨이 승아의 귀에까지 들려오는 것 같았다.

늘 준형을 사위로 삼고 싶어 했던 엄마지만, 준형의 집안과 배경을 알고 나서는 아무래도 쉽게 허락하기가 힘든 모양이었다. 승아에게 마음 접는 게 좋겠다는 말까지 했었으니까.

차가 거의 식어갈 때쯤에야 엄마는 겨우 입을 열었다.

"그야 둘이 서로 좋다니까 허락할 수밖에 없겠지. 하지만 아무래도 나로서는 걱정이 될 수밖에 없네. 평범하기 짝이 없는 내 딸이, 그런 대단한 집안에 들어가서 어디 버텨내기나 할지……."

승아가 얼른 나섰다.

"걱정 마, 엄마. 나 잘해낼 수 있어. 도련님 되실 분은 나한테 누나, 누나, 하면서 얼마나 따르는데. 시아버님 되실 분도 내 편이고."

씩씩하게 말했지만 엄마는 되물었다.

"그럼 시어머니는?"

"시어머닌 좀……."

승아가 말끝을 흐리자 엄마의 한숨이 이어졌다.

"우리 승아, 나한테는 귀한 딸이야. 물론 자네도 그 집에선 귀한 아들이겠지만."

그 말에 준형이 자세를 바르게 하고 고쳐 앉았다.

"승아 시집살이 당할 일 없으니 걱정하지 마십시오. 제가 그렇게 두지도 않겠지만, 어차피 부모님과 사이가 좋은 편이 아니라서 별로 만날 일도 없을 겁니다."

그러나 엄마는 더욱더 얼굴이 어두워져서 고개를 저었다.

"그게 결코 좋은 게 아니야. 평생 안 보고 살 수 있는 것도 아닌데."

"어머님."

"결혼해서 아이라도 낳아보게. 부모님이 손자를 보고 싶어 하실 텐데 어떻게 안 만나고 살겠나?"

엄마가 한숨을 내쉬었다.

"내 무슨 사정이 있는지는 잘 모르겠지만, 부모 자식 간에 아예 연을 끊을 정도가 아니면 웬만해선 풀고 지내는 게 좋아. 이왕이 면 나도 시부모님한테 귀여움받을 수 있는 자리로 우리 승아 시집 보내고 싶지 않겠는가?"

하지만 준형은 물러서지 않았다.

"그 점은 저도 승아에게 미안하게 생각합니다. 대신에 결혼 후 에도 어머님과 계속 같이 살 수 있는 방법을 생각 중입니다."

"뭐라고?"

놀란 것은 승아의 엄마 혼자뿐이 아니었다.

"선배, 그게 무슨 소리예요?"

승아가 얼른 준형의 팔을 붙잡고 물었다. 승아 역시 처음 듣는 얘기였던 것이다. 그러나 준형은 대답 대신에 더없이 진지한 얼굴 로 승아의 엄마를 바라보고 있었다.

"말도 안 되는 소리 말게. 한창 깨가 쏟아질 신혼에 내가 왜 끼 어들어 방해를 하겠나?"

승아의 엄마도 정색을 했다.

"승아가 늘 걱정했었습니다. 결혼하면 어머님 혼자 되실 게 마 음에 걸린다고요. 그렇게 불편한 마음으로 신혼인들 어떻게 즐길 수 있겠습니까."

"하여튼 저것이!"

엄마가 갑자기 눈을 부라리는 바람에 승아는 찔끔해서 어깨를 움츠렸다.

"승아 저것이 철이 없어서 그런 소릴 했나 본데, 난 시집간 딸년까지 끼고 살 생각 추호도 없으니 딴생각 말게. 하루하루 손님들 뒤치다꺼리하는 것만도 힘든데 무슨."

엄마는 생각만 해도 끔찍하다는 듯이 손을 휘이휘이 내저었다.

"그것도 걱정하실 것 없습니다. 앞으로는 힘들지 않게 해드릴 테니까요."

"그게 무슨 말인가?"

"이 집을 서진호텔 별관으로 만들까 합니다."

놀라서 눈이 둥그레진 엄마에게, 준형은 예전에 승아에게 말했던 적이 있는 계획을 간단하게 설명했다.

"……물론 어머님께서 허락하신다면 그렇게 하겠다는 얘깁니다. 그러니까 잘 생각해 봐주시면 좋겠습니다."

"난 그렇게 했으면 좋겠어, 엄마."

곁에서 듣고 있던 승아가 슬며시 거들었다.

"나 시집가면 엄마 혼자 고생하는 거 차마 못 보겠다고 말했더니 선배가 생각해 준 거야. 엄마 위해서."

"정말 그럴 필요 없대도, 글쎄!"

어쩔 줄 몰라 하는 엄마에게 준형이 불쑥 말했다.

"아까 어머님께서 저더러, 집에서는 귀한 아들일 거라고 하셨지요?"

"당연하잖은가. 이렇게 잘났는데 오죽이나 귀한 아들일까."

"아뇨, 어머님. 전 한 번도 귀한 아들이었던 적 없습니다. 어릴 적부터 새어머니 슬하에서 늘 천덕꾸러기였어요."

엄마가 조금 놀란 얼굴로 준형을 쳐다보았다.

"그러니까 이젠 어머님 아들이 돼서 저도 귀하게 사랑받고 싶습니다."

"준형 군……."

"승아랑 똑같이, 저도 자식이라고 생각해 주실 수 없을까요?"

결국 준형이 이겼다.

"그래, 그래, 내 그렇게 할 테니 아무 걱정 말게."

준형의 두 손을 꼭 붙잡고, 승아의 엄마는 끝없이 고개를 끄덕였다.

서 회장이 서진호텔 별관 신설에 대한 보고서를 읽고 있는 동안 준형은 그 앞에 묵묵히 서 있었다.

한참 만에야 서 회장이 서류에서 눈을 떼고 아들을 바라보았다.

"네가 생각해 낸 계획이냐?"

"그렇습니다."

준형이 대답했다.

"내가 알기로는 승아 그 아이 집이, 여기서 말하는 한옥마을에 있는 걸로 아는데. 계획에는 그 집도 포함되는 거고?"

"예."

"그럼 설마 그 아이 때문에 생각해 낸 일이냐?"

준형은 굳이 부정하지 않았다.

"그런 이유도 없지는 않습니다."

"만약에 내가 반대한다면?"

역시 준형은 한 치도 망설이지 않고 대답했다.

"아버지께서 물러나신 후에 추진하도록 하지요."

서 회장이 지그시 준형을 바라보았다. 준형은 그 눈빛을 피하지 않고 정면으로 아버지를 바라보았다.

"한번 해보거라. 널 믿겠다."

잠시 후, 서 회장이 시선을 돌리며 중얼거렸다.

준형에게 있어서는 아버지에게서 난생처음으로 듣는 긍정의 말이었다.

아버지 나름대로 화해를 청해오는 뜻이라는 것을 준형도 알고 있다. 하지만 아직 준형은 아버지가 내미는 손을 잡을 기분이 들지 않았다.

"감사합니다. 힘껏 추진해 보겠습니다."

준형이 고개를 숙이자 서 회장이 화제를 바꾸었다.

"그래, 상견례는 언제쯤 하자고 하더냐?"

준형은 잠시 망설이다 솔직히 대답했다.

"죄송하지만 될 수 있으면 생략했으면 좋겠습니다."

준형 역시 상견례에 대해서 생각해 보지 않은 것은 아니었다. 하지만 자신부터가 부모와 서먹한 마당에, 그리 화기애애한 그림이 나올 것 같지 않았다.

특히 아버지보다도 새어머니 쪽이 마음에 걸렸다. 서 회장이 준형을 공식 후계자로 선언하고 난 이후, 새어머니가 며칠이나 몸져누웠다고 준수에게 전해 들은 준형이었다. 도저히 그런 새어머니가 승아 어머니에게 예의를 갖춰 제대로 대하리라고 생각되지 않았다.

"어머니도 아마 그런 자리는 불편하실 테고, 사실 승아 어머님께서도 제 환경에 대해서 꽤나 부담스러워하십니다. 직접 만나게 되면 더하겠지요. 그러니 아버지만 이해해 주신다면 그냥 상견례 없이 결혼식에만 참석해 주셨으면 합니다."

서 회장의 얼굴에 잠시 서운함이 스쳤다. 그러나 돌아온 것은 담담한 대답이었다.

"그렇기도 하겠지. 그럼 그렇게 하도록 하자."

"이해해 주셔서 감사합니다."

"준형아."

돌아서는 아들을 서 회장이 불러 세웠다.

"결혼 후에도 지금처럼 나가 살 작정이냐?"

"아무래도 그편이 저도, 새어머니도 서로 편할 테니까요."

그러자 서 회장이 물었다.

"그래도 가끔씩 주말에는 집에 들를 테지?"

또다시 내밀어 오는 손이 어색하고 불편하기만 해서, 준형은 한숨을 쉬었다.

얼마 전, 아버지에게서 처음으로 미안하다는 말을 듣고 나서 준형은 아무 대답도 할 수 없었다. 그때 심란해하는 준형에게 승아는 이렇게 말했었다.

"그냥 선배 마음 가는 대로 해요."

"내 마음…… 가는 대로?"

"네. 용서니, 화해니, 말이 쉽지 그게 마음대로 되는 일이 아니잖아요. 그러니까 선배 마음 편한 대로 해요. 안 되는 거, 억지로 어찌 하려고 들지 말고요."

그렇게 말하고 승아는 위로하듯 준형의 손을 잡았다.

"시간이 지나서 조금씩 마음이 풀리면 다행인 거고, 아니라도 어쩔 수 없는 거예요. 끝까지 마음이 풀리지 않는다고 해도, 아무도 선배한테 속 좁은 아들이라고 손가락질하지 않아요."

승아의 그 말에 오히려 거짓말처럼 마음이 편해졌었다.
"시간을 주십시오."
준형이 아버지를 바라보며 말했다.
"지금 당장은 저도 아버지를 어떻게 대해야 할지 모르겠습니다. 제게도 생각할 시간이 필요합니다."
"준형아……."
"그러니까 기다려 주셨으면 좋겠습니다. 언제까지가 될지는 저도 모르겠지만요."
서 회장이 고개를 끄덕였다.
"그래, 그렇게 하마."

양가의 결혼 허락이 떨어지자마자 준형은 서진호텔 별관 신설부터 서둘렀다.

서 회장이 대금에 개의치 말고 적극적으로 추진하라고 힘을 실어준 덕분에 일은 생각보다 순조롭게 진행되었다. 최대한 원래 있던 건물과 나무 등을 그대로 살려서 진행하겠다는 조건을 붙인 덕에, 승아네 집을 포함해서 주위의 몇 집이 어렵지 않게 서진호텔의 소유가 되거나 혹은 장기간 임대에 동의했다.

　준형은 공사에 필요한 자재 하나하나까지 직접 체크할 정도로 이 일에 전력으로 매달렸다. 어찌나 바쁜지 매일같이 야근에 외근에, 심지어 승아와도 일주일씩 못 만나기도 할 정도였다.

　한편 승아로서는 그러는 준형의 행동이 좀 의아했다.

　분명 양가 허락을 받기 전까지만 해도 그는 굉장히 결혼을 서두르는 눈치였다. 그런데 왜 정작 허락이 떨어지고 나니 결혼 준비는 뒷전이고 일에만 매달리고 있는 건지.

　솔직히 섭섭하기도 했지만 승아는 그러려니 하고 이해하기로 했다. 서진호텔에 들어온 후 준형이 처음으로 직접 추진하는 큰 프로젝트가 아닌가. 게다가 그 안에 승아네 집도 포함되어 있으니 조금도 소홀히 할 수 없을 터였다.

　그리고 사실 승아 역시 결코 한가하지 않았다.

　로열화장품의 어메니티가 공모에 최종 통과한 것까지는 잘 해 냈다지만, 그 제품을 대량 생산해서 차질 없이 납품하는 것은 또 다른 문제였던 것이다. 그것도 마지막에 통과된 외국인용 버전과 처음에 냈던 버전 두 가지를 동시에 준비하는 일이 결코 쉽지는 않았다.

　그렇게 둘 다 눈코 뜰 새 없는 나날을 보내는 동안에 몇 달이 훌찍 지났다. 봄도, 여름도 어떻게 지나갔는지 몰랐다. 서로 한숨 돌릴 때쯤 되자 이미 바람이 한결 선선해져 있었다.

그리고 생각지도 못한 말싸움이 벌어지게 된 것은 슬슬 본격적으로 결혼 준비를 시작하려던 어느 날의 일이었다.

퇴근 후에 만난 두 사람은 산책 겸 해서 나란히 공원을 걸었다.

한낮의 햇볕은 뜨거웠지만 저녁에는 제법 선선해져서 산책하기 좋았다. 어디선가 불어온 시원한 바람 한 줄기에 눈을 가늘게 뜨며 승아가 말했다.

"벌써 9월이네요."

곁에서 걷던 준형이 고개를 끄덕였다.

"그러게. 시간이 지나가는 게 참 빠르군."

"공사는 잘 진행되고 있어요?"

"내가 신경 쓸 일은 많이 줄었어. 그러니 이제 결혼 준비에 전념할 수 있을 것 같아."

"간단하게 해요. 요란하게 한다고 잘사는 것도 아니고."

그렇게 말하던 승아는 문득 며칠 전에 엄마가 했던 말을 떠올렸다.

"참, 결혼식 말이에요. 우리 쪽은 하객이 그렇게 많지 않을 것 같대요. 많아야 한 백 명 정도?"

승아가 말하자 준형이 고개를 끄덕였다.

"그럼 이쪽도 그 정도로 맞추도록 하지."

"너무 적지 않겠어요? 아버님 쪽 손님들만 해도 수백은 넘을 텐데."

"그것까지 신경 쓸 필요 없어. 내 손님은 아니니까."

"하지만……."

그렇게 말하던 승아는 문득 걸음을 멈췄다. 저만치 앞에 있는 무언가가 눈에 들어왔던 것이다.

공원 한가운데 있는 분수 앞에, 수많은 촛불로 두 겹의 커다란 하트가 만들어져 있었다. 그리고 그 가운데에는 빨간 장미꽃 장식과 함께 예쁜 케이크가 놓여 있었다.

'설마!'

승아는 순간적으로 얼굴이 붉어지며 가슴이 두근거렸다. 혹시 준형이 준비한 프러포즈 이벤트인가, 하고 생각했기 때문이다.

그렇지 않아도 승아는 준형에게 여태 제대로 프러포즈를 받지 못해 은근히 속상한 터였다. 물론 결혼하자는 말은 들었지만 그게 다가 아니지 않은가. 그렇다고 제대로 해달라고 말하려니 왠지 속 좁은 여자처럼 보일 것 같아 말도 못 하고 있었는데, 이렇게 몰래 준비해 줬을 줄이야.

"선배……!"

승아가 기쁨에 차서 준형을 부른 그 순간이었다. 갑자기 주위에서 불꽃이 펑펑 터지며 음악이 흘러나왔다.

나와 결혼해 줄래.

그리고 동시에 준형의 어깨 너머에서 한 남자가 꽃다발을 내밀며 무릎을 꿇었다.

"서현아, 나랑 결혼해 줘!"

순간 승아의 얼굴은 구겨진 종잇장처럼 되고 말았다. 뭐야, 내가 아니었잖아!

"프러포즈 한번 요란하게도 하는군."

한술 더 떠서 옆에서 준형이 그렇게 말하는 바람에 승아는 그만 심사가 뒤틀리고 말았다.

"보기 좋기만 한데요, 뭐."

"저게?"

준형이 의외라는 듯이 말했다.

"아예 안 하는 것보다는 낫잖아요?"

들으라고 일부러 한 소리였는데 정말 어이없게도 준형은 못 알아듣는 눈치였다. 아무렇지도 않게 다시 걸음을 옮기는 것이 아닌가?

그래서 승아는 유치해지는 기분을 꾹 참고 콕 집어 말할 수밖에 없었다.

"선배처럼 허락도 안 받고 막 결혼 진행하는 것보다는 낫다고요."

그러자 준형이 걸음을 멈추고 승아를 쳐다보았다.

"이제 와서 새삼스럽게 무슨 소리야. 진작 허락했던 거 아닌가?"

"아니거든요?"

승아는 발끈했다.

"잘 생각해 봐요. 내가 언제 승낙했었어요? 거절한 적은 있지만."

준형은 가만히 생각에 잠기는 듯한 얼굴을 하더니 그제야 아, 하고 중얼거렸다.

"그랬던가?"

"네, 그랬어요!"

승아가 톡 쏘아붙였다.

"그럼 지금 다시 말할 테니까 허락해 줘."

준형은 아무렇지도 않게 그 자리에서 불쑥 말했다.

"결혼하자, 짐승아."

물론 승아가 네, 하고 고개를 끄덕일 리 없었다.

"한국 남자들 이래서 문제야. 프러포즈를 날로 먹으려고 들어요. 오죽하면 설문조사 1위가 프러포즈 안 한다, 일까?"

열변을 토하듯 말했으나 준형은 전혀 이해하는 표정이 아니었다.

"했잖아, 프러포즈. 너희 집 뒤뜰 벚나무 아래서. 기억 안 나나?"

"그게 프러포즈라고요?"

승아는 펄쩍 뛰었다.

"반지는 어디 가고, 장미꽃은 어디 갔는데요!"

그러자 준형이 약간 이마를 찌푸렸다.

"승아 너도 그런 시시한 데 신경 쓰는 여자였어?"

그 말에 승아는 부아가 치밀었다. 프러포즈는 여자의 로망인데,

시시하다니!

"그런 여자라 미안하네요."

승아가 표정을 싹 굳히고 말하자, 그제야 준형은 실수라는 것을 깨달은 모양이었다.

"미안, 그런 뜻은 아니었어."

"미안할 거 없어요. 나 그런 여자 맞으니까."

그렇게 쏘아붙이고 승아는 홱 돌아서서 걸음을 빨리했다.

"그러지 말고, 화 풀자. 응? 내가 실수했어."

준형이 따라오며 황급히 사과했으나 승아는 들은 체도 않고 계속 앞만 보고 걸었다.

"따라오지 말아요!"

"내가 너무 큰 걸 바랐던 건가?"

먹통이 되다시피 한 휴대폰을 들여다보며 승아는 혼잣말처럼 중얼거렸다.

그렇게 말다툼을 하고 혼자 돌아와 버린 지 사흘째. 오늘이 불금인 데다 내일이면 황금 같은 주말인데도 준형에게서는 여태 전화는커녕 메시지 하나 없었다.

"아마 지금쯤 한창 골머리 앓고 있는 모양인데……."

그까짓 프러포즈, 됐으니까 그냥 그만두라고 할까?

살짝 마음이 약해지려고 했지만 승아는 금세 고개를 저으며 마음을 다잡았다.

"아니야. 그래도 받을 건 제대로 받고 넘어가야지!"

그러고 있는데 문득 손에 든 휴대폰이 울렸다. 깜짝 놀란 승아는 확인도 해보지 않고 얼른 전화를 받았다.

"선배?"

[나다, 요것아.]

그러나 전화를 걸어온 상대는 선미였다. 어깨에 힘이 쭉 빠져나간 승아는 퉁명스럽게 대꾸했다.

"무슨 일이야?"

[너 내일 뭐 하냐? 선배랑 데이트 있어?]

"아니, 아직 약속은 없는데. 왜?"

[잘됐다. 우리 오랜만에 산에 가자!]

"웬 산?"

[낮에 순철이한테서 전화 왔더라. 내일 산타 산행 가는데 오랜만에 OB들도 좀 와줬으면 좋겠다고.]

"참, 순철이가 지금 산타 회장이랬지?"

[그래. 우리 졸업 후에 바쁘다는 핑계로 신경도 한 번 못 써줬잖아. 시간 되면 한번 가주자고, 오랜만에 후배들 얼굴도 볼 겸. 어때?]

"그래……?"

그러고 보니 산에 간 지도 꽤나 오래되었다. 귀가 솔깃해진 승아는 흔쾌히 승낙했다.

"알았어, 가자!"

산행 장소는 강원도에 있는 야트막한 산이었다. 가볍게 올라갔다 내려오기 딱 좋은 정도의 산이어서, 오랜만의 산행이었지만 그리 힘들지는 않았다.

오랜만에 맑은 공기를 마시며 산을 오르는 기분도 좋고, 후배들 얼굴 보는 것도 반갑고, 선배들도 여럿 와서 더 반갑고. 모든 게 좋았다. 딱 한 가지만 제외하면.

저녁에 펜션에서 벌어진 술자리에 준형이 왔던 것이다.

"준형 오빠, 진짜 오랜만이에요."

"어쩜 오빤 더 멋있어졌어요?"

그때나 지금이나, 하여튼 인기 폭발인 건 변함이 없구나. 승아는 여자 후배들에게 둘러싸여 있는 준형을 본체만체하며 술잔만 기울였다.

"야, 조승아. 너 그냥 가만히 있을 거야?"

선미가 보다 못해 옆구리를 쿡 찔렀지만 승아는 퉁명스럽게 대꾸했다.

"그럼 어쩌라고."

물론 속으로는 부글부글 끓고 있었다, 한참 전부터.

"참. 그리고 보니 옛날에 준형 오빠, 승아 선배랑 이상한 소문 있지 않았어요?"

갑자기 여자 후배 하나가 손뼉을 치며 말했다. 처음에는 좀 나오다가 준형이 졸업하자마자 더는 나오지 않게 돼버린 애였다. 오늘은 웬일로 오는지 모르겠지만, 승아로서는 솔직히 이름도 기억이 나지 않았다.

"이제 와서 말인데요. 그 소문, 진짜예요?"

여자 후배는 눈을 빛내며 물었다.

"아니."

그렇게 대답한 것은 준형도, 승아도 아니었다. 바로 한쪽에서 열심히 폭탄주를 제조하고 있던 정훈 선배였다.

현재는 잘나가는 증권사 직원이지만 한때는 입이 가벼워서 십원이라는 별명으로 유명했던 정훈 선배. 폭탄주 명인으로 유명했던 정훈 선배. 선미의 남자친구지만, 잘못된 조준으로 인하여 승아의 첫 키스를 빼앗아가고 만 정훈 선배.

그리고 최초에 준형과 승아에 대한 소문을 동네방네 퍼뜨렸던 바로 그 정훈 선배!

바로 그 정훈 선배가 소문을 부정한 것이었다. 이제 와서.

"네……?"

모두들 어리둥절한 얼굴이 되었다. 후배 중 하나가 성질 급하게 물었다.

"그때 분명히 형이 그랬잖아요? 준형이 형이랑 승아 누나가 방에서, 그러니까……."

말끝을 흐리긴 했지만 물론 못 알아들은 사람은 아무도 없었다.

"뭐, 비슷한 일이 있긴 했는데, 그건 사고. 둘이 아무 일도 없었어, 전혀."

정훈 선배가 어깨를 으쓱했다.

"아닌 거 뻔히 알면서 그렇게 말하고 다녔다는 거예요?"

저도 모르게 승아의 목소리가 높아졌다. 그놈의 소문 때문에 졸업할 때까지 고생한 걸 생각하면!

"정훈 선배, 어쩜 그럴 수가 있어요? 나랑 무슨 원수가 졌다고!"

승아는 술김에 따지고 들었다. 그러나 정훈 선배는 전혀 미안해하는 기색이 아니었다.

"그럼 어떡하겠냐, 준형이한테 술 얻어먹은 게 있는데."

"뭐라고요?"

정훈 선배가 눈짓으로 준형을 가리켰다.

"이 자식이 나한테 사흘 연짱으로 양주 먹였단 말이야, 소문 퍼뜨려 달라고."

"……!"

모두가 놀라서 눈을 크게 떴다. 물론 승아 역시 마찬가지였다.

"승아 너 생각하면 못 할 짓이긴 했는데, 준형이 녀석한테 의리도 지켜야 했거든. 미안하다, 승아야."

정훈 선배의 폭탄선언에 주위가 삽시간에 조용해졌다.

"유학은 가야겠고, 기다려 달라기엔 염치가 없고, 그렇다고 그냥 두고 갔다간 다른 놈이 채갈 것 같고."

읊조리듯 나지막이 입을 연 것은 바로 장본인인 준형이었다.

"그때는 선택의 여지가 없었어."

"아무리 그래도 어떻게 그런 짓을……!"

"잘못은 평생을 두고 갚을게."

준형이 일어나서 다가왔다. 흠칫 놀라는 승아의 앞에 무릎을 꿇으며, 준형이 그녀와 눈높이를 맞췄다.

눈이 마주치는 순간 승아는 지금 준형이 뭘 하려는지 깨달았다.

"서, 선배, 지금은 보는 눈이 너무……!"

하지만 말리기에는 이미 늦어 있었다. 준형은 품에서 꺼낸 반지를 승아의 손가락에 끼워주며 말했다.

"그러니까 나하고 결혼해 줘, 조승아."

승아가 목덜미까지 새빨개진 바로 그 순간, 갑자기 불이 확 꺼졌다.

"어? 갑자기 뭐지?"

"정전인가?"

당황한 사람들의 웅성거림 속에 기다렸다는 듯이 입술이 다가왔다.

새까만 어둠 속에서 준형에게 안겨 키스를 받으며 승아는 처음으로 깨달았다. 자신의 첫 키스 상대는 정훈 선배가 아니었다는 것을.

"이로써 너와의 의리는 모두 지켰다, 서준형! 으하하하하하! 아하하하하하!"

마치 식혜 광고의 한 장면 같은 정훈 선배의 웃음소리가 캄캄한 방 안에 울려 퍼졌다.

한동안은 결혼은 뒷전이고 일에만 매달려 있더니, 일단 결혼 준비를 시작하고 나자 준형은 언제 그랬냐는 듯이 착착 빠르게도 준비해 나갔다.

오전에 드레스 투어, 오후에 웨딩 촬영, 하는 식이어서 오히려 승아가 말릴 정도였다.

"이렇게까지 급하게 진행할 필요는 없잖아요? 누가 재촉하는 것도 아닌데."

"이달 안으로 식을 올리려면 서둘러야지."

"네?"

승아는 깜짝 놀랐다. 이달이라고 해봤자 겨우 20일 정도밖에 남지 않았는데!

"대체 뭐가 그렇게 급해서 서두르는 거예요?"

"내가 급해."

웃음기 하나도 없는 얼굴로 준형은 그렇게 대꾸했다.

이해심 없는 여자가 될까 봐 지금껏 입 다물고 있었던 승아도, 도저히 더는 궁금해서 참을 수가 없었다.

"아니, 그렇게 결혼이 급하면 지금까지 왜 결혼 준비는 뒷전이고 일만 했던 거예요?"

"음……."

준형은 뭔가 말하려다 말고 갑자기 시계를 들여다보았다.

"해도 지고 했으니 지금쯤이면 조용해졌겠군."

"네? 어디가요?"

영문을 모르는 승아가 되물었다. 준형은 대답 대신에 그녀의 손목을 잡아끌었다.

"같이 가볼 데가 있어."

대체 어디로 데려가나 하고 은근히 기대했는데, 준형이 차로 향한 곳은 다름 아닌 승아네 동네였다.

"뭐예요, 가볼 데라는 게 겨우 우리 집이었어요?"

김이 새고 만 승아는 입을 비쭉거렸다.

"따라와 봐."

준형은 그렇게만 말하고 차에서 내렸다.

먼저 앞장서서 성큼성큼 가는 준형의 넓은 등을 한껏 흘겨보면서도 승아는 그의 뒤를 따랐다.

준형이 향한 곳은 승아네 집을 포함한 공사 현장의 제일 가장자리에 있는 공터였다. 여기는 원래 옛날에 마을에서 공동으로 사용했던 우물이 있었는데, 언제부턴가 말라 버려서 오랫동안 그냥 방치되어 있던 것을 서진호텔에서 이번에 사들인 것이었다.

"어머, 여기도 건물을 세웠네요?"

낡은 우물터가 사라지고 그 자리에 어느새 아담하고 깔끔한 한옥이 들어서 있는 것을 본 승아는 깜짝 놀라 눈이 커졌다. 집에서 채 몇백 미터도 떨어져 있지 않은 곳이었지만 평소에 이 뒤쪽까지는 와볼 일이 없어서 까맣게 몰랐던 것이다.

"울타리도 따로 만드나 봐요. 와, 예쁘다."

승아가 둘러보며 감탄하고 있는 사이에 어느새 준형은 주춧돌 위에 신발을 벗고 폐쇄형으로 된 마루로 통하는 문을 열고 있었다.

"들어와 봐."

승아는 더더욱 놀랐다.

"벌써 안까지 다 공사 마친 거예요?"

"거의 다 됐을 거야. 서두르라고 했으니까."

"네? 왜요?"

영문을 몰랐지만 승아는 그가 손짓하는 대로 따라서 마루로 올라갔다.

찰칵.

준형이 불을 켜는 순간 승아는 깜짝 놀랐다. 밖에서 볼 때는 완벽한 한옥이었는데, 마루는 소파에 장식장, 커다란 TV까지 놓인 현대식 거실로 예쁘게 꾸며져 있는 것이 아닌가.

부엌도 마찬가지였다. 식탁이 놓여 있고 냉장고나 가스레인지, 오븐에 하다못해 커피머신까지 완벽하게 갖춰진 현대식 주방이었다.

하다못해 선반 위에 예쁜 그릇들까지 다 정갈하게 준비되어 있는 걸 보고 승아는 그제야 뭔가가 이상하다는 것을 느꼈다. 여기는 어디까지나 서진호텔 별관이지, 취사가 가능한 펜션이 아니지 않은가.

'이건 숙박시설이라기엔 좀⋯⋯.'

승아가 거기까지 생각했을 때, 등 뒤에서 준형이 말했다.

"방은 아직 그대로 놔뒀어. 그래도 방 정도는 승아 네가 직접 꾸미고 싶어 할 것 같아서."

"네?"

놀란 승아가 뒤돌아보자 준형이 말했다.

"여기가 우리 신혼집이야."

"⋯⋯!"

승아는 깜짝 놀라 숨을 멈췄다.

"어머님 곁, 떠나게 되는 거 마음 아파했잖아. 여기라면 아주 같이 사는 것도 아니고, 원할 때는 언제든 볼 수 있으니까 너도 마음 놓을 수 있을 것 같아서."

그제야 승아는 깨달았다. 왜 준형이 결혼 승낙을 받자마자 엉뚱하게 일에 매달리기 시작했던 건지. 그것도 다 결혼 준비의 일부였던 것이다.

그렇지 않아도 준형이 결혼 준비를 시작하고 나서도 정작 제일 중요한 신혼집에는 전혀 신경 쓰지 않는 게 이상하다고 생각은 했었다. 지금 준형이 혼자 살고 있는 집도 충분히 넓고 좋으니까 그냥 거기서 계속 살려고 하는 건가 보다 싶어 더 묻지 않았을 뿐이지.

그런데 자신을 위해 몰래 이런 준비를 하고 있었다니.

갑자기 눈시울이 뜨거워져서 승아는 괜히 투정부리듯 말했다.

"나한테는 좀 일찍 말했으면 좋았잖아요. 엄마야 미리 말하면 그러지 말라고 펄쩍 뛰었겠지만."

"깜짝 놀라게 해주고 싶었거든."

준형이 놀리듯이 말했다.

"원래는 이 집을 깜짝 프러포즈 선물로 주려던 건데, 성질 급한 조승아가 집이 다 지어지기도 전에 빨리 프러포즈하라고 들들 볶아대는 바람에 그만."

"아!"

그랬던 거구나. 승아는 그만 얼굴이 붉어지고 말았다.

"어때, 마음에 들어?"

준형이 조금 불안한 듯이 물었다.

"가구나 가전제품 같은 건 최대한 좋은 걸로 하라고 말해두긴 했는데, 혹시 마음에 안 들면 얼마든지 다른 걸로 바꿔도 돼."

"아녜요. 너무너무 마음에 들어요."

"그래도 혹시 나중에 마음에 걸릴 수가 있으니까 잘 봐. 거실 소파나 벽지 같은 것도……."

"아뇨, 정말 마음에 들어요."

승아가 힘주어 말했다.

엄마 곁에 살 수 있게 된 것도 물론이지만, 준형이 이렇게까지 자신을 생각해 준 것이 너무나 기뻤다. 웬만하면 프러포즈 안 하느냐고 구박할 때 억울해서라도 미리 말했을 만도 한데.

준형이 그런 마음으로 준비해 준 집이 어떻게 마음에 들지 않을 수 있을까. 눈길이 닿는 곳에 있는 모든 것들이, 승아에게는 가슴이 벅차도록 예쁘고 좋아 보였다.

너무너무 좋아서 준형을 와락 끌어안지 않고는 못 견딜 정도로.

"앗!"

승아가 갑자기 발돋움해서 목을 확 껴안고 매달리는 바람에 방심하고 있던 준형이 크게 비틀거렸다. 결국 준형은 균형을 잃고 승아를 목에 매단 채로 뒤로 나동그라지고 말았다.

그 와중에도 준형은 승아가 다치지 않게 품에 꼭 안고 있었다.

"괜찮아?"

아래에 깔려 쿠션 노릇을 해준 준형이 걱정스럽게 물었다. 승아는 그런 준형의 얼굴을 위에서 내려다보며 물었다.

"있잖아요. 선배는 내가 그렇게 좋아요?"

"하여튼 짐승아, 머리 나쁘긴. 그럼 싫은데 결혼할까 봐?"

핀잔을 주는 것 같은 말투였지만 목소리는 다정했다.

"나도 선배가 너무너무 좋아요."

그렇게 고백하고, 승아는 눈을 꼭 감았다. 그리고 준형의 입술에 제 입술을 가만히 가져갔다.

쪽.

가볍게 뽀뽀만 하고 나서 승아는 입술을 뗐다. 아니, 떼려고 했다.

그러나 그 순간 준형이 승아의 머리를 손바닥으로 감싸고 제 쪽으로 확 끌어당겼다.

"……!"

본격적으로 뜨겁게 겹쳐져 오는 입술에 깜짝 놀란 승아가 저도 모르게 준형의 가슴을 밀어냈지만 어림도 없었다. 이미 준형의 다른 팔이 승아의 허리를 움직이지 못하게 단단히 끌어안고 있었기 때문이다.

그대로 승아는 옴짝달싹도 못 하고 준형의 몸 위에 포개진 채로 키스를 받았다.

물론 절대 강제라고는 할 수 없었다. 처음에는 좀 놀랐지만, 승아도 곧 눈을 감고 준형의 입술에 빠져들었다. 사랑하는 남자와의 키스가 어떻게 달콤하지 않을 수 있을까. 금세 정신이 아득해졌다.

그리고 승아가 퍼뜩 제정신으로 돌아온 것은, 허벅지 근처에 수상한 감촉을 느끼고서였다.

"……?"

처음에는 준형의 벨트 버클이라든가, 뭐 그런 게 닿는 건 줄 알았다. 하지만 금속치고는 전혀 차갑지 않은 그것이 아무래도 이상하다 싶어 살짝 허벅지로 문질러 확인하는 순간, 키스하고 있던 준형의 입술에서 열띤 신음이 새어 나왔다.

"……으읏."

순간 승아는 그것이 뭔지 확실히 깨닫고 화들짝 놀랐다.

"꺅!"

황급히 몸을 일으키려 했으나 몸은 여전히 꼼짝도 못 하게 붙들려 있었다.

"왜 그래?"

밑에서 준형이 올려다보며 물었다. 여전히 '그것'은 승아의 허벅지에 밀착되어 있는 상태였다.

"그, 그거! 엄마야!"

계속해서 느껴지는 노골적인 감촉에 얼굴이 빨개진 승아가 이러지도 저러지도 못하고 버둥거리는 걸 보고, 준형도 눈치를 챈 모양이었다.

"아, 이거?"

준형이 슬며시 허리를 밀어붙여 오는 바람에 승아는 또다시 비명을 질렀다.

"꺅!"

"이게 어때서? 자연스러운 거잖아."

"하, 하지만!"

물론 그렇다. 하지만 지금껏 승아는 평생 준형과도, 그 외의 그 누구와도 키스 이상의 접촉을 해본 적이 없었다. 그런데 다짜고짜 성난 그것을 피부로 느끼게 되니 당황할 수밖에.

반면에 준형은 너무나도 태연해 보였다.

"뭘 새삼스럽게 놀라고 그래? 그때도 이랬는데."

"그때라뇨?"

"기억 안 나? 그날도 네가 이렇게 내 몸 위에 올라타 있었잖아."

준형이 의미심장하게 웃었다.

"심지어 그땐 알몸이었지."

아, 그때 그 사건!

"사실은 그때, 그대로 확 잡아먹고 싶었는데."

아쉬워 죽겠다는 듯한 말투에 승아는 기겁을 했다.

"미, 미쳤나 봐, 진짜!"

"전혀. 완전히 제정신이었는데?"

"밖에 다른 사람들도 얼마나 많았는데 제정신으로 그런 생각을 해요?"

"생각해 봐. 그때 이미 나는 널 좋아하고 있었을 때잖아. 좋아하는 여자가 그렇게 알몸으로 올라타 있는데 어떤 남자가 그런 생각이 안 들겠어?"

그러더니 준형은 승아의 귓가에 대고 속삭였다.

"비밀 하나 말해줄까?"

듣기가 무서운데 한편으로는 또 듣고 싶다. 결국 승아는 호기심에 지고 말았다.

"뭐, 뭔데요?"

"전에 나한테 그랬었지? 어떻게 미국에 있는 동안 데이트 한 번
안 했냐고."

"네. 근데 그게 왜……."

"가끔씩 외로울 땐 그때 본 네 몸을 떠올렸거든."

뭔가를 암시하듯, 숨소리가 반이나 섞인 은밀한 속삭임. 그것이
의미하는 바를 깨닫고 승아는 그만 귓불까지 확 빨개지고 말았다.

"선배!"

승아가 목소리를 높이자 준형이 물었다.

"왜, 내가 널 그런 눈으로 보는 게 싫어?"

진지한 눈동자가 승아를 향했다.

"난 언제나 널 안고 싶었고, 내 걸로 만들고 싶었어. 아직은 때
가 아니다 싶어서 계속 참고 있었을 뿐이야. ……그게, 싫은가?"

이상하다. 분명히 부끄러워 죽겠는데, 한편으로는 왠지 기뻤다.

준형이 자신을 좋아한다는 건 승아도 분명 알고 있었다. 하지만
평소에 대하는 태도나 말투는 늘 과 후배였던 시절과 크게 다름이
없어서, 그가 자신에게 성적으로 끌리고 있다는 사실을 미처 깨닫
지 못하고 있었다.

그래서 기뻤다, 준형이 자신을 '여자'로 보고 있다는 것이.

"아뇨."

나름대로 마음을 정한 승아는 고개를 저었다. 그리고 고백하듯
준형의 귀에 입술을 가까이 대고 속삭였다.

"나도 선배한테 안기고 싶어요."

과감한 고백에 준형은 놀란 모양이었다. 긴장해서 몸의 근육이 굳어지는 것이 그대로 몸으로 느껴졌다.

"……여기서?"

준형이 물었다. 망설이는 것처럼 들리지만 그 안에는 은근히 기대감이 섞여 있는 것을 승아는 느꼈다.

"네. 난 괜찮아요."

그 순간, 준형이 승아를 제 몸 위에 실은 그대로 상반신을 일으켜 앉았다. 덕분에 승아는 준형의 다리 위에 마주 보고 앉은 꼴이 되었다. 그것도 다리를 벌려 그의 허리에 감은 상태로.

그렇게 밀착된 상태로 다시 키스가 시작되었다.

준형은 승아를 꼭 끌어안고 격렬하게 입술을 탐했다. 승아 역시 숨이 차서 허덕이면서도 준형의 목에 매달리듯 팔을 감고 어떻게든 그의 키스에 맞춰가려고 애썼다.

"하아……."

마치 서로를 집어삼킬 것 같은 열정적인 입맞춤.

그럼에도 불구하고 점점 키스만으로는 부족해지고 있었다. 준형뿐 아니라 승아도 마찬가지였다. 두려움이 전혀 없는 것은 아니었지만, 그것보다도 사랑하는 사람을 좀 더 직접적으로 느끼고 싶다는 본능적인 목마름이 훨씬 더 컸다.

'제발 어떻게 좀 해줬으면 좋겠어.'

승아가 몽롱한 정신 속에서 그렇게 생각할 때였다.

준형이 승아를 안고 일어났다. 그리고 소파에 승아의 몸을 조심스럽게 눕혔다.

"아직 방에 침대가 없으니까."

미안해하는 듯한 말투에 승아는 고개를 끄덕였다.

"난 괜찮으니까 신경 쓰지 마요."

승아 역시 준형을 원하고 있었다. 침대 위든, 소파 위든 그런 건 크게 문제가 되지 않았다.

바닥에 무릎을 꿇은 준형이 소파에 누워 있는 승아의 입술에 다시 입을 맞췄다. 그리고 아주 조심스럽게 승아가 입고 있는 스웨터 안으로 손을 밀어 넣었다.

속옷 안에 숨어 있는 부드럽고도 탄력 있는 가슴을, 준형은 깨지기 쉬운 것을 다루듯 소중하게 어루만졌다.

"······!"

태어나서 처음으로 닿는 타인의 손길은 생소하면서도 상상했던 것 이상으로 짜릿했다. 승아는 입술을 꼭 깨물고 버렸다. 자칫하면 부끄러운 소리가 새어 나와 버릴 것 같아서.

하지만 준형의 손가락이 젖가슴의 끄트머리에 닿은 순간 승아의 입에서 저도 모르게 열띤 소리가 흘러나왔다.

"아!"

그 소리가 준형을 자극한 것일까. 갑자기 준형은 숨을 들이켜더니 승아의 스웨터를 위로 한껏 치켜 올려 버리고 말았다.

"앗!"

갑작스럽게 맨살이 드러나자 승아는 소스라치면서 얼른 팔로 몸을 가렸다. 부끄러운 것도 있었지만, 갑자기 찬 공기가 맨살에 닿아 와서 놀란 것이었다.

그도 그럴 것이, 가을밤이라 바깥 공기가 제법 쌀쌀한데 이 집은 아직 전혀 난방이 들어와 있지 않았으니까.

"싫어?"

준형이 놀란 듯이 물었다.

"아, 아니에요. 그냥, 좀 추워서 그래요."

혹시 준형이 오해할까 봐 승아는 얼른 부정했다.

준형이 지그시 승아를 내려다보았다. 승아의 하얀 피부 위에 금세 오소소 닭살이 올라 있는 걸 보고, 그는 가만히 고개를 저었다.

"안 되겠다."

"네?"

준형이 갑자기 도로 스웨터를 내려주는 바람에 승아는 깜짝 놀랐다.

"왜 그래요?"

"여기서 했다간 너 감기 걸려."

승아는 마치 사탕을 빼앗긴 어린애 같은 기분이 되었다.

"그까짓 거 감기 좀 걸리면 어때서 그래요?"

"괜찮긴. 요즘 감기 오래간다고 말들 많은데, 콜록대면서 결혼식장 들어갈 셈이야?"

준형은 이미 마음을 굳힌 모양이었다. 방금까지의 열띤 눈동자는 어디에도 없이, 평소의 담담한 표정으로 돌아가 있지 않은가.

"내가 괜찮다는데 선배가 왜 그래요?"

약간 뾰로통해진 승아의 입술에 준형이 살짝 입을 맞추고 말했다.

"우리, 처음이잖아. 소파 같은 데서 얼렁뚱땅 안고 싶지 않아."

진심 어린 말에 승아는 준형의 눈동자를 들여다보았다. 표정은 이미 평온해져 있지만, 그 눈 속에는 아직도 열정의 불씨가 꺼지지 않고 남아 있는 것이 보였다.

새삼스럽게 깨닫게 되는 것이 있었다. 아마 남자인 준형 쪽이 참기 더 힘들 거라는 사실.

그럼에도 불구하고 참고 있는 건, 그만큼 승아를 소중하게 생각하기 때문일 터였다.

가슴이 뭉클해졌다.

"선배는 진짜 날 좋아하나 봐요."

아직도 바닥에 무릎을 꿇고 있는 준형을, 소파에 앉은 승아가 가만히 끌어안았다. 그러자 준형의 얼굴이 승아의 가슴에 파묻혔다.

"그래."

준형이 말하자 따뜻한 숨결이 가슴에 스며들었다.

"나도 선배가 정말 좋아요."

승아는 준형의 머리를 어루만지며 진심으로 말했다.

"사랑해요."

단순히 서로 껴안고 있기만 해도 너무나 좋은 이 순간.

승아가 행복에 폭 빠져 있을 때, 준형이 불쑥 말했다.

"그런데 짐승아."

"네?"

"혹시 요즘 다이어트하나?"

엉뚱한 질문에 의아해하면서도 승아는 고개를 끄덕였다.

"네. 결혼식 얼마 안 남았잖아요. 근데 왜요?"

"가슴이 예전에 봤던 거에 비해서 좀 작아진 것 같아서."

"……!"

굳어진 승아의 가슴에 얼굴을 묻은 채, 준형은 계속해서 말했다.

"웬만하면 다이어트 그거 하지 말지. 그나마 가슴 큰 게 유일한 장점이었는데……."

"선배!"

새빨개진 승아가 준형을 확 밀쳐 내고 씩씩거렸다. 하여튼, 감동시킨 지 얼마나 됐다고!

"화났어?"

"따라오지 말아요!"

하지만 벌떡 일어나서 나가는 승아의 입가에는 감출 수 없는 미소가 피어나고 있었다.

'다이어트, 하지 말아야겠다.'

결혼식이 며칠 앞으로 다가왔다.

승아 엄마는 낮에 준형, 승아와 함께 미리 결혼식을 치를 장소를 돌아보았다. 그러고 나서 승아는 준형과 함께 엄마를 집까지 데려다준 후 드레스 가봉을 하러 가고, 승아 엄마는 집에 들어와서 손님들 저녁상을 차렸다.

"……휴우."

저녁 설거지를 하는 엄마의 입에서 한숨이 흘러나왔다.

마음이 어지러워서일까. 요즘은 가만히 있어도 자꾸 한숨을 쉬게 된다.

물론 어릴 때부터 혼자 키워온 외동딸을 시집보내게 됐으니 허전한 마음도 있었다. 하지만 신혼집을 바로 옆에 마련했다는 얘기를 듣고 그런 감정도 많이 엷어졌다. 대신에 걱정이 두 배로 커졌지만.

준형이 신혼집으로 바로 곁에 집을 마련했다는 걸 듣고 승아 엄마는 펄쩍 뛰었었다.

'아니, 왜 시키지도 않은 짓을!'

준형의 부모님이 이 사실을 알면 기꺼워할 리가 없다. 분명 아들을 빼앗긴 기분이 들 게 틀림없다고 승아 엄마는 생각했던 것이다.

승아 엄마의 가장 큰 걱정은 바로 승아의 시부모님이었다. 드라마에서 수없이 나오지 않는가. 평범한 집안에서 자란 여자가 그렇게 대단한 집안에 들어가서 갖은 모멸과 무시를 다 당하는 케이스들이. 승아가 시부모에게 그렇게 구박이라도 받으면 어쩌나 하는 생각에 승아 엄마는 요즘 잠도 오지 않았다.

"에휴."

한숨을 푹푹 쉬며 저녁 설거지를 마친 승아 엄마는 음식물 쓰레기를 버리러 대문을 나섰다.

"저, 잠시만 실례하겠습니다."

갑자기 누군가가 말을 걸어왔다. 쳐다보니 중절모에 트렌치코트를 입고 머플러를 두른 중후한 느낌의 노신사였다.

당연히 손님이려니, 하고 생각한 승아 엄마는 얼른 웃음을 띠었다.

"아, 방 찾으시는군요? 마침 오늘은 방이 다 차지 않아서 묵으실 수 있는데요. 저녁은 이미 끝나긴 했지만 시장하시면 간단히 차려 드릴 수 있습니다."

그러나 노신사는 갑자기 엉뚱한 질문을 했다.

"혹시 조승아 양 어머님 되십니까?"

"예. 그런데요……?"

승아 엄마는 영문을 몰라 당황하면서도 고개를 끄덕였다. 그러자 노신사가 모자를 벗고 정중히 고개를 숙였다.

"처음 뵙겠습니다. 서준형 애비 되는 사람입니다."

"예……?"

승아 엄마는 놀라서 음식물 쓰레기봉투를 떨어뜨렸다.

집 근처에 있는 전통찻집에서 두 사람이 마주 앉았다.

"모과차로 부탁합니다."

몸 둘 바를 몰라 하고 있는 승아 엄마 대신에, 준형의 아버지인 서 회장이 먼저 주문하고는 부드럽게 물었다.

"사부인께서는 어떤 차로 하시겠습니까?"

가뜩이나 안절부절못하고 있던 승아 엄마는 사부인이라는 말에 더더욱 당황했다.

고무장갑이랑 앞치마는 어찌어찌 벗고 왔지만 아직도 집에서 일할 때 입는 차림 그대로에 음식물 쓰레기 냄새까지 풍기고 있을 자신이 너무나 초라하게 느껴졌다. 도저히 이런 부유한 노신사에게 사돈으로 불릴 만한 자격이 있는 것 같지 않았다.

"아, 저는……."

당황해서 메뉴도 눈에 들어오지 않았다. 어쩔 줄 모르고 있자서 회장이 재차 말했다.

"괜찮으시다면 저하고 같은 모과차가 어떨까요? 올해 모과 수확은 아직 이르니까 작년 것일 텐데, 작년 모과가 유난히 향기롭더군요."

"아, 예, 고맙습니다."

"그럼 모과차 두 잔 부탁합니다."

종업원이 물러가고 나자 서 회장이 새삼스럽게 고개를 숙였다.

"이렇게 불쑥 연락도 없이 찾아뵙게 돼서 면목이 없습니다, 사부인."

"아, 아닙니다. 제가 먼저 찾아뵈었어야 하는 건데요."

승아 엄마는 어쩔 줄 몰라 하며 한층 더 깊이 고개를 숙였다.

생각해 보면 이렇게 작아질 필요가 전혀 없었다. 상대가 재벌이라 해도 그 재벌에게 콩 한 쪽 얻어먹을 생각이 없는데 재벌이든 아니든 무슨 상관인가. 하지만 뻔히 그렇게 생각하면서도 자꾸만 저절로 움츠러드는 건, 딸 가진 부모 마음일 터였다.

"준형이 녀석이 상견례는 생략했으면 한다고 했지만, 아무래도 제가 마음에 걸려서 한번 사부인을 만나뵙고 인사를 드리고 싶었습니다."

"아, 예, 예. 그러시겠지요, 여부가 있겠습니까."

"혹시 불편하실까 싶어 안사람은 함께 오지 않았습니다."

다행이라고 승아 엄마는 진심으로 생각했다. 이쪽은 혼자뿐인데 안사돈까지 함께 왔더라면 얼마나 기가 죽었을까. 게다가 그쪽은 잘 차려입었을 텐데.

승아 엄마가 너무 긴장하고 있는 걸 눈치챈 것일까. 서 회장은 은근히 다른 얘기부터 꺼냈다.

"아까 잠시 둘러보니 공사가 많이 진척되었더군요. 지금 살고 계시는 집도 곧 리모델링에 들어가지 않습니까?"

"예, 그렇지 않아도 곧 비워줘야 할 것 같습니다. 한 달 정도 걸릴 것 같다나요."

"그럼 한 달 동안 가 계실 곳은 정하셨습니까?"

"아뇨, 아직……."

승아 엄마는 고개를 저었다. 그렇지 않아도 알아봐야 하는데, 승아 결혼 때문에 이래저래 정신이 없어서 차일피일 미루고 있었다. 어차피 주위에 친한 사람들이 다 민박을 하는 집들이니 한 달 정도 방 한 칸 내줄 데 없을까, 하는 생각도 있었다.

"그렇다면 저희 서진호텔로 모시겠습니다."

서 회장이 불쑥 말하는 바람에 승아 엄마는 눈이 휘둥그레졌다.

"예?"

"리모델링 기간 동안 저희 호텔에서 지내시라는 말씀입니다. 지내시는 동안 불편함이 없도록 최선을 다해 신경을 쓰겠습니다."

"아, 아닙니다!"

승아 엄마는 펄쩍 뛰었다. 그런 특급 호텔에서 하루 이틀도 아니고 한 달이라니!

"마음 써주셔서 정말 감사합니다만, 그러실 필요 없습니다. 그냥 동네 민박하는 다른 집에서 한 달쯤 묵으면 그만인걸요. 갈 데가 없는 것도 아니고, 정말 괜찮습니다."

"그야 물론 가실 곳이야 많겠지요. 그러니까 저희 호텔로 와주시면 더더욱 영광이겠습니다."

"아니, 정말로 그런 특급호텔은 부담스러워서……!"

승아 엄마가 손사래를 쳤으나 서 회장은 강경했다.

"앞으로 서진호텔은 준형이가 물려받게 됩니다. 민박을 무시하는 건 절대로 아닙니다만, 뻔히 서진호텔이 있는데도 장모가 다른 집에서 묵는다면 준형이 녀석도 체면 문제 아니겠습니까?"

그렇게까지 말하자 승아 엄마도 더는 거절할 수가 없었다.

"그, 그렇다면야……. 감사합니다, 사돈 어르신."

그제야 서 회장이 웃음을 띠었다.

"받아들여 주셔서 영광입니다, 사부인."

그러고 있는 사이에 차가 나왔다. 서 회장의 말대로 모과차는 향기로웠지만, 승아 엄마는 향기도 제대로 느끼지 못하고 있었다. 마음에 계속 걸리는 일이 있었기 때문이다.

아무래도 먼저 말을 하는 게 좋을 것 같아서 승아 엄마는 차를 한 모금 마시고 입을 열었다.

"저어, 사돈 어르신."

"예, 사부인. 말씀하십시오."

서 회장이 찻잔을 내려놓으며 대답했다.

"혹시 아이들 신혼집에 대해서는 얘기를 들으셨는지요."

"아니오, 아직 듣지 못했습니다. 그저 집에 들어와서 살지 않겠다는 말만 들었을 뿐입니다."

역시 아직 모르고 있었구나. 승아 엄마는 마음이 무거워지는 것을 느꼈다.

"저어, 그게 사실은……."

승아 엄마는 머뭇거리면서도 사실대로 말했다. 준형이 승아도, 자신도 모르게 바로 옆에 신혼집을 준비했다고.

"……저도 자식 가진 입장인데 왜 부모 마음을 모르겠습니까. 혹시나 사돈 어르신께서 섭섭하시다면 제가 아이들한테 다시 생각해 보라고 타이르겠습니다."

그러나 얘기를 끝까지 들은 서 회장은 불쑥 이렇게 말했다.

"그것참 다행입니다."

"예?"

승아 엄마는 제 귀를 의심했다.

"제 자식입니다만, 사실 준형이 그 녀석이 참 불쌍하게 자랐습니다."

서 회장이 담담하게 말했다.

"준형이는 어릴 때 제 엄마를 잃어서 계모 손에 자랐습니다. 이것도 제 부덕의 소치긴 합니다만, 새로 들어온 안사람이 준형이까지 품어 안을 정도로 마음 넓은 여자가 아니었던 데다가 저도 사업하느라 바빠서 미처 신경을 쓰지 못했습니다."

"아, 예……."

승아 엄마는 떠올렸다. 자신은 늘 집에서 천덕꾸러기였다고 했던 준형의 말을.

"그런데 이제라도 사부인 같은 분 슬하에서 살게 됐으니 얼마나 다행입니까."

승아 엄마를 바라보는 서 회장의 눈은 부드러웠다.

"엄마 사랑이라곤 받아보지 못하고 큰 불쌍한 녀석입니다. 그러니 부디 우리 준형이, 많이 사랑해 주십시오. 못난 애비가 이렇게 부탁드립니다."

"사돈 어르신……."

고개까지 숙여가며 간절하게 부탁하는 서 회장을 보고, 승아 엄마는 그만 눈시울이 뜨거워졌다. 재벌이니 회장이니 해도 결국 자식 가진 부모 마음은 다 같은 거구나, 하는 생각이 들어서였다.

아까보다 훨씬 서 회장이 친근하게 느껴졌다. 그래서 승아 엄마는 당돌한 질문도 할 수 있었다.

"저, 외람되지만 한 가지만 여쭙겠습니다."

"말씀하십시오."

"준형 군이 부모님과 사이가 좋지 않아서 자주 만나지 않는다고 하던데, 언제까지 그렇게 데면데면하게 지낼 생각이신지요."

서 회장은 약간 당황스러운 얼굴을 하면서도 대답했다.

"그게 워낙 오랫동안 이렇게 지내오다 보니까…… 최근에 와서 승아 덕분에 제가 사과를 하기는 했습니다. 하지만 준형이 녀석이 아직 마음을 열려면 시간이 필요한 것 같더군요."

"그랬군요."

승아 엄마는 한숨을 내쉬며 고개를 끄덕였다.

"아버님이 이렇게 사랑하시는 줄을 준형 군도 알아야 할 텐데요. 저희들도 자식이 생겨보면 그때나 부모 마음을 알게 되려나요……."

"다 제가 잘못한 탓이지요."

서 회장의 얼굴에 잠시 씁쓸한 미소가 감돌았다.

"하여튼 저로서는 준형이가 승아 같은 아가씨와 결혼하게 돼서 기쁘기 그지없습니다. 모자란 자식놈을 사위로 받아주셔서 정말 다시 한 번 감사드립니다, 사부인."

"아이고, 무슨 말씀이십니까. 저야말로 먹고사느라 바쁘단 핑계로 딸이라고 하나 있는 것, 잘 가르쳐 보내지도 못해서 걱정이 이만저만 아닌걸요."

승아 엄마는 진심으로 몸 둘 바를 몰라 했다.

"무슨 말씀이십니까. 어디를 봐도 승아만 한 며느릿감은 없을 겁니다."

서 회장이 미소를 지었다.

"솔직히 준형이가 좋다니까 처음부터 결혼은 시킬 생각이었습니다만, 승아의 자질을 보고 더 탐이 났습니다. 앞으로 준형이와 함께 저희 서진호텔을 잘 키워갈 겁니다."

"제…… 딸이요?"

"예. 자세한 얘기는 승아한테 들으십시오. 최근에 아주 멋지게 한 건 해냈으니까요."

즐거운 듯이 말하는 서 회장을 쳐다보며 승아 엄마는 고개를 갸웃거렸다.

"무엇보다 승아는 사랑스러운 아이입니다. 보고 있으면 사부인께서 얼마나 사랑을 쏟아 키우셨는지 알 수 있을 정도로요."

부모로서 이 이상의 찬사가 있을까. 승아 엄마의 눈에 어느덧 눈물이 어렸다.

"그런 귀한 따님을 주셔서 정말 감사합니다."

"저도…… 준형 군도 제 자식이다 생각하고 승아랑 똑같이 대하겠습니다."

목소리가 떨렸다. 눈물을 감추기 위해 승아 엄마는 얼른 찻잔을 들어 마셨다.

서 회장도 따라서 찻잔을 들었다.

"고맙습니다, 사부인."

그런 서 회장의 목소리도 조금 떨리고 있는 것같이 느껴진 것은, 엄마의 착각이었을까?

9장
기적

맑은 햇살과 함께 산들바람이 솔솔 불어오는 9월의 마지막 주 토요일이었다. 공부를 하러 주말에도 학교에 나왔던 한국대학교 학생들은 노천극장 쪽에서 들려오는 소리에 저마다 고개를 갸웃거렸다.

"토요일인데 노천에서 무슨 행사하나?"

물론 대부분의 학생들은 호기심에 노천극장으로 발걸음을 옮겼다. 그리고 그곳에서 벌어지는 행사를 보고 놀라서 눈이 휘둥그레졌다.

"뭐야, 결혼식이잖아?"

그렇다. 노천극장에서 벌어지고 있는 행사의 정체는 바로 결혼식이었던 것이다.

"아니, 무슨 결혼식을 노천극장에서 해?"

그리고 결혼식에 놀랐던 학생들의 태반은 노천극장 입구에 당당하게 쓰여 있는 신랑 신부의 이름을 보고 다시 한 번 놀랐다.

"어? 서준형, 조승아라고?"

신부보다 한발 먼저 노천극장에 도착한 준형은 몰려드는 하객들과 일일이 사진을 찍느라 여념이 없었다.

"이젠 오빠를 놓아드릴 때가 된 것 같아요."

"이왕 가시는 거 행복하게 사세요, 선배!"

대부분은 옛날부터 그의 팬이었던 여자 후배들이었다. 준형은 그들에게도 옛날과 다름없이 상냥한 미소를 날렸다.

"고맙다, 얘들아. 축하해 준 만큼 잘살게."

개중에는 입술을 깨물고 이렇게 억울해하는 자도 있었다.

"왜 하필이면 조승아 선배야?"

문제는 그 말이 신랑인 준형의 귀에까지 들렸다는 것이었다. 준형은 해당 발언을 한 당돌한 여자 후배에게 다가가 미소를 지으며 물었다.

"승아가 왜?"

"네?"

"방금 뭐라고 한 것 같아서. 무슨 뜻이지?"

당황한 여자 후배가 이마에 진땀을 흘리며 말했다.

"아니, 뭐, 나쁜 뜻은 없고요. 그냥 뭐랄까…… 선배에 비하면 아무래도 좀 평범하게 생겼잖아요, 승아 선배가."

"그래? 그런데……."

뭐라고 말하려던 준형이 문득 그 후배의 등 뒤를 보더니 눈을 크게 떴다. 어느새 도착한 신부가 부끄러운 듯이 미소를 짓고 서 있었던 것이다.

"승아 선배?"

승아를 본 후배들이 먼저 놀라서 목소리를 높였다.

"나 어때요? 헤헤."

배시시 웃으며 그렇게 말하는 여자는, 바로 몇 시간 전에 준형이 봤던 그 여자가 아니었다. 날씬한 몸매를 돋보이게 하는 심플한 라인의 웨딩드레스에 새하얀 꽃으로 만든 화관. 신부화장이라고는 믿어지지 않을 만큼 가벼운 메이크업이 오히려 신부를 한층 더 생기발랄하게 보이게 만들고 있었다.

"……."

준형은 눈도 깜빡이지 않은 채 한참 동안 말없이 승아를 쳐다보았다.

"별로예요?"

불안해진 승아가 그렇게 물었을 때에야 준형은 대답 대신 아까의 그 후배에게 불쑥 말했다.

"아까 승아가 뭐 어쨌다고 했지?"

후배는 두 손을 들고 깨끗하게 자신의 잘못을 인정했다.

"헛소리였어요. 잊어주세요!"

아직 결혼식 시작까지는 시간이 남았는데, 문제는 신부대기실이 따로 없다는 거였다. 어쩔 수 없이 노천극장 무대 한구석에다 후배들이 동아리방에서 훔쳐 온 접이식 의자를 놓고 신부를 앉혔다.

커다란 양산을 펼쳐 들어 신부의 얼굴에 사정없이 내리쬐는 햇볕을 막으며 선미가 투덜거렸다.

"너희도 진짜 연구 대상이다. 대체 왜 고르고 골라 노천극장이냐?"

참고로 선미도 정훈 선배와 결혼을 앞두고 있었다. 오늘 부케를 받을 예정이기도 했다.

"그럼 어떡해, 동문회관이 공사 중이라는데."

승아가 손거울을 요모조모 들여다보며 태평하게 대꾸했다.

"아니, 멀쩡한 서진호텔 놔두고 웬 동문회관? 남들은 서진호텔에서 결혼하고 싶어서 아주 그냥 몸살을 앓는구만!"

선미가 울화통을 터뜨리자 그제야 승아가 비장한 얼굴을 했다.

"이렇게 해야 사람들이 다 알 거 아냐? 그때 그 스캔들의 끝이 어떻게 됐는지!"

"이유가 겨우 그거였냐?"

"겨우라니! 내가 그때부터 얼마나 명예회복의 날을 꿈꿨는데!"

승아가 하얀 장갑 낀 손으로 주먹을 불끈 쥐었다.

"그리고 바로 오늘이 그날이라구."

선미가 질렸다는 듯한 얼굴로 고개를 끄덕였다.

"그래, 네 X 굵다. 네 X 칼라파워다."

그러고 있을 때, 갑자기 목소리가 들려왔다.

"승아 누나!"

고개를 돌리자 멋진 양복을 차려입은 준수가 눈이 휘둥그레져서 이쪽을 쳐다보고 있었다. 놀란 듯한 표정에 승아는 수줍게 웃었다.

"나 오늘 좀 괜찮아? 헤헤."

준수는 대답 대신에 성큼성큼 걸어와서 승아 앞에 한쪽 무릎을 꿇었다.

"아직 늦지 않았어요, 누나."

"응?"

"이대로 나랑⋯⋯!"

준수가 승아의 손목을 낚아채서 일어나려는 시늉을 하자 승아의 주위에 있던 여자 후배들이 꺄아, 하면서 얼굴을 붉혔다.

"나 아침드라마 찍기 싫다고 했지?"

승아가 잡힌 손목을 빼며 핀잔을 주자 준수가 혀를 쏙 내밀었다.

"그래도 형수님이라곤 안 부를래요."

"맘대로 하세요, 그럼 나도 도련님이라고 안 불러줄 테니까."

승아의 말에 준수는 의외로 순순히 고개를 끄덕였다.

"도련님이라고 부르는 거 싫어요. 그럼 동생같이 안 느껴지잖아요."

준수가 승아에게 손을 내밀었다.

"우리 형 빼앗긴 게 아니라, 누나가 하나 생긴 거라고 생각할게요. 그래도 되죠?"

승아는 그런 준수의 손을 따뜻하게 마주 잡았다.

"그래, 내 동생."

이래 봬도 서진호텔 후계자의 결혼식이다. 노천극장에는 각계에서 몰려든 유명인사와 고위층 하객들도 수두룩하게 와 있었다.

"축하드립니다, 회장님."

"와주셔서 고맙습니다."

서 회장이 소탈한 웃음을 지으며 하객들을 맞이했다.

"그런데 자제분 결혼식을 퍽 특이한 곳에서 치르시는군요?"

"어쩌다 보니 그리되었습니다. 불편을 끼쳐 드려 죄송하게 됐습니다, 허허."

"아닙니다. 날씨도 좋고 상쾌한 게 오히려 좋은데요? 하하하."

이런 훈훈한 대화가 계속해서 오고 가는 와중에도, 곱게 한복을 차려입고 서 회장의 옆에 서 있는 민 여사의 표정은 내내 떨떠름했다.

"당신이 말리셨어야지요."

잠시 하객들이 뜸해진 틈을 타서 민 여사가 불쑥 말했다.

"음?"

"아이들이야 아직 철이 없어 이런 곳에서 결혼하겠다고 나설 수도 있죠. 그런데 부모가 돼서 그걸 말려야지, 그냥 저희들 하겠다는 대로 놔두면 어쩌시겠다는 거예요."

그렇게 말하는 민 여사의 얼굴은 불만에 가득 차 있었다.

"천하의 서진호텔 오너 집안이 이런 데서 손님을 치르다니, 신문에 날 일이에요."

내내 미소를 짓고 있던 서 회장이 갑자기 표정을 굳히고 아내를 바라보았다.

"당신, 이참에 잘 들어둬."

갑자기 무섭게 변한 남편의 표정에 민 여사가 움찔했다.

"앞으로 준형이가 뭘 하든지 간에 입도 뻥긋 말아. 저 하고 싶은 대로 마음껏 하게 놔둬도 한 치도 어긋난 길로 가지 않을 애니까."

"여, 여보! 목소리 좀 낮춰요. 누가 들으면……!"

하지만 서 회장은 조금도 기세를 꺾지 않았다.

"짜장면 먹지 마라, 얼굴에 묻는다, 옷 더럽힌다. 이젠 더 이상 당신이 그렇게 참견할 어린애가 아니란 뜻이야. 알아듣겠어?"

결국 민 여사는 새빨개진 얼굴로 고개를 숙이고 말았다.

"알았어요. 내가 잘못했어요."

"신부님, 준비해 주세요. 이제 곧 결혼식 시작합니다!"

예식 도우미가 달려와서 말했다. 승아는 한복을 차려입은 엄마를 올려다보며 말했다.

"엄마, 지금까지 나 키워줘서 고마워."

하마터면 눈물이 날 것 같아서 승아는 일부러 활짝 웃으며 농담을 했다.

"이젠 골칫덩어리 딸도 치웠으니까, 엄마도 마음 놓고 멋진 아저씨 만나서 시집가. 응?"

엄마는 언제나 그랬던 것처럼 승아를 향해 눈을 흘기며 말했다.

"이것이, 어디서 여드레 삶은 호박에……."

그러나 말은 끝을 맺지 못했다. 결국 말하다 말고 눈물을 주룩 흘리고 마는 엄마의 손을, 승아는 힘주어 꼭 잡았다.

"나 정말 잘살게, 엄마."

각계각층의 하객들에다 오며 가며 구경하러 온 한국대학교 학생들까지, 수많은 사람들로 노천극장이 거의 꽉 메워진 상태로 결혼식이 시작되었다.

서진호텔 직원들은 물론 로열화장품 사람들도 총출동해 있었다. 머릿수로는 물론 서진호텔 쪽에 한참 밀렸으나, 이들은 신부 입장 시에 일당백의 기세로 엄청난 환호성을 지르는 의리를 보여주었다.

"조승아 씨 완전 예쁘다!"

"우와아! 신랑 좋겠다!"

주례는 한국대학교 경영학과 학과장님이 맡아주셨다.

"저는 이 친구들이 언젠가는 일을 저지를 줄 알았습니다."

주례사라기보다는 마치 뉴스에 나오는 살인범 이웃의 인터뷰 같은 말에, 하객들 모두가 어리둥절한 표정을 했다.

"그러니까 때는 바야흐로 4년 전, 제가 경영학과 3학년 수업을 맡고 있었을 땝니다. 이 두 사람도 제 수업을 듣고 있었지요."

대체 교수님은 무슨 얘기를 하려는 것일까. 승아는 슬슬 불안해지기 시작했다.

"모두가 아시는 바대로, 우리 신랑 서준형 군은 학업 성적이 우수하기 그지없어서 당시에도 과 톱을 놓치지 않았던 학생이었습니다. 한편 신부 조승아 양은……."

승아는 크게 당황했다. 이게 웬 날벼락이란 말인가!

"교수님!"

소리 죽여 애원하듯 부르자 교수님은 마이크에 대고 땅이 꺼져라 한숨을 쉬셨다.

"에휴."

노천극장에 울려 퍼지는 한숨 소리에 여기저기서 웃음이 터져나왔다.

"와하하하!"

얼굴이 새빨개진 승아를 힐끗 쳐다보고 나서, 교수님은 말을 이었다.

"그리고 기말고사가 끝난 후 성적 정정 기간에, 서준형 군이 직접 교수실로 찾아왔습니다. 어차피 최고 성적이라 정정할 것도 없는데 왜 왔느냐고 물었더니 부탁이 있다는 것이 아니겠습니까?"

물론 승아로서는 난생처음 듣는 이야기였다.

"얘기인즉슨 조승아 양이 이 과목 성적이 유독 안 좋아서 재수강도 아닌 삼수강을 해야 할 판이라며, 자신의 성적과 바꿔줬으면 좋겠다는 눈물겨운 부탁이었습니다."

승아는 깜짝 놀라서 곁에 서 있는 준형을 쳐다보았다. 하지만 준형은 아무렇지도 않은 얼굴로 시치미를 뚝 떼고 있었다.

"물론! 교수로서 그건 안 된다고 딱 잘라 얘기했습니다. 하지만 남자 대 남자로서 부탁이라며 어찌나 간곡하게 매달리는지, 차마

무시해 버릴 수가 없지 뭐겠습니까?"

교수님의 이야기는 점점 더 열기를 띠어갔다.

"그래서 저는 장고 끝에 대안을 제시했습니다. 그러면 조승아 학생에게 마지막 기회를 주겠다, 내가 주는 주제로 레포트를 작성해서 가져오라고 전하라고요. 검토해서 괜찮으면 좋은 점수까지는 못 줘도 삼수강은 면하게 해주겠다고."

물론 승아는 그런 레포트 따위는 쓴 적이 없었다.

"그리고 그로부터 일주일 후, 제 교수실로 조승아 학생의 이름이 적힌 레포트가 도착했습니다. 어디 한 군데 흠 잡을 데를 찾기조차 힘든, 아주 열심히 작성한 레포트였지요. 그걸 누가 썼는지는 굳이 묻지 않았습니다만……."

그때 승아는 시험을 망쳐서 당연히 삼수강이려니, 하고 포기하고 있던 상태였다. 그런데 생각보다 훨씬 나은 점수가 뜨는 바람에 기뻐서 날뛰었던 기억이 난다. 세상에 기적이 있기는 있구나, 하고.

"지금 신부의 표정을 보아하니 제 짐작이 틀리지 않았던 모양입니다."

하지만 그것은 기적이 아니었던 것이다.

"제가 오늘 굳이 여러분 앞에서 이 이야기를 한 이유는, 두 사람에게 한 가지 당부를 하고 싶어서입니다."

교수님의 웃음기 머금은 목소리가 갑자기 진지하게 변했다.

"신부는 앞으로 살면서 신랑이 낙제점으로 느껴지는 순간이 분명히 있을 것입니다. 그러나 그때가 되면, 부디 신랑이 신부의 낙제점을 면하게 해준 그 고마움을 잊지 말고 관대하게 넘어가 주기 바랍니다."

승아는 진심으로 고개를 끄덕였다. 네.

"신랑 역시 마찬가지. 혹시나 신부의 낙제점을 발견하게 되었을 때, 자기 점수와 바꿔서라도 낙제를 면하게 해주고 싶어 했던 그때 그 마음을 잊지 말고 사랑으로 감싸주기 바랍니다."

곁에 있는 준형이 대답하는 소리가 또렷하게 들렸다.

"네."

주례가 끝나자 사회자가 말했다.

"그럼 이번에는 신랑 신부가 하객 여러분께 감사의 인사를 드리겠습니다."

준형의 손을 잡고 돌아서며 승아는 생각했다.

어쩌면 그때 기적이 벌어졌다고 생각한 게 틀리지 않았는지도 모른다고.

그리고 그 기적이, 지금 자신의 곁에 서 있는 거라고.

"와아아아!"

두 사람의 인사에 우레와 같은 박수 소리가 맑은 하늘에 울려 퍼졌다.

"아, 광란의 밤이었다."

숙취로 지끈거리는 머리를 부여잡고 선미가 중얼거렸다.

"그러게. 간만에 달렸네."

역시 부스스한 머리로 몸을 일으키며 정훈이 기지개를 켰다.

어젯밤 준형과 승아의 결혼식 축하 파티에서 둘 다 과음을 했던 것이다. 정작 주인공인 신랑 신부는 비행기 시각에 늦겠다며 중간에 빠져 달아났지만, 두 사람은 끝까지 남아서 밤늦게까지 달렸다.

폭탄주 제조 명인인 정훈과 폭음을 즐기는 선미. 어떻게 보면 천생연분이 아닐 수 없었다.

"근데 신혼여행 어디로 갔댔지?"

정훈의 물음에 선미가 대답했다.

"일본 료칸으로 갔어."

"아니, 훨씬 더 좋은 데도 많은데 왜 가까운 데로 갔대?"

"조승아가 남의 민박집에서 남이 해주는 밥 먹으면서 쉬는 게 평생소원이었다나 어쨌다나. ……참!"

갑자기 선미가 손가락을 딱 튕기더니 휴대폰을 꺼내 시각을 확인했다.

"가만있자, 지금쯤이면 일본 시각이…… 참, 시차가 없었지?"

"어쩌려고?"

"전화하려고. 지금쯤은 일어나 있을 테니까 괜찮겠지?"

전화를 걸려는 선미를, 정훈이 놀라서 말렸다.

"신혼여행 간 사람들한테 뭐 하러 전화를 해? 괜히 방해되게."

"걱정 마, 딱 하나만 물어보고 끊을 거야."

들은 체도 않고 꿋꿋하게 전화를 거는 선미를, 정훈이 걱정스러운 눈으로 쳐다보았다.

잠시 후 승아가 전화를 받은 모양이었다.

"첫날밤은 잘 보냈겠지, 조승아."

선미는 휴대폰에 대고 다짜고짜 이렇게 말했다.

"그럼 이제 내 질문에 대답해 줄 때도 되지 않았나?"

밑도 끝도 없는 소리에 정훈은 당황했다. 대체 무슨 소리야?

승아에게서 무슨 대답을 들었는지 선미는 금세 전화를 끊었다.

그리고 묘한 미소를 지으며 이렇게 중얼거렸다.

"지지리 복도 많은 계집애!"

에필로그

에필로그]

　　후쿠오카 공항에서 미리 렌트해 둔 차를 넘겨받아 신혼
여행지인 료칸에 도착했을 때는 이미 해가 져 있었다.

　산 중턱에 있는 아담하고 조용한 료칸이, 처음 보는 순간 승아
는 마음에 쏙 들었다.

　"앞으로 사흘 동안 우리 외에는 손님을 받지 않기로 했어. 느긋
하게 쉬다가 가자."

　"정말요?"

　뛸 듯이 기뻐하는 승아를, 준형이 미소를 띠고 바라보았다.

　"いらっしゃいませ(어서 오십시오)."

　마중을 나온 기모노 차림의 여주인이 환하게 웃으며 둘을 맞이
했다.

두 사람이 각자 유카타로 갈아입고 나자 방에 식사가 준비되었다. 신선한 회와 해산물이 주를 이루는 상은 맛있어 보였지만, 생각보다는 소박했다.

"음, 유카타 입고 일본식 방에서 먹으니까 운치 있긴 한데 생각보다 별건 없네요."

회를 한 점 집어 입에 넣으며 승아가 말했다.

"서진호텔 별관도 가운이 아니라 생활한복 같은 걸로 갈아입을 수 있게 하면 어떨까요? 룸서비스도 이런 식으로 간단한 한정식을 마루에 차려내고요."

"좋은 생각이긴 한데, 신혼여행까지 와서도 일 생각이야?"

준형이 웃으며 핀잔을 주었다.

"아직 짐승아는 로열화장품 직원이니까 그러지 않아도 돼."

"하지만 아버님이 서진호텔 앞으로 잘 부탁한다고, 저한테도 그러셨다고요."

그렇게 종알거리다 승아는 문득 떠오른 게 있었다.

"참, 우리 엄마 말예요. 왜 갑자기 리모델링하는 동안 서진호텔에서 지내겠다고 했을까요?"

"음? 그야 어머님이 우리 호텔에서 묵지 않으시면 어디로 가시겠어?"

준형은 아주 당연하다는 듯이 말했지만 승아는 그게 아니었다.

"에이, 선배도 참. 우리 엄마 성격에 그런 말을 먼저 하는 게 이상하지 않아요?"

"그런가?"

"네. 우리 엄마가 절대 그럴 사람이 아니거든요. 만약에 선배가 먼저 그러자고 말했어도 폐 끼치기 싫다고 손사래 치실 분인데. 아무래도 뭔가 수상……."

그렇게 말하던 승아는 문득 말을 멈췄다. 갑자기 바깥에 불이 반짝 켜지고, 동시에 창밖의 풍경이 눈에 들어왔기 때문이다.

"어머나!"

창밖의 노천탕을 본 승아의 입에서 절로 감탄사가 흘러나왔다.

"저기, 우리 들어가도 되는 거죠?"

"그럼."

준형이 웃음을 물었다.

"일단 밥부터 먹고. 그러고 나서 들어가 보자."

"네!"

승아는 신이 나서 부지런히 젓가락을 움직였다.

노천탕을 쳐다보며 승아가 불안하게 물었다.

"정말 같이 들어가도 되는 거예요?"

"당연하지. 그러려고 며칠 동안 통째로 빌린 건데."

"혹시 누가 와서 보진 않을까요? 종업원이라든가, 주인이라든가."

"우리가 신혼부부인 거 뻔히 아는데, 그랬다간 장사 접어야지."

준형이 핀잔을 주며 샤워실을 가리켰다. 노천탕에 들어가기 전에 가볍게 몸을 씻을 수 있게 마련된 것이었다.

"어서 씻고 와."

샤워를 하는 동안 승아는 진지하게 고민했다. 알몸 그대로 나갈 것인가, 말 것인가?

그리고 결국은 커다란 타월을 몸에 감고 나가는 길을 선택했다.

옆에 있는 샤워실에서 씻고 나온 준형은 먼저 탕 안에 들어가 바위 위에 앉아 있었다. 하반신은 물속에 들어가 있어 잘 보이지 않았지만, 물 밖에 드러나 있는 윗몸만 보고도 승아는 벌써 얼굴이 확 빨개졌다.

어머 어떡해, 선배가 벗었어!

반면에 준형은 타월을 감고 나온 승아를 보고 눈살을 찌푸렸다.

"그게 뭐야?"

"타, 타월이요."

"그걸 누가 몰라? 왜 그걸 감고 나오느냐고."

"미, 민망하잖아요."

그렇게 말하던 승아는 갑자기 준형이 팔을 뻗어 물속으로 끌어당기는 바람에 깜짝 놀라 소리를 질렀다.

"꺅!"

풍덩. 승아가 탕 안에 빠지는 것과 동시에 준형이 승아의 몸에 감긴 타월을 재빨리 풀어내 탕 밖으로 던져 버렸다.

"하여튼 쓸데없는 짓을."

"아악! 눈 감아요!"

드러난 가슴을 황급히 양팔로 가리며 새빨개진 승아가 소리쳤다.

"눈을 감을 거면 뭐 하러 벗겼을까."

준형이 어림도 없다는 듯이 대꾸하고는 승아가 필사적으로 가리고 있는 가슴께를 쳐다보았다.

물론 팔로 가린다고 가슴이 다 가려질 리 없다.

"이렇게 예쁜데, 왜 숨기는 거야?"

준형이 중얼거린 말에 승아는 그만 너무 부끄러워 죽을 지경이 되었다. 그렇다고 도망갈 곳은 없고. 결국은 에라, 모르겠다, 하고 준형의 목에 확 매달리듯 안겨 버렸다.

"그만 좀 봐요!"

그런 승아를, 준형은 웃으며 받아 안아 무릎 위에 앉혀주었다.

잠시 부드러운 침묵이 흘렀다. 졸졸졸, 온천수가 탕 안으로 흘러드는 소리와 어디선가 지저귀는 새소리. 선선하게 불어오는 바람이 뜨거운 물로 달아오른 몸을 기분 좋게 스쳤다.

"꼭 꿈을 꾸고 있는 것 같네요."

물 위에 둥둥 떠다니는 작은 나뭇잎을 건져 올리며 승아가 중얼거렸다.

"사실은 아까 밥 먹을 때부터 그랬어요. 아, 나도 살다 보니까 상 차려다 주는 쪽이 아니라 이렇게 편하게 앉아서 받아 먹는 쪽도 돼 보는구나."

"한이 많이 맺혔군그래."

"그럼요. 난 이런 데 한 번 못 와보고 평생 손님들 심부름만 하다가 끝날 줄 알았는데……."

말하다가 승아는 갑자기 목이 메었다.

민박집 딸로 자라면서 그간 좋은 추억들도 물론 있었지만, 서러운 점이 한두 가지가 아니었다. 특히 사춘기 때는, 손님들의 즐거운 얼굴을 보는 게 오히려 힘들었었다.

"여행 온 손님들이 즐거워하는 걸 볼 때마다 괜히 심술이 나고 그랬었어요. 남들은 저렇게 팔자 좋게 놀러 다니는데 나는 왜 그 사람들 뒤치다꺼리나 해야 되는 신세일까, 하고요."

학교 갔다 와서 교복도 채 못 벗고 설거지를 하면서, 안에서 들려오는 손님들의 즐거운 목소리에 서러워 눈물을 뚝뚝 흘렸던 날들이 떠올라서 승아의 눈가가 촉촉해졌다.

"다 잊어버려."

준형이 뒤에서 승아를 살며시 껴안았다.

"이젠 내가 여기저기 질리도록 많이 데리고 다녀줄 테니까."

"선배 늘 바쁘면서."

"해외 출장인 걸로 해두지, 뭐."

"출장에 아내를 데리고 다니면 사람들이 뭐라고 하겠어요?"

"곧 내가 회장이야. 감히 누가."

그렇게 말하며 준형이 승아의 고개를 살짝 자기 쪽으로 돌리게 했다.

'괜찮아, 내가 있잖아.'

마치 그렇게 속삭이는 것처럼 너무나도 부드럽고 다정한 입맞춤에, 승아는 준형이 자신을 위로하려 하고 있다는 것을 깨달았다.

말투는 퉁명스럽지만 마음만은 너무도 다정한 남자.

승아도 몸을 뒤로 돌리다시피 해서 준형의 품에 안겨들며 마주 입술을 찾았다.

잠시 후, 입술을 뗀 준형이 가만히 한숨을 쉬었다.

"이렇게 자꾸 안겨드니까 못 참겠잖아."

"네?"

당황한 승아가 얼른 몸을 뒤로 뺐지만 이미 늦어 있었다. 준형이 도로 승아를 확 끌어안으며 속삭였다.

"하자."

"여, 여기서요? 어떻게…… 꺅!"

당황해서 되묻던 승아는 저도 모르게 비명을 질렀다. 준형이 다짜고짜 고개를 내려 승아의 젖꼭지를 냉큼 입속에 품어버렸기 때문이다.

준형은 그대로 승아의 작은 과실을 입속에 머금고 애무하기 시작했다. 혀로 살살 핥기도 하고, 입술로 자근거리기도 하면서. 그리고 쪼옥, 소리 내어 빨아들이는 순간 승아는 처음 맛보는 감각에 몸서리치며 준형의 머리를 감싸 안았다.

"아앗!"

승아의 가슴을 욕심껏 희롱하고 난 후에야 준형은 가쁜 숨을 내쉬며 고개를 들었다.

"안타깝지만 아무래도 여기선 더는 힘들겠군."

"네?"

"이 아래로는 물속에 들어가 있잖아."

준형이 손가락으로 승아의 하반신을 가리켰다.

"여기부터는 방에 들어가서 예뻐해 줄게."

거침없는 말에 승아는 또다시 새빨개졌다.

"제발요, 선배! 그러다가 누가 듣기라도 하면……."

"글쎄 아무도 안 듣는다니까."

승아를 가볍게 안아 들고 준형이 말했다.

"오늘부터 사흘 동안 너랑 나, 둘뿐이야. 그렇게 알고 나한테만 집중해."

준형이 승아의 얼굴을 들여다보며 힘주어 속삭였다.

"……알았어요."

승아는 수줍게 고개를 끄덕였다.

준형은 그대로 승아를 안은 채 방으로 향했다.

두 사람이 밖에 있는 동안 이미 상은 치워져 있고, 대신 이부자리가 준비되어 있었다.

준형은 수건으로 승아와 자신의 몸의 물기를 살짝 닦아냈다. 그러는 동안 부끄러움을 참느라 승아는 눈을 꼭 감고 있었다.

이윽고 몸이 다시 둥실 떠올랐다. 준형이 다시 승아의 몸을 안아 든 것이었다.

"눈 떠봐."

조심스럽게 승아를 이불 위에 눕히고, 준형이 속삭였다.

승아는 가만히 눈을 떴다. 불은 꺼져 있고, 대신에 창으로 새어 들어온 달빛이 이부자리 위에 쏟아지고 있었다.

그리고 준형이 너무나 다정한 눈으로 자신을 내려다보고 있었다.

"어떻게든 침대 위는 아니게 되는군."

준형이 장난스럽게 말했다.

"그때, 꼭 처음에는 침대 위에서 제대로 안겠다고 생각하고 참은 건데."

아, 그때. 승아는 미소 지었다.

"어디면 어때요. 선배랑 둘이 있기만 하면 행복한걸요."

가만히 팔을 뻗어 준형을 안으며 승아는 말했다.

그 뒤에 이어진 일들은 쏟아지는 달빛처럼 부드럽고도 황홀했다.

"너무 예뻐."

달빛 아래 드러난 승아의 몸을 보고 준형은 그렇게 말했다. 진심이라는 것을 표정으로 알 수 있어서, 승아는 부끄러우면서도 기뻤다.

"처음 봤을 때보다는요?"

"그때도 물론 예뻤지만, 지금이 훨씬 더 예뻐."

준형이 손을 뻗어 승아의 가슴을 살짝 그러쥐며 속삭였다.

"이젠 정말 내 거니까."

더없이 조심스러우면서도 한편으로는 과감한 애무가 시작되었다.

"부끄러울 거 없어. 너랑 나, 둘뿐이니까."

자꾸만 수줍어하는 승아를, 준형은 그런 말로 다정하게 부추겼다. 그래도 다리 사이에 손이 닿는 순간은 움츠러들 수밖에 없었다.

"아!"

흠칫 놀라며 다리를 꽉 오므리는 승아에게, 준형이 유혹하듯 말했다.

"열어줘. 그래야 좋게 해줄 수 있으니까."

잠시 후에야 승아는 겨우 마음을 정하고 살짝 다리에 힘을 풀었다. 그리고 준형은 그 타이밍을 놓치지 않고 그 사이에 얼굴을 묻었다.

"아······!"

더 이상 부끄러워하고 있을 여유조차 없었다. 그만큼 준형이 해주는 애무는 충격적인 황홀함을 안겨주었다. 승아는 정신없이 준형의 머리카락을 붙잡고 헐떡였다.

"아, 그, 그만요!"

"괜찮으니까 더 느껴봐."

준형의 혀와 입술이 승아의 은밀한 곳을 거침없이 헤집으며 입을 맞췄다. 무서울 정도로 고조되어 가는 쾌감에 당황한 승아는 정신없이 발을 버둥거리며 외쳤다.

"지, 진짜 그만해야 할 것 같아요. 네?"

하지만 이젠 대꾸조차 돌아오지 않았다. 오히려 한층 더 노골적인 애무이 이어졌을 뿐. 준형은 승아의 허벅지를 단단히 손으로 붙들고, 아까부터 승아가 제일 못 견뎌 했던 그 부분만을 집요하게 혀로 자극했다.

어느 순간 엉덩이가 절로 위로 떠올랐다. 동시에 온몸의 근육이 경직되면서, 격렬한 떨림이 찾아왔다.

"아아아앗!"

제 것 같지 않은, 도저히 제 목소리라고는 믿어지지 않는 달콤하고도 긴 신음 소리가 방 안에 울려 퍼졌다.

파들파들 떠는 승아의 몸을, 준형은 떨림이 가라앉을 때까지 꼭 끌어안아 주고 있었다.

"좋았어?"

잠시 후, 승아가 조금 진정되었을 때에야 준형이 빙긋 웃으며 물었다.

솔직히 말하자면 좋긴 좋았다. 하지만 다 알면서 굳이 묻는 남자가 얄미워서 승아는 일부러 말했다.

"뭐, 생각만큼은 아니던데요?"

"음? 표정은 아주 좋아 죽는 것 같던데."

"누, 누가요! 그냥 그저 그랬거든요?"

"그럼 진짜 좋게 해줘야겠군."

그러더니 준형은 승아의 손을 잡아서 자신의 것을 슬그머니 쥐어주었다.

"이번엔 이걸로."

손바닥으로 준형의 성난 남성을 느낀 순간 승아의 심장이 쿵, 하고 떨어졌다.

'어, 어떡해!'

예전에 한번 허벅지에 닿은 적은 있지만 직접 이렇게 손에 쥐는 건 처음이었다. 그리고 손에 쥐어진 그것은 생각했던 것보다 훨씬, 훨씬 더 컸다.

언젠가 선미의 '크냐?' 는 질문에 승아는 한숨을 내쉬며 이렇게 대꾸한 적이 있었다.

"야, 내가 만에 하나 준형 선배의 그…… 그걸 봤다고 치자. 근데 내가 다른 남자를 사귀어본 것도 아니고, 비교 대상이란 게 없는데 그게 큰 건지 안 큰 건지 내가 어떻게 알겠냐?"

그때 선미는 코웃음을 치며 이런 명답을 내놓았다.

"너 그래도 야동은 본 적 있을 거 아냐."

"그, 그야 그렇지."

"거기 나오는 남자 정도면 엄청 크다고 생각하면 돼. 아, 서양 거 기준으로."

그 말에 순진한 승아는 아, 그렇구나! 하고 깨달음을 얻은 적이 있었다.

그런데 준형의 것은 아무리 봐도 야동에 나오는 남자에 비해서도 별로 뒤져 보이는 크기가 아니었다. 물론 서양 거 기준으로.

'어쩌지?'

속으로 쫄아 있는 승아를, 이윽고 준형이 반듯하게 눕혔다.

"왜 그래?"

이윽고 달빛에 비친 승아의 표정을 내려다보고 준형은 이상한 낌새를 챈 모양이었다.

'넣으면 아플 것 같아서요!'

차마 그렇게 말은 못 하고, 승아는 어색하게 웃어 보였다.

"괜찮아요. 그냥 좀 긴장돼서 그래요."

하지만 준형은 그 정도로 속아 넘어갈 인물이 아니었다.

"혹시 무서워?"

"그것도 좀……."

솔직하게 고개를 끄덕이자 준형은 무슨 생각을 했는지 승아의 몸 위에서 내려왔다. 그러고는 곁에 누워서 이불을 끌어다 승아에게 덮어주었다.

"그럼 오늘은 여기까지만 하고, 이만 자자."

"네?"

당황한 것은 승아 쪽이었다. 아니, 그렇다고 하려던 걸 그만두다니!

"아니, 뭐, 그럴 것까지는……!"

"신혼여행이잖아. 어디까지나 기분 좋고 즐거운 것만 하게 해주고 싶어."

준형이 웃으며 승아의 이마에 가볍게 입을 맞췄다.

"네가 날 무서워하지 않을 때까지 기다릴게."

가슴 한구석이 찌르르해졌다. 아까 손으로 느껴본 준형은 이미 더할 나위 없이 흥분해 있었는데, 자신이 무서워한다는 이유로 참겠다고 하고 있지 않은가.

"무서워하는 거 아녜요."

승아는 이불을 젖히고 준형의 가슴에 안겨들며 속삭였다.

"그냥 처음이라 좀 긴장되는 것뿐이라고요. 그러니까……."

그 뒤에 이어진 말은 하도 웅얼거리다시피 해서, 준형은 잘 듣지 못한 모양이었다.

"뭐라고?"

그렇게 묻는 준형에게 승아는 다시 한 번 귀에 대고 속삭였다.

"안아주세요."

마음먹고 한 유혹이 제대로 먹힌 모양이었다. 준형이 숨을 들이켜는 것이 느껴졌다.

"……그럼 사양하지 않겠어."

준형이 이불을 저만치 걷어치워 버렸다. 그리고 승아의 두 다리를 살짝 안아 들었다.

"이렇게 하는 게 덜 아플 거야."

이미 아까의 농후한 애무로 녹아버릴 것같이 되어 있는 승아의 다리 사이에 준형의 것이 닿았다. 그대로 밀고 들어오는 느낌에 승아는 입술을 꼭 깨물었다.

"입술 깨물지 마."

준형이 그렇게 속삭이며 살며시 입술을 겹쳐 왔다. 승아는 그 입술에 정신없이 매달렸다.

달콤한 입술에 취해 있는 동안 준형은 점점 더 깊이 들어왔다. 물론 아팠지만 다행히 아까 충분히 적셔놓아서인지, 그렇게 견디지 못할 정도까지는 아니었다.

문득 준형이 진입을 멈춘 것을 느낀 승아가 입술을 떼고 물었다.

"다 들어온 거예요?"

"응. 끝까지 다."

그렇게 말하는 준형의 목소리는 황홀감에 젖어 있었다.

"많이 아파?"

아프지 않다면 거짓말이었다. 하지만 아픔보다도 사랑하는 사람과 드디어 하나가 됐다는 만족감이 훨씬 더 컸다. 몸속 깊은 곳까지 준형이 꽉 채우고 있다는 게 기쁘고 행복했다.

"괜찮아요."

승아가 그렇게 말하자 준형이 조심스럽게 허리를 움직이기 시작했다.

"아, 너무 좋아."

준형이 낮게 신음했다.

한편 승아는 아픈 와중에서도 또 다른 생소한 느낌을 받고 있었다. 준형의 움직임이 거칠어질수록, 그 생소한 감각은 아픔만큼이나 커져 갔다.

"아, 선배!"

참지 못하고 승아는 준형의 목에 매달려 신음했다.

승아를 걱정해서일까. 준형은 절대 격렬하게 움직이지 않았다. 하지만 극도의 자제심을 발휘해서 천천히 움직이던 그도 결국은 승아의 신음에 자극당한 듯, 조금 율동이 빨라졌다.

"미치겠어."

절정의 순간, 준형은 몸을 떨며 속삭였다.

"사랑해, 짐승아!"

잠시 두 사람은 서로를 꼭 끌어안은 채 가쁜 숨을 골랐다.

한참 후, 준형이 말했다.

"내 명예를 위해 미리 말해두지만, 이것보다는 훨씬 오래 할 수 있어."

"그런데요?"

"너무 오래 하면 네가 아파할까 봐 이 정도로 참은 거야."

승아는 그만 웃어버렸다. 누가 오래 해달라고 말한 적도 없는데 굳이 이런 변명 같은 말을 하는 준형이 귀엽게 느껴져서였다.

"어, 웃네. 안 믿는 거야?"

그 웃음을 오해했는지 준형이 분한 듯이 말했다.

"좋아. 그럼 내일쯤 좀 괜찮아지면 제대로 보여주지."

"됐어요, 마음은 고맙지만 사양할게요."

그러나 준형은 이미 승아의 말 따위는 듣고 있지도 않았다.

"내일은 진짜로 노천탕 안에서 해보자. 선 채로 뒤에서 안고 하면 어떻게 될 듯도……."

"미쳤어요?"

"그러려고 사흘이나 전세 낸 거야. 그 정도는 즐겨야지."

"선배!"

빨개진 승아가 빽 하고 소리를 질렀다. 하지만 역시 준형에겐 들리지 않는 것 같았다.

"그리고 난 다음엔 방에 들어와서 제대로 한 번 더 하고……."

승아는 한숨을 푹 쉬었다.

'나, 한국에 살아서 돌아갈 수 있을까?'

결론부터 말하자면 살아서 돌아오기는 했다. 갈 때보다 살이 쪽 빠져서 그렇지.

"아니, 승아야! 넌 대체 왜 얼굴이 반쪽이 돼서 온 거냐?"

서진호텔로 거처를 옮겨가 있던 엄마는 신혼여행에서 돌아온 딸의 얼굴을 보고 놀라서 물었다.

'엄마 사위가 3박 4일 내내 괴롭혀서.'

라고 승아가 속으로 대꾸하는데, 곁에서 준형이 웃으며 태연하게 대답했다.

"저하고 승아 둘 다 대학교 때 산 타는 소모임이었잖습니까, 어머님. 거기 산이 참 예뻐서 하루 종일 구경하러 돌아다니다 보니까 승아가 많이 힘들었나 봅니다."

어쩜 저렇게 눈 하나 깜짝하지 않고 거짓말을 할 수 있을까.

사실을 말하자면 승아는 정말이지 바깥 구경이라고는 단 한 번도 하지 못했다. 사흘 내내 료칸에 틀어박혀서 준형에게 이런 짓 저런 짓 그런 짓을 당하느라고!

무, 물론 이쪽도 즐기지 않은 건 아니다. 짧은 기간에 준형이 잘 길들여 줘서, 나중에는 아픔도 거의 사라진 덕분에 더욱더 그랬다. 하지만 말마따나 산이 그렇게 예쁜데 바깥 구경 정도는 한 번쯤 할 수도 있었던 거 아닌가! 물론 안에서 이런 짓 저런 짓 그런 짓을 하는 것도 나쁘지는 않았지만! 그래도!

승아는 이 긴 어이없음을 단 한 음절의 말로 표현해 냈다.

"헐!"

안타깝게도 딸의 마음을 알아듣지 못한 엄마는 사위의 말을 철석같이 믿어버렸다.

"쯧쯧, 거기까지 갔으면 그냥 좀 편히 쉬지. 고생들 했구먼."

"그래도 즐거웠습니다, 어머님."

웃으며 그렇게 말한 준형이, 새삼스럽게 엄마가 묵고 있는 객실 안을 둘러보았다.

"지내시는 데 불편함은 없으십니까?"

"불편하긴! 너무 편해서 오히려 불편할 지경인데."

엄마가 화들짝 놀라며 손사래를 쳤다.

"외출할 때마다 차에다 기사까지 준비해 주시는 바람에 아주 황송해 죽을 지경일세."

"예?"

준형이 고개를 갸웃거렸다.

"그러고 보니 제가 거기까지는 미처 생각을 못 했습니다만……."

"자네 아버님이 준비해 주신 거야."

"예? 아버지가요?"

준형은 깜짝 놀랐다. 승아의 엄마가 고개를 끄덕였다.

"그래. 사실은 처음에 이 호텔에서 지내자고 생각한 것도……."

그러나 승아의 엄마는 무슨 생각을 했는지 말하다 말고 입을 다물었다. 그러더니 갑자기 준형을 향해 물었다.

"신혼여행을 다녀왔으니 자네 집에도 인사를 가야 하지 않겠나?"

"예?"

준형은 당황했다. 사실 그럴 계획이 없었기 때문이다.

"우선 아직 여독도 다 풀리지 않았으니 좀 쉬고 천천히 다녀오겠습니다."

"그러는 게 아니야. 갓 들어온 며느리, 경우 없다고 욕 먹일 셈인가?"

엄마가 엄한 얼굴을 했다.

"그전에 부모님하고 어떤 일이 있었는지 나야 모르겠지만, 아주 연을 끊은 사이가 아닌 다음에야 자식으로서 도리는 지키고 살아야지. 이제 결혼했으니까 어린애도 아니지 않은가?"

"어머님……."

"딴생각 말고 내일 당장 다녀오도록 하게."

더 뭐라고 할 수도 없도록 엄마는 딱 못을 박았다. 그리고 뒤이어 승아에게도 말했다.

"네가 미리 오늘 전화 드려. 그래야 식사 준비라도 하시겠지."

"알았어, 엄마. 알았으니까 그렇게 무섭게 말하지 좀 마. 언제 내가 가기 싫댔어?"

사실 승아도 엄마의 생각과 비슷했다. 신혼여행을 다녀왔으면 시댁에도 인사를 갔다 오는 게 옳다고 생각했는데, 준형이 굳이 그럴 필요 없다고 우기는 바람에 오히려 마음이 불편한 참이었다.

"다녀올게, 엄마. 너무 걱정 마."

에필로그 2

임신이라는 것을 알게 된 것은 그로부터 약 두 달 후의 일이었다.

날짜를 따져 보니 아무래도 신혼여행 때 생긴 것 같았다. 아무래도, 라는 것은 확신은 할 수가 없다는 뜻이다. 왜냐하면 갔다 와서도 매일 밤 쉬지 않았으니까!

"아마 신혼여행 둘째 날일 거야."

이상하게도 준형은 확신하다시피 말했다.

"둘째 날, 몇 번째로 한 거요?"

"글쎄, 몇 번째였는지까지는 기억이 안 나고."

승아가 비꼬는 것을 눈치채지 못한 듯, 준형은 생각에 잠겼다.

"왜, 노천탕에서 서로 물장난 치고 놀다가 나온 후에 했을 때 있잖아. 그때 유난히 뭐랄까, 빨아들이는 듯한 느낌이었다고 할까…… 하여튼 느낌이 예사롭지 않았거든."

"됐어요!"

새빨개진 승아가 준형의 가슴을 주먹으로 쾅 하고 쳤다.

"어쨌든, 기분이 어때요?"

"음?"

준형이 의아한 듯이 승아의 얼굴을 쳐다보았다.

"아빠가 된다니까요. 기분이 어떠냐고요."

"아, 내가 말하지 않았어?"

그제야 준형이 웃으며 승아를 번쩍 안아 들었다.

"너무 행복해서 죽을 것 같다고 말이야!"

준형이 이렇게 활짝 웃는 모습은 승아도 자주 보지 못하는 것이었다.

사랑하는 남편의 품에 안겨서, 승아는 앞으로 그가 이렇게 웃을 날이 점점 많아지기를 마음속으로 간절히 빌었다.

승아의 엄마는 물론이고 시부모님도 임신 소식을 듣고 뛸 듯이 기뻐했다. 정확히 말하자면 기뻐한 것은 시아버지뿐이었지만.

"잘했다, 아가. 정말 잘됐구나!"

벌떡 일어나서 덥석 손을 잡고 좋아하는 서 회장을 보고 승아는 가만히 한숨을 쉬었다.

"그이랑 같이 와서 말씀드려야 하는 건데 죄송해요."

"괜찮다. 누가 와서 말하든 마찬가지 아니겠느냐."

서 회장은 아무렇지도 않다는 듯이 말했지만 어딘가 서운함이 묻어나는 것을 승아는 눈치챘다.

신혼여행에서 돌아온 다음 날, 승아는 준형과 함께 시댁에 인사하러 갔었다.

그리고 둘을 맞이한 것은 도우미 아주머니들이 차린 진수성찬이었다. 시어머니인 민 여사는 몸이 안 좋다는 핑계로 머리를 싸매고 틀어박혀 버렸고, 결국 식사는 서 회장과 준수, 그리고 준형과 승아 넷이 해야 했다.

민 여사는 식사가 다 끝나고 두 사람이 집을 나설 때까지도 끝내 얼굴조차 내비치지 않았다.

그날 돌아오는 길에 준형은 차 안에서 내내 표정이 굳어 있었다.

"미안해, 정말로."

그는 승아에게 몇 번이나 그렇게 말했다.

물론 승아도 유쾌할 리가 없었다. 아무리 계모라지만 명색이 시어머니인데, 처음 인사 온 며느리를 이렇게 홀대할 수가 있을까.

하지만 그보다도 준형이 상처받는 것이 더 마음이 아팠다.

"난 정말 괜찮아요. 그러니까 너무 신경 쓰지 말아요, 네?"

그러나 준형은 이를 악물고 말했다.

"장모님이 뭐라고 하시든 저 집에는 두 번 다시 가지 않겠어."

그때 승아가 느낀 것은 참 갈 길이 멀다는 것이었다.
준형의 아버지에 대한 묵은 감정이 풀린다 해도, 계모와의 문제가 또 남아 있지 않은가. 이건 아예 풀기가 불가능해 보였다.

"그러니까 엄마, 정말 억지로 될 일은 아닌 것 같아."

그날 돌아와서 승아는 엄마에게 그렇게 말했다.

"앞으로 시간이 아주 많이 지나면 나아질지도 모르지만, 최소한 하루아침에는 절대 아니야. 그러니까 엄마도 너무 화해하라고 강요하지는 말아줘."
"내가 미처 그 생각을 못 했구나."

엄마도 한숨만 지었다.
"그래서 댁으로 찾아뵙는 건 좀 힘들 것 같지만, 가끔 밖에서 아버님이랑 준수 도련님이랑 넷이서라도 만나서 식사했으면 좋겠어요."
승아가 조심스럽게 말하자 서 회장이 고개를 저었다.
"너무 신경 쓸 것 없다. 아기한테 좋지 않아."
"하지만 아버님……."
"낳을 때까지는 오로지 네 마음 편하게 지내는 것만 신경 쓰거라. 난 그걸로 됐다."

애써 서운한 기색을 감추는 시아버지 때문에 승아는 더더욱 마음이 아팠다. 대체 어디서부터 어떻게 풀어야 하는 걸까.

'아가야, 혹시 네가 그 열쇠가 되어줄 수 있겠니?'

아직 티도 나지 않는 배를 어루만지며 승아는 그렇게 생각했다.

준형은 서진호텔 별관의 정식 개관을 앞두고 눈코 뜰 새 없이 바쁘게 지내고 있었다. 비록 몸은 바빴지만 그 어느 때보다 일하기 편한 환경이기도 했다. 아버지인 서 회장이 전적으로 준형을 믿고 맡겨주고 있었고, 동생 준수는 퇴사한 유경의 빈자리를 채우고도 남을 정도로 훌륭하게 서포트해 주었다.

일에 지쳐 집에 돌아가면 사랑스러운 승아와 뱃속의 아기가 반겨주었다. 아직 임신 초기라 눈으로 봐서는 존재조차 전혀 알 수 없는 아기지만, 승아의 배를 어루만지고 있으면 준형은 더없이 편안하고 행복한 기분이 되곤 했다.

확실히 말해서 준형에게 있어서는 더할 나위 없이 만족스러운 나날이었다.

그러던 어느 날, 회사에서 준수와 일 얘기를 하고 있을 때였다. 준수가 갑자기 얘기 말미에 엉뚱한 얘기를 꺼냈다.

"근데 형, 집에는 영영 안 올 생각이야?"

준형은 의외라고 생각했다. 자신의 마음을 잘 헤아리고 있는 동생은 평소에 아예 집안 얘기는 꺼내지도 않았기 때문이다.

"가봐야 어머니도 불편하실 테니까."

준형은 욱하는 감정을 애써 억누르고 차분하게 말했다. 어디까지나 준수에게는 사랑하는 친어머니니까.

하지만 준수는 이상하게도 고집을 부렸다.

"그건 그렇지만, 난 형이 언제든 한 번 와봤으면 좋겠어. 잠깐이라도."

"응?"

"뭐가 있는데, 형이 좀 보면 어떨까 싶어서."

그렇게 말하는 준수의 얼굴은 진지했다.

하지만 준형은 누가 뭐라고 말하든 절대 다시는 그 집에 발을 들이지 않을 생각이었다. 그게 아무리 사랑하는 동생 준수의 말이라도.

"미안하다, 준수야. 아무래도 내키지가 않아."

준형은 힘들게 말했다.

"알았어. 괜히 마음 불편하게 해서 미안해, 형."

그런 준형의 마음을 알았는지, 준수도 더 이상 강요하지는 않았다.

"그럼 이만 내려가 볼게."

그렇게 말하고 돌아서는 준수를 준형이 불러세웠다.

"잠깐만, 준수야."

"응?"

"요즘 많이 피곤하니? 얼굴색이 많이 안 좋은데."

그렇지 않아도 요즘 준수의 얼굴빛이 예전과는 달리 거무죽죽해 보이는 게 계속 마음에 걸렸는데, 오늘은 유난히 더해 보였다.

"그러게. 요즘엔 뭐만 하면 아주 피곤해 죽을 지경이야. 몸도 잘

붓고."

그러면서도 준수는 빙긋 웃어 보였다.

"요즘 일이 많아서 그런가 봐. 신경 쓰지 마."

하지만 동생의 성격을 잘 아는 준형은 걱정되지 않을 수 없었다.

"그렇게 피곤하면 며칠 집에서 쉬어. 병원에도 좀 가보고."

"에이, 형이 매일같이 야근하는데 나 혼자 의리 없게 어떻게 쉬어? 마음만 받을게."

"말 들으라니까. 쉬지는 않더라도 병원엔 꼭 가봐. 알았어?"

결국 준형이 무섭게 얼굴을 굳히고 말해서야 준수는 겨우 고개를 끄덕였다.

"알았어, 알았다고. 가볼 테니까 화 좀 내지 마."

그때 준형이 화낸 것이 그나마 다행이었다는 걸 얼마 안 가 알게 되었다.

"뭐라고요?"

"만성신부전증이랍니다."

망연자실해서 서 있는 준형에게 비서가 다시 한 번 되풀이했다. 준수가 누워 있는 병실 앞에서였다.

"신장염으로 유발된 것 같다는데, 검사 결과 현재 양쪽 신장 모두 기능이 10퍼센트 정도 남아 있는 상태라고 합니다."

준형은 어지러움을 느꼈다. 며칠 전까지도 얼굴색이 좀 나빴을 뿐 멀쩡해 보였던 동생인데. 날벼락도 이런 날벼락이 없었다.

"치료는?"

"우선은 투석을 계속 하는 수밖에는 방법이 없다고 하더군요. 그리고 앞으로 더 나빠지면 이식수술을 생각해야 한다고 합니다."

"알았어요."

준형은 천근만근 무거워진 마음으로 병실 문을 열었다.

"어, 형!"

의외로 환자복 차림의 준수는 밝은 얼굴로 준형을 맞이했다.

"바쁜데 뭐 하러 여기까지 왔어. 나 다음 주면 퇴원할 건데."

원래 녀석이 무한 긍정이라는 건 알고 있었다. 하지만 신장 두 개가 거의 다 망가졌다는데 이렇게까지 해맑을 수가.

"누가 보면 감기 정도 걸린 줄 알겠다, 녀석아."

준형은 의자를 끌어다 침대 곁에 앉으며 핀잔을 주었다.

"그럼 어떡해? 이미 벌어진 일인데 속상해해 봤자지."

준수가 빙글거렸다.

"그나마 형이 꼭 병원 가보라고 하도 무섭게 그래서 속는 셈치고 검사받은 게 다행이었어. 아니면 더 심하게 망가져서 왔을 텐데. 고마워, 형."

그래도 준형이 따라 웃지 못하자 준수가 오히려 준형을 위로하다시피 말했다.

"너무 걱정 마. 일주일에 세 번 정도 투석하면서 지내면 된대. 좀 불편해서 그렇지, 나머진 멀쩡하대. 물론 회사도 계속 나갈 수 있고."

"그래?"

투석이 뭔지 잘 몰랐던 준형은 준수가 그렇게 말하니까 그러려니 하고 생각했다. 훨씬 마음이 가벼워졌다.

"승아 누나한테는 아예 말하지도 마. 별것도 아닌데 괜히 신경 쓰면 조카한테 안 좋아."

"그래, 알았다."

아무래도 준수가 너무 과로해서 벌어진 일인 것만 같아서 준형은 마음이 좋지 않았다.

"앞으로 쉬엄쉬엄 일하도록 해. 몸 관리도 신경 쓰고."

"응. 고마워, 형."

거무죽죽하게 죽은 얼굴빛으로도 동생은 환하게 웃었다.

그게 그리 쉽게 말할 병이 아니라는 것을 알게 된 것은 그 후의 일이었다.

준형은 신장병에 대해 이리저리 알아보고 새로운 사실들을 알게 되었다.

신장이란 건 망가지면 회복이 거의 불가능하고, 점점 나빠질 뿐이라는 것. 최후의 방법은 투석과 신장이식뿐이라는 것. 그리고 그 투석이란 것이 생각했던 것보다도 훨씬 힘든 일이라는 것을.

마지막 사항에 대해서는 곁에서 지켜보면서 뼈저리게 느끼게 되었다.

퇴원 후에 준수는 전처럼 출근해서 일했다. 하지만 아무래도 전과 같을 수는 없었다. 일주일에 세 번, 네 시간씩이나 걸리는 투석을 받으러 다니는 것도 일이었지만, 받고 돌아온 날은 몸도 제대로 가누지 못할 정도로 피곤해했다. 그러니 업무는커녕 기본적인

생활조차 제대로 돌아갈 리 없었다.

그뿐인가. 물도 마음껏 마시지 못했고, 환자용 식단을 철저히 지켜야 하기 때문에 더 이상 같이 식사를 하기도 힘들었다.

가장 절망적인 것은 신장이식을 받지 않는 한 이 지긋지긋한 일을 평생 해야 한다는 것이었다. 아직 서른도 되지 않은 준수를 생각하면 준형은 가슴이 답답해졌다.

그리고 준수가 투석 치료를 받기 시작한 지 몇 달이 지났을 무렵, 준형의 사무실에 갑자기 들이닥친 사람이 있었다.

바로 계모인 민 여사였다.

"준형아, 제발 우리 준수 좀 살려다오!"

민 여사는 다짜고짜 준형의 옷깃을 붙잡고 늘어지며 애원했다.

"왜 이러세요, 어머니?"

당황한 준형이 뿌리치자 민 여사는 이번에는 사무실 바닥에 무릎을 꿇었다.

"내가 이렇게 무릎이라도 꿇겠어. 그러니까 준형아, 제발!"

그렇게 말하며 두 손 모아 비는 민 여사의 얼굴은 이미 눈물범벅이 되어 있었다.

"너도 준수 봐서 알지 않니. 이게 사람이 사는 게, 사는 게 아니라는 거. 이제 우리 준수 겨우 서른도 안 됐어. 어떻게 남은 평생을 저러고 살겠니?"

그제야 준형은 민 여사가 이러는 이유를 눈치챘다.

"어머니."

"네 아버지는 당뇨가 있으시니 꿈도 못 꿀 일이고, 내 거라도 줄 수 있다면 천 번이고 만 번이고 떼어주고 싶은 심정이야. 그런데 나도 지금 자궁암 때문에 항암 치료 중이라 주고 싶어도 줄 수가 없다는데 어쩌겠니."

준형은 가슴이 철렁했다. 처음 듣는 이야기였던 것이다. 아무리 정 없는 새어머니라지만 암이라는 데 놀라지 않을 수 없었다.

"그러니까 준형아, 내가 이렇게 빈다. 내가 암에 걸린 건 너한테 그간 못 할 짓을 해서 천벌 받는 거라고 치겠지만, 준수는 아무 죄도 없잖니. 그러니까 우리 준수 좀 살려다오. 응? 제발, 이렇게 빌 테니까……."

그때였다. 어디서 듣고 달려왔는지 준수가 호텔 경비들과 함께 사무실로 들어왔다.

"어머니!"

민 여사를 보자마자 준수가 입술을 깨물며 강제로 일으켰다.

"제발 이러지 마시라고 말씀드렸잖아요. 대체 왜 이러세요!"

그 말투로 준형은 알 수 있었다. 그동안 민 여사가 준형에게 이식을 부탁하려는 걸 준수가 계속 막아왔다는 것을.

"그럼 나더러 내 새끼 죽는 꼴을 앉아서 보란 말이냐!"

민 여사가 악을 썼다.

"저 안 죽어요. 투석만 받으면 멀쩡히 잘사는데 대체 왜 이러세요?"

"어디 그게 사는 거냐? 하루를 살아도 사람같이 살아야 할 것 아니야!"

"말이 되는 소리를 하세요. 어머니가 이러셔도 소용없으니까,

일단 나가세요."

"안 돼! 그럴 수 없어. 준형아, 준형아?"

"뭐 하시는 겁니까! 얼른 모시고 나가세요!"

준수가 목소리를 높이자 그때까지 어쩔 줄 몰라 하고 있던 경비들이 그제야 달려들어 민 여사를 강제로 데리고 나갔다.

"미안해, 형. 어머니가 괜한 소리를 해서."

"……아니야."

"그냥, 어머닌 나를 너무 사랑해서 그러는 거야. 날 너무 사랑한 나머지 그 외의 것은 하나도 눈에 들어오지 않는 거지. 그러니까 형이 좀 이해해 줘."

사무실을 나가기 전 준수는 씁쓸한 미소를 지어 보였다.

"어머니가 했던 얘긴 잊어버리고."

물론 준형으로서는 잊어버릴 수 있을 리가 없었다.

출산 예정일이 다가올수록 승아는 힘들어하고 있었다. 배가 점점 커져서 숨도 제대로 쉴 수 없고, 몸을 조금만 움직여도 비명이 나올 정도로 고통스러운 탓에 밤에도 잠을 제대로 잘 수가 없었다. 게다가 사내아이라 그런지 워낙 활발하게 놀아서, 가끔씩 세게 걷어찰 때는 갈비뼈가 부서질 듯이 아팠다.

그래서 오늘도 잠자리에 누운 승아는 몇 번이나 몸을 뒤척이며 잠을 이루지 못하고 있었다.

"잠이 잘 안 와?"

오늘따라 잠이 안 오는 것은 준형도 마찬가지인가 보다. 승아를 향해 돌아누우며 이렇게 묻는 것이었다.

"왜, 아기가 심하게 놀아서?"

"아뇨, 오늘은 아가도 일찍 잠들었는지 조용하네요. 그냥 몸이 뻐근해서 그래요. 근데 당신은 왜 아직 못 자고 있는 거예요?"

결혼 후에도 한참 선배라고 부르다가 엄마한테 몇 번이나 야단을 맞고 정착된 호칭이었다.

"나도. 오늘따라 이래저래 생각이 많네."

손을 뻗어 승아의 배를 가만히 어루만지던 준형이 한숨을 섞어 대답했다.

"무슨 생각이요?"

"……신장이식이라는 게, 이식수술 중에서는 제일 흔하고 쉽다더군."

승아는 가슴이 철렁했다.

그렇지 않아도 준수의 상태가 그리 좋지 않다는 건 알고 있었다. 지난번에 만났을 때, 하필 투석을 받고 온 직후라서 다리가 저려 괴로워하는 걸 눈으로 보는 바람에 마음이 아파 혼나기도 했다.

하지만 이식을 고려하고 있는 것 같은 준형의 말을 듣자 더럭 겁부터 났다.

"그래도 수술인데 위험하지 않겠어요?"

"그렇게 따지면 모든 수술이 다 위험부담을 안고 있는 거겠지."

"만약에 하나를 기증했는데, 남은 한 개가 나빠지면 어떡해요?"

"원래 신장이라는 게 망가질 땐 두 개가 같이 망가진다더군. 하나는 멀쩡하고 하나만 나빠지는 경우는 거의 없대. 그러니까 어차피 망가지면 결과는 같은 거겠지."

요즘 들어 부쩍 준형이 이식에 대한 생각을 하는 눈치기는 했다. 이런저런 자료를 찾아보는 것도 알고 있었다. 그런데 갑자기 이렇게 거의 마음을 정한 것 같은 소리를 하는 이유가 뭔가 있을 거라고 승아는 생각했다.

"오늘 무슨 일 있었어요?"

"응."

준형이 고개를 끄덕였다.

"낮에 새어머니가 내 사무실에 와서 무릎 꿇고 비시더군. 제발 준수 좀 살려달라고."

"그래서 마음이 움직인 거예요?"

"그럴 리가. 단지…… 이게 우리 아기의 일이었다면 어땠을까, 하는 생각이 들긴 했어."

승아의 배를 부드럽게 어루만지며 준형이 말했다.

"만약에 우리 아기가 준수 같은 상황에 놓이면 어땠을까. 아마 나도 천 번이든 만 번이든 무릎을 꿇고 애원할 수 있을 것 같다는 생각이 들더군."

"아마 그렇겠죠."

"그렇게 생각하고 나니까 뭐랄까, 새어머니 마음도 어느 정도 이해할 것 같은 거야. 어머니 눈에는 내가 당신 자식 앞길을 막는 존재로밖에 안 보였을 테니까 내가 미울 수밖에 없었겠구나, 하고."

준형이 쓴웃음을 지었다.

"살다 보니 별걸 다 이해하게 되는군. 우습지."

승아는 딱 잘라 물었다.

"주고 싶어요?"

"응."

대답은 곧바로 돌아왔다.

"어머니를 봐서가 아니라 내 동생 준수를 위해서 주고 싶어."

"……."

"아버지도 어머니도 건강 때문에 안 된다는데, 결국은 나밖에 없잖아. 준수가 저렇게 힘들어하는 거, 곁에서 지켜보는 것도 힘들고."

아무 말도 하지 못하고 있는 승아의 이마에 준형이 가만히 입을 맞췄다.

"물론 쉽지 않겠지만 당신도 이해해 줬으면 좋겠어. 준수는 당신 동생이기도 하잖아."

그 말에 승아는 문득 부끄러웠다.

물론 승아도 준수를 진심으로 좋아했다. 친동생처럼 생각한다고 스스로도 믿고 있었다. 그런데 결국 중요한 시점에 와서는 전혀 준수 생각은 하지 않고 있었던 게 아닌가.

해줘야 한다. 하는 게 옳다. 머리로는 그렇게 생각하고 있었지만, 아무래도 쉽게 입이 떨어지지 않았다.

승아가 망설이고 있던 그때였다.

뻥.

그때까지 쥐 죽은 듯이 조용히 있던 아기가 세게 배를 걷어찼다. 깜짝 놀랄 정도로.

그리고 그 순간 승아는 마치 아기의 목소리를 들은 것 같은 느낌을 받았다.

'엄마, 그렇게 해요! 네?'

마지막까지 승아를 괴롭히던 망설임이 사라졌다.

"그렇게 해요."

승아는 고개를 끄덕였다.

"준수가 건강해지면 당신도, 나도 지금보다 훨씬 행복해지겠죠. 그러니까 그렇게 해요."

"고마워."

"두 사람 다 괜찮을 거예요. 꼭 건강해질 거고요."

준형의 팔에 안기며 승아는 힘주어 말했다.

"우리 아기가 지켜줄 테니까요."

준형이 본가를 찾은 것은 그다음 날 저녁이었다.

"준수에게 제 신장을 주고 싶습니다. 물론, 적합하다면 말이지만요."

준형이 말을 꺼내자마자 민 여사는 울음을 터뜨렸다.

"여보, 들으셨어요? 방금 준형이가, 우리 준수를 살려준다고……!"

감격에 찬 민 여사와는 달리 서 회장은 착잡한 표정을 감추지 못했다.

"면목이 없구나. 애비가 건강관리라도 잘해두었더라면 좋았을 텐데."

"어차피 증여자는 젊을수록 좋다고 합니다. 준수도 아직 젊어서 앞으로 수십 년은 더 써야 할 장기인데, 아마 아버지가 줄 수 있는 상황이셨더라도 역시 제가 주려고 했을 겁니다. 그러니까 죄스럽게 생각하실 필요 없습니다."

"정말 괜찮은 게냐? 네 안사람은 뭐라더냐?"

"승아는 이미 이해해 줬습니다. 걱정하실 것 없습니다. 이제 준수만 동의하면 내일이라도 당장 적합 검사를 받도록 하겠습니다."

그렇게만 말하고 준형은 앉아 있던 소파에서 몸을 일으켰다.

"그러면 드릴 말씀은 다 드렸으니 저는 이만 가보겠습니다. 편히 쉬십시오."

그러다 문득 생각난 것이 있었다. 준형은 여태 울먹이고 있는 민 여사를 내려다보며 조용히 말했다.

"어머니도 부디 건강관리 잘하셔서 쾌차하세요. 어머니가 아프시면 준수가 슬퍼합니다."

담담한 걱정의 말에 민 여사는 또다시 눈물을 쏟았다.

"준형아……!"

굳이 배웅을 나오려는 서 회장과 민 여사를 극구 나오지 못하게 말리고, 준형은 혼자서 집을 나왔다.

넓은 정원을 가로질러 대문으로 향하던 준형은 문득 걸음을 멈췄다. 정원 한 켠에 새로 지어진 작은 건물 같은 것이 눈에 띄었기 때문이다.

그렇지 않아도 아까 들어올 때부터 계속 마음에 걸렸다. 대체 저게 뭔지.

가까이 가보니 통나무로 만든 집이었다. 마치 곰돌이 푸가 살 것 같은 느낌의 아담하고 귀여운 집.

어둠 속에서 스위치 같은 것이 눈에 띄어서 준형은 더듬거리며 눌러보았다. 그리고 불이 켜진 순간, 깜짝 놀랐다.

통나무집 안은 온통 아기를 위한 물건들로 가득 차 있었다.

아기 침대, 색색깔의 모빌, 예쁜 장난감들, 인형들, 그 외에도 준형으로서는 대체 어디에 쓰는지도 짐작이 안 가는 아기 물건들도 많았다.

바닥도 모두 파스텔 톤의 부드러운 재질로 깔려 있었다. 어린아이가 아장아장 걷다가 넘어져도 괜찮도록.

이 모든 것이 누구를 위한 것인지 준형은 곧바로 알아차렸다.

'아버지가……?'

문득 준수가 집에 와보라고 했던 것이 생각났다. 형이 꼭 봐야 할 게 있다고 진지한 얼굴로 말했던 게 바로 이 집 얘기임이 틀림없었다.

마음이 어지러워졌다. 어차피 아기가 태어나도 집에는 거의 찾아오지도 않을 텐데, 왜 아기를 위해서 굳이 이런 집까지 짓고 있는 걸까.

준형은 황급히 불을 끄고 도망치듯 돌아서서 잰걸음으로 대문을 향해 걸었다.

알 것도 같은 아버지의 마음을, 아직은 도저히 똑바로 마주할 생각이 들지 않았다.

신장이식을 결심한 것까지는 좋았는데, 복병이 있었다. 바로 준수 본인이었다.

다음 날, 준형은 신장이식 얘기를 하기 위해 준수를 사무실로 불러냈다. 그런데 채 얘기도 꺼내기 전에 준수는 펄펄 뛰며 화까지 냈던 것이다.

"누가 형한테 신장 달랬어? 왜 엉뚱한 짓을 하고 그래!"

이미 어젯밤에 부모님한테 듣고 한바탕하고 온 눈치였다.

"어제 아버지랑 어머니한테도 분명히 말했어. 나 절대 형 신장 안 받을 테니까 꿈도 꾸지 마시라고. 그러니까 형도 절대 그런 생각 하지 마."

"준수야."

"더 얘기해도 소용없어. 또다시 얘기하면 그땐 정말 화낼 거니까, 형도 그렇게 알아."

준수는 단호하게 말하고 준형의 사무실을 박차고 나가 버렸다.

원래 유하던 사람이 화를 내면 한층 더 무서운 법이다. 늘 웃으며 따르던 동생이 저렇게까지 화를 내는 것은 준형도 평생 처음 보는 일이어서, 더 말을 꺼낼 엄두가 나지 않았다.

"당신이 좀 얘기해 보지 않겠어?"

생각다 못해 준형은 승아에게 부탁했다.

"제가요?"

"그래. 준수가 당신을 또 무척 따르잖아. 물론 나도 따르지만, 아무래도 나는 말주변이 당신만큼은 안 되니까. 당신이 얘기해 보면 좀 나을까 싶어서."

"알았어요."

승아는 흔쾌히 승낙했다.

"내가 한번 만나서 얘기해 볼게요."

"승아 누나! 웬일로 여기까지 다 왔어요, 가만히 있어도 힘들 텐데!"

뒤뚱거리며 사무실로 들어서는 승아를 얼른 부축해 소파에 앉히며 준수가 반갑게 말했다.

"차 부탁해요. 커피 안 되고, 홍차 안 되고, 음, 누나 코코아 어때요?"

"고마워."

"코코아 가져와 줘요. 내 건 됐고."

비서에게 이르고 나서 준수는 승아 맞은편에 앉았다.

"누나, 예정일이 언제였죠?"

"한 달 정도 남았어."

"와, 벌써 그렇게 됐구나. 내가 그 날 병원에 꼭 갈게요. 아기 모빌이랑 미리 다 사놨어요."

저번에 봤을 때보다도 훨씬 수척한 얼굴로 준수가 싱글벙글했다.

하지만 승아는 딱 잘라 말했다.

"아니, 병원에는 안 와도 돼. 아마 준수 넌 오기 힘들 테니까."

"왜요?"

"그때쯤이면 이식받고 한창 회복 중일 텐데 조심해야지."

준수의 얼굴이 굳어졌다.

"……결국 누나도 그 얘기 하러 온 거예요?"

"당연하지. 너도 눈치는 챘을 거 아니야?"

"그거라면 누나하고도 더 얘기하고 싶지 않아요. 누나 몸도 무거운데 괜히 기분 상하게 하고 싶지 않으니까, 그냥 일찍 집에 가서 쉬세요. 차 대기시켜 놓을게요."

벌떡 일어나서 제 책상으로 향하는 준수를 승아가 불러 세웠다.

"대체 왜 그러는 건지 이유라도 듣자."

수화기를 들던 준수의 손이 멈췄다.

"신장이식, 그래, 쉬운 일은 아니지. 그렇지만 그렇게까지 치명적으로 위험한 일도 아니라는 건 준수 네가 제일 잘 알 거 아냐. 오히려 장기이식 중에선 제일 흔한 수술인데."

승아가 똑바로 준수를 쳐다보며 물었다.

"그런데도 왜 그렇게 질색하면서 거절하는 거야? 이유라도 말해줘."

"나도 염치라는 게 있어요, 누나."

준수가 수화기를 내려놓고 한숨을 쉬었다.

"누나도 대강 얘기는 들어서 알겠지만, 형이 어릴 때부터 우리 엄마 때문에 많이 힘들게 자랐잖아요. 나는 심지어 그걸 옆에서 다 지켜본 사람이라고요."

준수의 얼굴에 괴로움이 가득 찼다.

"이렇게 말하면 웃겠지만…… 그래요, 내 엄마니까 하는 말 맞아요. 근데 우리 엄마, 사실 그렇게 나쁜 사람은 아니에요. 그냥 나를 너무 사랑했을 뿐이죠. 결국 형이 그렇게 힘들게 자란 건 다나 때문이라고요. 무슨 뜻인지 알겠어요, 누나?"

그제야 승아는 준수의 마음을 알 것 같았다.

"준수야."

"내가 형의 행복해야 할 어린 시절을 그렇게 빼앗았어요. 그런데 이제 와서 장기까지 빼앗으라고요? 사람의 탈을 쓰고 어떻게 그래요."

준수의 눈에 눈물이 어렸다.

"난 그렇게 못 해요. 도저히 못 하니까, 다들 나한테 강요하지 말아요."

어린애처럼 주먹으로 눈물을 훔치는 준수에게 승아가 가만히 다가가서 달래듯 어깨에 손을 얹었다.

"준수야."

다행히도 준수는 뿌리치거나 하지 않았다. 그저 뒤돌아서 있는 어깨가 조용히 들썩이고 있었을 뿐.

"네 말이 맞을 거야. 아마 그랬겠지. 하지만 있잖아, 네가 모르는 것도 있어."

승아는 조용히 말했다.

"그이가 너 때문에 힘든 어린 시절을 보냈는지도 몰라. 하지만 그 힘든 어린 시절을 견디게 해준 것도 결국 너였어."

"내가…… 요?"

"그래."

언젠가 준형에게 들었던 말을 최대한 그대로 전한다는 생각으로 승아는 말했다.

"그이가 어머님한테 냉대를 받고 슬퍼할 때 준수 네가 다가와서 고사리 같은 손으로 눈물을 닦아줬대. 형, 울지 마, 하면서 같이 울어줬대. 아버님한테 야단을 맞고 방에 틀어박혀 있으면 몰래 과자를 가져와서 건네줬대. 형, 이거 먹어, 하고."

"……."

"가족 중에 그래도 한 사람은 내 편이 있구나, 하는 생각이 들어서 버텨낼 수 있었다고 했어. 그래서 아무리 미워하려고 노력해도 도저히 미워지지가 않았던 게 준수 너였다고, 그이가 그랬어."

"형이……."

준수는 그저 손으로 입을 막은 채 눈물만 흘리고 있었다.

"그런 소중한 동생이 이렇게 아프잖아. 형도 얼마나 괴로워하는지 준수 넌 모르지? 네가 아프게 된 후부터는 잘 웃지도 않아. 밥이 안 넘어간다면서 식사도 잘 못 하고, 밤에 잠도 잘 못 잔단 말이야."

승아가 준수의 손을 살며시 잡았다.

"그러니까 이제 우리 편해지자, 응? 준수 너도, 형도, 그리고 나도, 부모님도. 네가 이렇게 아픈데, 아이가 태어나도 누군들 행복하게 웃을 수 있겠어."

"누나……!"

결국 준수는 소리 내어 울음을 터뜨리며 승아에게 안기고 말았다.

"나 정말 그래도 괜찮아요? 또 형한테 못 할 짓 하는 거 아니에요? 정말로요?"

"그런 거 아니라니까. 오히려 지금은 형 말 안 듣는 게 못 할 짓

하는 거야."

어린아이같이 엉엉 우는 도련님을 품에 안고 승아는 다정하게 등을 토닥여 주었다.

"그러니까 어서 건강해지자. 응?"

검사 결과, 다행히도 준형의 신장은 준수에게 이식하기 적합하다는 판정을 받았다. 건강상에도 아무 문제가 없어서 절차를 밟자마자 두 사람은 곧 준비를 거쳐 수술을 받았다.

다행히 수술도 무사히 끝났다.

준형은 일반병실, 준수는 중환자실로 각각 향했다. 그리고 준형에게 가장 먼저 달려온 것은 다름 아닌 새어머니 민 여사였다.

민 여사는 겨우 정신을 차린 준형 앞에 무릎을 꿇고 울음을 터뜨렸다.

"준형아, 내가 잘못했다. 정말 너한테 죽을죄를 지었어……!"

참회의 눈물이었다.

한때는 그토록 증오스러운 존재였건만, 병들고 약해진 몸으로 눈물을 쏟는 계모가 이제는 측은하게까지 보였다.

'어머니를 위해서가 아니라 제 동생을 위해서 한 일입니다.'

그 말이 목구멍까지 치밀어 올랐지만, 준형은 굳이 말하지 않고 그냥 꿀꺽 삼켜 버렸다. 그 정도가 지금 그가 민 여사에게 보여줄 수 있는 최선의 배려였다.

"고생이 많았다, 준형아."

서 회장은 준형의 손을 꼭 잡고 힘주어 말했다. 한 아들이 건강을 되찾았다는 기쁨보다도, 또 한 아들에 대한 걱정과 미안함이 더 짙게 드러나는 표정이었다. 그래서일까, 준형은 기운이 없다는 핑계로 그 손을 차마 뿌리치지 못했다.

"다행이에요!"

승아는 그 말만 하고 눈물을 쏟아버렸다. 사실 누구보다도 마음을 졸였던 건 승아였으리라. 준형은 말없이 팔을 뻗어 승아의 어깨를 안아주었다.

"이제 모든 게 다 잘될 거예요."

준형의 가슴에 얼굴을 묻고 승아는 그렇게 몇 번이나 되풀이해서 말했다.

승아의 말이 옳았다.

워낙 건강했던 몸이라 그런지 준형은 신장을 하나 떼주고도 크레아티닌 수치에 거의 변화가 없었다. 신장 하나만으로도 기능에 무리가 없다는 뜻이었다. 준수에게 이식한 신장도 거부반응 없이 제대로 기능하고 있었다.

하지만 수술한 부위의 통증은 생각보다 심해서, 준형이 겨우 몸을 추슬러 준수의 병실로 내려갈 수 있었던 것은 수술을 받은 날로부터 나흘이나 지난 후의 일이었다.

"괜찮아, 형?"

몰라보게 좋아진 얼굴빛으로 준수가 준형을 맞이했다.

"딱 죽다 살아났다."

준형이 투덜거리며 의자에 앉았다. 물론 아픔에 얼굴을 잔뜩 찡 그리면서.

"그럼 뭐, 신장 하나 떼주는 게 혹부리 영감 혹 떼듯 그렇게 쉬울 줄 알았어?"

"그러게. 이럴 줄 알았으면 안 줬을걸 후회막급이다."

그러는 준형에게 진지한 표정으로 돌아간 준수가 말했다.

"고마워, 형. 형한텐 정말 평생 갚아도 다 못 갚을 빚을 졌어."

"그럴 거 없어."

준형이 고개를 저었다.

"나도 나름대로 너한테 오래된 마음의 빚을 갚은 거니까."

"형이 나한테 그런 게 있었어?"

고개를 갸웃거리는 준수에게 준형이 불쑥 물었다.

"어릴 때 네가 어머니랑 같이 만들었던 장난감 비행기, 혹시 기억나?"

"글쎄, 기억이 나는 것도 같고."

"있었어, 네가 굉장히 좋아했던 거. ……그거, 내가 너 몰래 부숴 버렸거든."

준형이 옛날 일을 떠올리듯 눈을 가늘게 떴다.

"그게 없어지고 나서 준수 네가 이틀 동안이나 밥도 안 먹고 울기만 했지. 그래서 어머니가 보다 못해 온 집 안을 다 뒤집다가 쓰레기통에서 찾아낸 거야. 부서진 비행기를."

정작 준수는 기억이 잘 안 나는지 애매한 표정을 하고 있었다. 하지만 준형은 여태 생생하게 떠올릴 수 있었다. 그때 계모가 짓고 있던 무시무시한 표정을.

"어머니는 나한테 엄청나게 화를 내셨어. 그런데 그때 네가 나서서 그랬지. 네가 가지고 놀다가 부서져서 버린 걸 깜빡했다고, 형은 모르는 일이라고. 네가 끝까지 그렇게 우기니까 결국 어머니도 더 이상 나를 야단치지 못하셨어."

"그랬나?"

"그래. 그러고 나서 준수 네가 나한테 뭐라고 했는지 알아?"

"뭐라고 했는데?"

"'형, 딱지치기하러 가자!'"

준형이 쓴웃음을 지었다.

"미안하다는 말을 하고 싶었는데 그 말이 도저히 안 나오더라고. 그래서 차일피일 미루다가 그만 여기까지 왔구나. 늘 가슴속에는 담고 살았는데 말이야."

준형이 손을 뻗어 침대에 누워 있는 준수의 손을 잡았다.

"형이 미안했다, 준수야."

"……그까짓 비행기가 뭐라고 여태 그걸."

결국 눈물을 글썽이는 준수를 준형이 팔을 벌려 안았다.

"고생했다. 앞으로는 예전처럼 건강해지자."

"고마워, 형!"

그러나 형제의 그런 훈훈한 장면은 그리 오래가지 못했다. 금세 간호사가 병실에 들어오더니 다급한 목소리로 말했던 것이다.

"서준형 환자분! 사모님께서……!"

승아는 근처의 산부인과에 있었다. 준형이 환자복 차림으로 다급히 달려갔을 때는 이미 아기를 낳은 후였다.

"어머, 연락하지 말라고 했는데."

침대에 누워 있던 승아가 준형을 보고는 메마른 입술로 힘없이 생긋 웃어 보였다. 지쳐 보이는 그 모습에 준형은 울화통을 터뜨렸다.

"진통이 왔으면 나한테 연락을 했어야지, 바보가!"

"너무 아프다고 어제까지도 화장실도 제대로 못 갔으면서."

"이거랑 화장실이 같아? 응?"

준형은 생각할수록 안타까워서 견딜 수가 없었다.

"무섭지도 않아? 대체 혼자서 어떻게 아기를 낳았어!"

그러나 승아는 도리어 아무렇지도 않다는 듯한 표정이었다.

"혼자 아니었어요. 아버님이 진통하는 내내 밖에서 지켜주셨는데요, 뭐."

"아버지가?"

"네. 진통이 오기에 아버님한테 연락했더니 달려와 주셔서 병원에도 같이 왔어요."

그제야 준형은 승아를 꼭 끌어안았다.

"많이 힘들고 아팠지? 같이 있어주지 못해서 미안해. 정말 수고 많았어."

"……괜찮다니까요."

씩씩했던 승아의 목소리가 그제야 조금 떨리는 것이 느껴졌다.

왜 무섭고 아프지 않았겠는가. 그런데도 애써 괜찮다고 말하는 아내가 안쓰럽고도 사랑스러워서 준형은 수술 부위가 아픈 것도 잊고 더욱더 세게 껴안았다.

"사랑해."

준형의 품 안에서 승아는 마음껏 눈물을 흘렸다. 기쁨의 눈물이 기도 했다.

한바탕 울고 나서야 승아는 눈물을 닦으며 준형에게 물었다.

"아기 보고 싶지 않아요?"

"당연히 보고 싶지. 신생아실에 있는 거야?"

"네. 이제 슬슬 젖 물리려고 데려올 텐데요."

그때, 마침 기다렸다는 듯이 간호사가 아기를 데려왔다.

"아버님 되시죠? 안아보세요."

준형은 떨리는 손으로 속싸개에 꼭 감싸인 아기를 받아 안았다.

4kg의 튼실한 사내아기는 볼이 투실투실한 것이, 마치 부처님 같아 보이기도 했다. 아직 부기가 다 가라앉지 않은 데다 얼굴이 빨개서 별로 예쁘다고 하기는 힘든 모습이었지만, 그런 아기가 준형의 눈에는 그야말로 천사처럼 보였다.

"......"

넋을 잃고 들여다보고 있는데, 문득 서 회장의 목소리가 들렸다.

"준형이 널 닮았구나."

흠칫 놀라서 돌아보니 언제 들어왔는지 아버지가 곁에서 아기를 들여다보고 있었다.

"네가 처음 태어났을 때도 딱 이랬었지. 그렇게 예쁜 아이는 처음 봤었다."

아기를 들여다보는 서 회장의 눈빛은 부드러웠다. 마치 오래전 기억을 더듬는 것처럼.

준형은 생각했다. 아주 옛날 그때 아버지도 자신을 이런 눈으로 보고 있었을까.

"있잖아요. 아기 이름은 뭐로 할까요?"

승아가 불쑥 말했다. 준형이 아니라 서 회장을 향해서.

준형은 승아의 마음을 알아차렸다.

"괜찮다면 아버지가 지어주십시오."

"내가 말이냐? 이 아이 이름을?"

서 회장이 놀라서 되물었다.

"예."

그렇게 대답하며 준형은 아기를 아버지에게 안겨주었다.

"그래. 내 한번 좋은 이름으로 지어보마."

아기를 안은 서 회장의 눈가에 어느덧 눈물이 어렸다.

"……."

할아버지 품에서 좋은 꿈을 꾸는지, 아기는 배냇짓을 하며 새근새근 잠들어 있었다.

〈END〉

작가 후기

안녕하세요, 박수정(방울마마)입니다.

종이책으로는 굉장히 오랜만에 인사를 드리는 것 같습니다.

2013년 10월에 '미로'를 내고, 그 후 2014년에 단 한 권도 내지 못…… 할 뻔했다가! 다행히도 원래 2015년 1월에 나오려던 이 책이 출간 일정이 당겨져서 12월이 되는 바람에 턱걸이로 하나는 내게 되었네요. 기억상 2014년의 목표는 종이책 3종이었던 것 같은데…… 하하하. 늘 목표는 어디까지나 목표일 뿐인가 봅니다.

이 책, '프로젝트 S'는 저의 열두 번째 종이책입니다. 열두 번째라고 하니까 뭔가 한 다스를 꽉 채운 것 같은 느낌이 들어서 왠지 뿌듯하게 느껴지네요.

사실 이 '프로젝트 S'는 2014년에 작업한 유일한 장편 완결작이기도 합니다. 원래는 상반기에 네이버 엔스토어에서 유료연재되었던 것을, 이야기를 다듬고 에필로그를 붙여서 종이책으로 세상에 내놓게 되었습니다.

유료연재 때 감사하게도 생각보다 많은 사랑을 받았는데, 그때 에필로그를 원하시는 독자님들이 많이 계셨는데 제가 사정상 그렇게 해드리지를 못했지요. 그래서 종이책에는 마음먹고 빵빵하게 넣어보았으니 부디 갈증이 해소되셨기를 바랍니다.

　이 책의 배경은 아시는 분들은 아시겠지만 제 전작인 '악마와 유리구두'의 배경이었던 로열화장품을 가져다 써보았습니다. 원래 그러려던 건 아닌데, 소재를 호텔 비품으로 잡고 나니까 자연스럽게 로열화장품이 생각나더라고요.

　물론 여기 나오는 윤송화 부장은 '악마와 유리구두'의 그 송화 씨가 맞습니다. 그때는 이 책의 주인공인 승아처럼 천방지축 사회 초년생이었는데, 지금은 씩씩한 커리어우먼이 되어 있네요, 기특하게도. 사실 고은소 부장님도 한 번쯤 넣어주고 싶었는데, 이야기 진행상 어디 넣을 곳이 없었던 게 안타깝습니다. 그래도 둘이 행복하게 잘살고 있는 모양이니까 다행이지요.

　사실 그렇게 대단한 포부를 가지고 쓰기 시작한 글은 아닌데, 쓰다 보니 이리저리 욕심을 많이 부리게 되었어요. 대학 때부터의 풋풋한 사랑이 이루어지는 것도 그리고 싶었고, 의욕 넘치는 사회 초년생이 이리저리 열심히 뛰어다닌 끝에 일에서 인정받고 당당한 사회인으로 성장해 나가는 것도 쓰고 싶었고('악마와 유리구두'에서도 느끼셨겠지만 그런 이야기를 굉장히 좋아합니다), 가족의 화합과 화해도 보여 드리고 싶었고…….

결과적으로 만들어진 이 이야기가 제게는 썩 마음에 듭니다. 제 취향의 이야기랄까요. 특히 준형—승아의 대학교 시절 로맨스와, 준형—준수 사이의 형제애가 좋습니다.

일 이야기도 로맨스치고는 상당히 비중이 높지만, 지루하지 않게 읽으실 수 있도록 최대한 쉽게 작업했습니다. 그러니 여러분께도 부디 즐겁게 읽혀졌으면 하는 바람입니다.

자, 이제 연말도 되고 했으니 살짝 2014년에 대한 정리(를 빙자한 영업)를 해보도록 하겠습니다.

우선 2014년 말에야 겨우 턱걸이로 종이책 하나 내게 되었습니다만, 그렇다고 한 해 내내 아무것도 안 했던 것은 아닙니다.

상반기에는 이 '프로젝트 S'를 끝냈고, 하반기에는 2013년 출간작인 '신사의 은밀한 취향'을 새롭게 오디오드라마로 작업했습니다. 각색과 대본도 제가 직접 맡았는데, 생각보다 꽤 호평이었던 것 같아서 다행입니다. 아무래도 BL 쪽은 이런 19금 오디오드라마가 많지만, 로맨스 쪽에서는 이 정도 수위까지는 드물기 때문에, 덕분에 신세계를 영접했다는 반응이 많아서 기뻤습니다.

물론 저 자신도 굉장히 즐겁게 들었습니다. 특히나 남주 한정원 역을 맡아주신 성우 남도형님의 목소리는…… 오오, 신이시여. 제가 한동안 푹 빠져서 헤어 나오질 못했습니다.

아직 들어보지 못하신 분은 북큐브 사이트의 리얼장르관에 가시면 들으실 수 있습니다. '신사의 은밀한 취향' 전자책과 두 시간짜리 오디오드라마, 그리고 일러스트 패키지인데, 놀랍게도 전자책과 같은 가격에 판매되고 있으므로 이미 전자책 사신 분들도 오디오드라마 산다고 생각하시고 구매하셔도 괜찮으실 것 같습니다.

참, 상당히 파격적인 19금 연기들이 들어 있으므로 미성년자는 안타깝지만 다음 기회로.

그리고 하반기에 또 한 가지 이슈가 있습니다. 바로 네이버 웹소설 정식연재입니다.

12월 3일부터 연재 시작이니까 이 책이 발매될 때쯤에는 이미 한 7편이나 8편 정도는 연재가 되어 있겠네요.

이것 역시 8월 말에 정식연재 채택 연락을 받고 나서 12월까지 엄청나게 많이 노력했습니다. 덕분에 저로서는 썩 자신 있는 원고가 나왔고, 일러스트레이터님 역시 굉장히 멋진 일러스트로 함께해 주고 계십니다. 그러니 이 후기를 보시는 분들께서는 한 번씩 네이버 웹소설란에 오셔서 봐주시면 좋을 것 같습니다. 물론 댓글로 응원해 주시면 더 감사하겠고요.

아무래도 로맨스 독자님들은 아직 웹소설이 생소한 분들이 많이 계셔서 헤매시더라고요. 노파심에 말씀드리지만 챌린지리그나 베스트리그 아니고 '오늘의 웹소설'에 있습니다.

연재 요일은 매주 수, 일 2회, 그리고 네이버 엔스토어에서는 유료로 미리보기도 가능합니다.

그 외에는 작년에 종이책으로 나왔던 '반짝반짝'과 '미로'가 나란히 전자책으로 나왔고요.

10월에는 '후배의 키스를 피하는 방법'이라는 전자책을 하나 냈습니다. 분량상으로 장편에 조금 못 미치는 중장편이라서 향후 종이책 발간 계획은 없으므로, 관심 있는 분들께서는 전자책으로 봐주시면 감사하겠습니다.

그리고…… 이건 사실 처음으로 밝히는 건데, 크리스마스 프로젝트가 있습니다.

물론 이 책이 나갈 때에는 이미 다 공개가 되어 있겠습니다만 현재 시점—12월 1일입니다—으로서는 극비리에 진행하는 프로젝트입니다.

이 얘기를 드리기 전에 먼저 ABCD, 사랑하는 제 동료들에 대해 얘기하지 않을 수 없네요.

ABCD란 저와 그리고 친한 동료들 셋을 포함한 네 작가를 통틀어 부르는 말입니다.

A는 에이나(노승아), B는 저 방울마마(박수정), C는 차향(정경윤), 그리고 마지막 D는 동하(이정운) 작가입니다. 아마 로맨스 독자분들이시라면 모두 익숙한 이름이겠죠?

원래는 '나동방차'라고 저희끼리 불렀는데, 저희 필명의 이니셜이 ABCD라는 것을 어쩌다 깨닫게 된 후로는 공식적으로 ABCD라고 부르고 있습니다.

늘 서로 격려하고 밀어주고 끌어주고 위로하고 토닥이며 함께 가는 좋은 동료들입니다.

(그렇다고 어떤 단체는 아니고 그냥 넷이 친할 뿐입니다! 현재 저는 어떤 작가 연합이나 단체에도 소속되어 있지 않으며, 앞으로도 어디든 별로 소속될 예정은 없습니다.)

어쨌든 이 ABCD가 2014년 크리스마스에 전자책으로 단편집을 함께 기획하게 되었습니다.

그저 단순한 단편집이 아니고, 네 작가가 각자 자신의 대표작으로 크리스마스 외전을 써서 모은 외전 단편집입니다. 제목은 대놓고 어디서 베껴온 냄새가 나는 '크리스마스의 여자들'이지만, '크리스마스의 남자' 작가인 차향님께서 오케이하셨으므로 괜찮은 걸로. 땅땅.

제 경우는 '반짝반짝'과 '미로' 시리즈의 두 커플을 주인공으로 해서 크리스마스 외전을 써보았습니다. 다른 작가들도 각자 본인의 대표작으로 써서 참여했고요.

이 후기를 보시는 시점에서는 이미 온갖 사이트에 다 전자책으로 공개가 되어 있을 테니, 저희 네 작가 중 누군가의 팬이시라면 한 번쯤 보셔도 좋을 것 같습니다.

특히 제 '미로'나 '반짝반짝'을 재미있게 보신 분이라면 꼭 추천해 드립니다. 작업하는 저도 굉장히 재미있었어요.

마지막으로, 연말에 이 '프로젝트 S'의 종이책 출간이 있습니다. 1년 여 만의 출간이다 보니 긴장도 되고, 기대감도 듭니다. 아무리 요즘 전자책 시장이 많이 커졌고, 유료연재나 웹소설 등 다른 경로들로도 독자님들과 접할 수 있다고 하지만 역시나 작가로서 가장 긴장하게 되는 것은 종이책 출간인 것 같아요. 두근두근하네요.

여기까지가 저의 2014년 이었습니다.

그리고 2015년의 계획을 살짝 말씀드려 보겠습니다.

2014년 12월부터 시작한 웹소설 연재가 아마도 최소 6월 이후까지는 계속될 예정이고, 제 집필은 아마도 3월이나 4월 정도면 마무리가 되리라 예상합니다.

그리고 나면 앞에 말씀드렸던 오디오드라마를 한 편 더 할 예정이 있고(이번에는 신작으로), 그 외에는 다른 장르에도 도전해 볼 생각이 있습니다.

물론 언제나 계획은 계획일 뿐, 실제로는 어떤 작업을 얼마나 하게 될지는 늘 그때 가봐야 아는 일이지요. 그래서 이 일이 늘 두근거리고 즐거운 것 같습니다. 어디서, 어떤 기회가 어떻게 요정같이 찾아올지 모르니까요.

개인적으로는 정말이지 너무나 하고 싶은 작업이 한 가지 있습니다. (아마 드라마라고 생각하실 것 같아서, 그건 아닙니다.) 현재로서는 가능성이 아주 없지는 않은 것 같은데, 그게 과연 이루어졌는지는 아마 다음 번 출간작 후기에서 보고드릴 수 있을 것 같습니다.

사실 가능성은 이래저래 희박하지만 부디 소원 성취되었으면 좋겠어요, 정말로.

이래저래 한바탕 설명을 드리기는 했습니다만 제 다른 작품들이나 현재 무슨 작업을 하고 있는지, 혹은 향후 집필 계획 등에 관심이 있으신 독자분들께서는 제 네이버 블로그로 놀러 와주세요. 가끔씩 실없는 소리도 떠들고, 소소하게 이벤트도 하고 그럽니다. 블로그 주소는 책날개에 실어두겠습니다.

너무 제 얘기만 떠드느라 정작 이 책을 내게 해주신 고마운 출판사에 대해서 이야기를 못 한 것 같네요.

사실 제게는 이 '프로젝트 S'가 청어람과 함께하는 첫 작품입니다. 그런데도 저를 믿고 선뜻 네이버 프리미엄 유료연재라는 큰 기회를 맡겨주셔서, 굉장히 어깨가 무거웠던 것과 동시에 감사했던 기억이 있습니다.

누군가가 나를 믿어준다는 건 참 언제나 기분 좋은 일 같아요.

그래서 연재 시에도 나름대로 열심히 했고, 종이책도 부디 누가 되지 않기만을 간절히 바라고 있습니다. 제 작품이 청어람에게 있어서 부디 2014년의 좋은 마무리가 되었으면 합니다.

저를 믿고 원고를 끈기 있게 기다려 주신 청어람 문혜영 부장님, 이래저래 정말 감사했습니다. 표지 디자이너님, 그리고 제 작품을 위해 일해주신 모든 청어람 출판사 관계자 여러분, 대단히 감사합니다. 다음번에 함께하게 될 때는 더 열심히, 좋은 원고로 보답하겠습니다.

마지막으로 제 가족들, 특히 현재 투병 중인 저희 친정 엄마에게 너무나 감사하고 사랑한다는 말을 전하고 싶습니다.

엄마, 내가 이렇게 작가로 활동할 수 있는 것도 모두 엄마가 낳아주고 키워준 덕분이고, 또 없는 살림에 꼬박꼬박 책 사주면서 살려준 재능 덕분이야. 빨리 건강해져서 나랑 같이 여기저기 여행 다니면서 앞으로 20년이든 30년이든 즐겁게 살자.

사랑하는 남편, 그리고 곧 세 살이 될 아기 준수에게도 늘 미안하고 사랑한다고 말하고 싶습니다. 세상에서 제일 예쁜 아기 준수야, 너무너무 사랑해.

2015년이 제게도, 청어람에게도, 제 주위의 사랑하는 사람들에게도, 그리고 무엇보다 독자 여러분께도 부디 즐거운 한 해가 되기를 바라 마지않습니다.

새해 복 많이 받으세요. 그럼 저는 또 다음 작품에서 뵙겠습니다.

—2014년 12월 첫날, 방울마마 박수정.

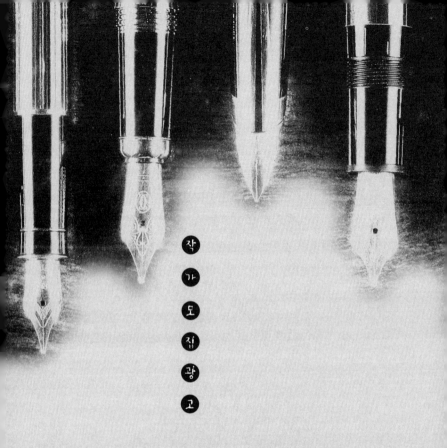

작
가
모
집
광
고

도서출판 청어람의 문은 항상 열려 있습니다.
실력있는 작가 분들의 많은 관심 부탁드립니다.

TEL:032-656-4452 • FAX:032-656-4453
http://www.chungeoram.com
e-mail:chungeorambook@daum.net